MW00856651

El año de la ira

(Ensayo sobre un crimen)

Carlos Cortés

El año de la ira

(Ensayo sobre un crimen)

El año de la ira

(Ensayo sobre un crimen)

Primera edición: noviembre, 2019

www.megustaleer.mx

ISBN: 978-607-318-303-1

Impreso en México – *Printed in Mexico*

El papel utilizado para la impresión de este libro ha sido fabricado a partir de madera
procedente de bosques y plantaciones gestionadas con los más altos estándares ambientales,
garantizando una explotación de los recursos sostenible con el medio ambiente y beneficiosa para las personas.

Penguin
Random House
Grupo Editorial

Es evidente que el Presidente González Flores y su Ministro de Guerra [Tinoco] están decididos a derrotarnos, el Presidente por su errado idealismo o patriotismo y el Ministro de Guerra por su hambre de dinero.

LINCOLN VALENTINE (1916)

De cada cien personas que pudieran llamarse cultas, concientes, de criterio más o menos despejado, 95 apoyaron la traición del 27 de enero de 1917.

VICENTE SÁENZ (1920)

Sépase, pues, que no sólo no lamento el pasado, sino que si tuviera que recorrer nuevamente el camino no trataría de variarlo un ápice.

FEDERICO TINOCO (1928)

En la formación de todo gran acontecimiento se da un concurso de acontecimientos menores, tan pequeños que a veces pasan desapercibidos, los cuales, con un movimiento de atracción y agregación, convergen hacia un punto, hacia el centro de un campo magnético en el que cobran forma: precisamente la del gran acontecimiento. En dicha forma, que todos juntos cobran, ningún acontecimiento menor es casual o fortuito: las partes, por moleculares que sean, hallan su necesidad —y por tanto su explicación— en el todo, y el todo en las partes.

LEONARDO SCIASCIA

Así habrán ocurrido los hechos, aunque de un modo más complejo; así puedo soñar que ocurrieron.

JORGE LUIS BORGES

Para Sandra Freer,
quien puso a disposición de un niño
su biblioteca y su corazón
para que pudiera imaginar

Dramatis Personae

El círculo íntimo de los Tinoco

Federico Tinoco: ministro de Guerra (1914-1917), golpista y presidente constitucional de Costa Rica (1917-1919).
Joaquín Tinoco: ministro de Guerra (1917-1919), hermano del presidente.
Mimita de Tinoco: esposa de Federico Tinoco, hija del exministro Mauro Fernández.
Mercedes Lara de Tinoco: viuda de Joaquín Tinoco.
Doctor José María Barrionuevo: médico de familia y pariente político de los Tinoco.
Enrique Clare: codueño del diario *La Información*.
Modesto Martínez: director de *La Información* y corresponsal de la agencia de noticias Associated Press.

Los esbirros

Samuel Santos: director de la Guardia Rural.
Jaime Esquivel: director de la Tercera Sección de Policía.
Arturo Villegas: jefe de la Oficina de Detectives (esbirros) en el gobierno de Tinoco.

Patrocinio Araya: asesino de Rogelio Fernández Güell.

Ambrosio Baquedano: asesino de Marcelino García Flamenco.

Las víctimas

Manuel Argüello de Vars: muerto por Joaquín Tinoco durante un duelo.

Clemencia Bonilla de Argüello: viuda de Argüello de Vars.

Elisa Arias de Rivera: viuda de Ricardo *Chayo* Rivera, víctima de la masacre de Buenos Aires.

Nicolás Gutiérrez: jefe político de Guadalupe.

Carmen Rivera de Gutiérrez: viuda de Nicolás Gutiérrez.

Marcelino García Flamenco: testigo del asesinato de Fernández Güell, revolucionario, quemado vivo por sicarios de Tinoco.

Los revolucionarios

Rogelio Fernández Güell: periodista, escritor, diputado y principal líder de la primera revolución contra Tinoco. Víctima de la masacre de Buenos Aires.

Alfredo Volio: jefe de la revolución hasta su muerte en diciembre de 1918.

Jorge Volio: general revolucionario, exsacerdote, héroe de la batalla del Jobo.

Julio Acosta: líder de la revolución y presidente de la República (1920-1924).
Doctor Antonio Giustiniani: médico francés. Benemérito de la Patria.
José Raventós Gual: comerciante español. Adquiere armas para la revolución y facilita su cafetería La Favorita como centro de reunión clandestino.
Amparo López-Calleja de Zeledón: filántropa, naturalista, tesorera de la revolución, una de las líderes de la Semana Heroica del 13 de junio de 1919.
Juan Lobo: maestro hondureño, revolucionario, testigo del asesinato de García Flamenco.

Los testigos del asesinato de Joaquín Tinoco

Nogui Fernández: testigo directo del crimen desde la esquina de la Cafetería Española. Su padre le pide que no identifique al asesino.
Custodio Lizano ("Burgos"): testigo directo del crimen desde la esquina de la Cafetería Española.
Porfirio Morera: vecino de Joaquín Tinoco. Ve de espaldas al asesino y lo identifica como José Agustín Villalobos.
Alberto Aragón: vecino de Joaquín Tinoco. Se cruza con el asesino durante su huida.

Los presuntos asesinos

José Agustín Villalobos: ebanista que interviene en la Semana Heroica y en la quema de *La Información*. Confesó el crimen a amigos y familiares.

Julio Esquivel Sáenz: amigo íntimo de Tinoco y secretario del Congreso. Asesinó a su esposa una semana después del crimen de Tinoco.

Maciste: seudónimo de uno de los posibles homicidas.

Conspiración de los 14: conjura del asesinato.

Los investigadores

Coronel Antonio Ciófalo Güell: jefe de Detectives (1920).

Coronel José María Pinaud: extinoquista, jefe de Detectives (1920-1928).

Pepe Feith, Chema Castillo y Fellito Padilla: detectives.

Cronología

1914

28 de abril: el presidente saliente, Ricardo Jiménez, entrega los cuarteles a Federico Tinoco, futuro ministro de Guerra.

1º de mayo: como resultado de una componenda política, el Congreso elige a Alfredo González Flores como designado a la presidencia y acto seguido lo nombra mandatario. Cinco semanas más tarde estalla la Primera Guerra Mundial y el país se sumerge en la crisis fiscal, económica y social.

9 de mayo: Joaquín Tinoco, hermano del ministro de Guerra y comandante mayor del cuartel de Artillería, mata en duelo a Manuel Argüello de Vars.

1917

27 de enero: Federico Tinoco derroca al presidente Alfredo González Flores, se proclama jefe provisional y comandante general del ejército y es saludado como "salvador de la patria". El golpista se aprove-

cha del malestar de la oligarquía ante las medidas económicas, de los intereses bananeros y petroleros a su favor y de la inexperiencia política del presidente.

28 de enero: Tinoco convoca a elecciones para elegir una Asamblea Constituyente y se presenta como candidato. Nombra a su hermano Joaquín como ministro de Guerra.

19 de febrero: el presidente de Estados Unidos, Woodrow Wilson, recibe en la Casa Blanca a González Flores y le niega el reconocimiento diplomático a Tinoco.

1º de abril: Tinoco gana las elecciones presidenciales como candidato único.

23 de octubre: explota el cuartel Principal de San José. Tinoco lo atribuye a un atentado perpetrado por el sacerdote y futuro líder opositor Jorge Volio.

10 de noviembre: orden de captura "sin temor a funestas consecuencias" contra el diputado Rogelio Fernández Güell y sus hermanos, Jorge y Alfredo Volio, "y otros conocidos adversarios del actual Gobierno".

13 de diciembre: Jorge y Alfredo Volio huyen a Panamá para organizar la insurrección armada contra Tinoco.

1918

22-23 de febrero: fracasa el levantamiento armado encabezado por Mariano Guardia Carazo y Rogelio Fernández Güell.

15 de marzo: el teniente coronel Patrocinio Araya y 50 hombres capturan y matan a quemarropa a Rogelio Fernández Güell, Joaquín Porras, Ricardo Rivera, Jeremías Garbanzo y Carlos Sancho en Buenos Aires de Puntarenas. Dejan malherido a Salvador Jiménez y capturan al baqueano Aureliano Gutiérrez, que los acompañaba.

1º de abril: el maestro Marcelino García Flamenco, testigo de los hechos, huye a Panamá y denuncia el crimen.

12 de abril: fracasa el intento de invasión de Jorge Volio desde Panamá. El gobierno, advertido por una red de espionaje, despliega 2000 soldados para repelerlos.

26 de agosto: Alfredo Volio, Julio Acosta, Manuel Castro Quesada y otros exiliados fundan la Junta Revolucionaria en Managua.

27 de noviembre: Estados Unidos cierra la legación como respuesta a la represión frente a su sede diplomática.

26 de diciembre: Alfredo Volio, jefe de la revolución, muere en Nicaragua de fiebre amarilla.

1919

1º de mayo: Julio Acosta asume el mando de los revolucionarios.

5 de mayo: se inicia la revolución del Sapoá. Acosta toma Peñas Blancas, Pocitos, Zapote y La Cruz.

20-21 de mayo: el cónsul estadounidense Benjamin Chase solicita la intervención armada de su país.

26 de mayo: cuatro columnas, al mando de los generales Manuel Chao, Segundo Chamorro y Jorge Volio y del revolucionario Manuel Castro Quesada atacan la hacienda El Jobo, Guanacaste, en manos del gobierno. Después de una batalla de seis horas, el contingente es repelido por el coronel Roberto Tinoco y 600 soldados. La revolución fracasa.

9-13 de junio: la Semana Heroica. Al grito de *Muera Tinoco, viva Acosta*, estudiantes, profesores y otros grupos sociales protestan. El viernes 13, después de una manifestación frente a la catedral y el parque Morazán, la multitud se dirige al diario oficialista *La Información* y lo incendia. La represión produce 19 muertos y 180 heridos.

14 de junio: llega a Limón el barco de guerra estadounidense *Castine*. Diplomáticos y empresarios estadounidenses cercanos a Tinoco disuaden a la tripulación de desembarcar.

15 de junio: tortura y asesinato del jefe político de Guadalupe, Nicolás Gutiérrez Blanco, a manos de esbirros del gobierno.

25 de junio: la Legación de Chile en Washington presenta un plan al Departamento de Estado para el abandono del poder de los Tinoco.

19 de julio: Marcelino García Flamenco es torturado y masacrado en La Cruz. Algunos testigos declaran que fue quemado vivo y sus restos devorados por los animales.

1º de agosto: Federico Tinoco solicita separarse temporalmente de la presidencia y viajar fuera de Costa Rica.

9 de agosto: Joaquín Tinoco renuncia como primer designado a la presidencia y en su lugar se nombra al general Juan Bautista Quirós.

10 de agosto: al salir de su casa, el general Joaquín Tinoco es asesinado.

12 de agosto: Federico Tinoco entrega la presidencia al general Quirós y abandona el país.

17 de agosto: Julio Esquivel Sáenz, prosecretario del Congreso, íntimo amigo de Joaquín Tinoco, asesina a su esposa Adelia Valverde Carranza.

31 de agosto: Estados Unidos le concede un plazo de 24 horas a Juan Bautista Quirós para que entre-

gue el mando a Francisco Aguilar Barquero, quien cinco años antes había sido tercer designado a la presidencia por González Flores.

2 de septiembre: Quirós traslada el mando a Aguilar Barquero, después de que una junta de notables evaluara las consecuencias de no aceptar la imposición estadounidense y el país arriesgara una ocupación militar. Aguilar Barquero convoca a elecciones y restablece la Constitución de 1871.

8 de septiembre: Estados Unidos envía el crucero *Denver* a Puntarenas como medio de presión.

5 de noviembre: José Agustín Villalobos, sospechoso del asesinato de Joaquín Tinoco, perece ahogado en Puntarenas.

7 de diciembre: se celebran elecciones y Julio Acosta es electo presidente. Toma posesión el 8 de mayo de 1920.

1931

7 de septiembre: Federico Tinoco muere en París y se le entierra en el cementerio de Père Lachaise. Su esposa, María Fernández, regresa al país tres años después.

1960

7 de noviembre: los restos de Tinoco son repatriados a Costa Rica y sepultados en el mausoleo de Mauro Fernández en el Cementerio General.

1961

23 de noviembre: muere María Fernández, viuda de Tinoco.

1975

28 de agosto: Andrea Venegas, una de las maestras que protagonizó la Semana Heroica de junio de 1919, admite que intervino en la "conspiración de los 14" para asesinar a Joaquín Tinoco.

I

Fin de fiesta

El asesinato de un político es siempre un asesinato político. A las dos de la tarde del 10 de agosto de 1919, 17 días antes de cumplir 39 años, el general Joaquín Tinoco se despidió de la ciudad de San José desde el torreón más alto del cuartel Bella Vista. Quiso ver la capital a sus pies en el único emplazamiento en que se contemplaba por completo, como una aldea de juguete, y exhibir por última vez el legendario halo de invencibilidad que lo protegía. El firmamento mostraba en su esplendor el penacho gris del volcán Irazú en erupción como una imagen del cataclismo que se avecinaba.

Un poco antes el general asistió al banquete de despedida que brindó su hermano Federico, el presidente de la República, en el Salón Rojo del Castillo Azul, la elegante mansión neoclásica que le servía de residencia y de despacho oficial, en lo alto de Cuesta de Moras. El comedor principal y el vestíbulo estaban ocupados por el equipaje con el que al día siguiente partirían los dos hermanos y su círculo íntimo hacia Jamaica. Por esa razón se resignaron a utilizar el diminuto salón de té empapelado en tapiz bermellón, al lado de la escalera y de la esplendorosa cúpula importada de París, formada por cientos de cristales de Brière en azul de Prusia.

En otros tiempos Pelico Tinoco, como todos llamaban al presidente, se imaginaba que el vitral no era otra cosa que los prismas de un gigantesco diamante que disponía del poder de proyectar el destino glorioso que le esperaba. El azul de París, como prefería llamar al azul de Prusia, lo atemperaba sumergiéndolo en profundas alucinaciones de poder y riqueza. Pero eso había sido en días más felices.

Un gramófono de Edison acompañó la sensación de carnaval acabado que aguó la atmósfera con una voz gangosa y melancólica. La desilusión predominante contrastó con las fiestas fastuosas a las que se acostumbró el régimen desde el cuartelazo del 27 de enero del 17, cuando Pelico traicionó al presidente Alfredo González Flores, lo obligó a correr a asilarse en la Legación Americana y se autoproclamó jefe provisorio de la República.

Casi tres años antes González Flores lo había nombrado ministro de Guerra y lo tenía por su hombre de confianza. Cuando Tinoco ocupó el despacho presidencial, dos horas después de tomar los cuarteles, examinó con curiosidad y codicia el contenido de la caja fuerte del exgobernante defenestrado y se sorprendió al encontrar en su interior el retrato de su propio padre, Federico Tinoco Yglesias, amorosamente envuelto en una caja negra y láminas de papel cebolla.

Pelico se veía a sí mismo como un hombre de acción, no como un pusilánime sentimental o como un pendejo. Los demás lo veían como una mezcla extravagante de alcurnia, pretensiones aristocráticas, avidez por los negocios, escasos recursos económicos y aún menos escrúpulos. Los años de prosperidad de las fincas del patriarca, Federico Tinoco Yglesias, en Juan Viñas, se diluyeron rápidamente en casinos y casas de juego del Paso de la Vaca. La justificada devoción hacia el padre fallecido en 1915, que le tributaba González Flores, no le impidió a Pelico seguir adelante. No podía permitirse dilapidar la circunstancia favorable que buscaba desde 1902 cuando decidió entregarse al ansia de poder e intervino por primera vez en un alzamiento. El descontento popular por la quiebra del erario público, como consecuencia de la Primera Guerra Mundial, el repudio de la oligarquía y de los partidos políticos a las ideas económicas de González Flores y el miedo a que quisiera reelegirse le sirvieron el golpe militar en bandeja de plata.

Por fin tuvo ante sí la ocasión de convertirse en el salvador de la patria, en el bienhechor, en el amo y señor, en el *maître du jeu*, jugándose el todo por el todo como tantas veces lo hizo sobre el tapete verde, a la ruleta o el bacará. "Viene con hambres atrasadas y quiere servirse con cucharón grande", como lo definió uno de los expresidentes, sin derramar una gota del jugoso negocio que se abre ante sí.

Según escribió Gonzalo Chacón Trejos sobre los hermanos en la sátira *El crimen de Alberto Lobo* (1928): "Ambos eran pobres después de vivir en la opulencia perezosa; ambos estaban envenenados de pobreza, de horror al trabajo y a la lucha plebeya por el pan. Fanfán [Joaquín] y Pacomio [Federico], podrían, a fuerza de astucia y valor, asaltar la riqueza, el bienestar, el poder y la dicha".

Aquella foto inesperada de su padre, Federico Tinoco Yglesias, no logró que Pelico se arrepintiera de nada de lo que hizo contra González Flores, el joven herediano un tanto cándido y con aire provinciano que le debía la carrera política, y a quien Joaquín llamaba despectivamente "Chinilla" haciendo mofa de la tela a cuadros de sus trajes. El mote, que imprudentemente traspasó el ámbito familiar de los Tinoco para repetirse en tono sarcástico en los espacios frecuentados por el militar, mientras se tramaba paso a paso el cuartelazo, dio pábulo a la frase burlona: "Ahí va Chinilla acompañado de Casimir", en alusión a los frecuentes paseos que emprendía el iluso presidente en compañía del ministro de Guerra.

Pelico también se permitía recordar con indisimulado desprecio que cuando llevó a González Flores a solicitarle el apoyo a Máximo Fernández, el excandidato y todopoderoso líder del Partido Republicano, como alternativa para resolver el empate técnico entre los tres aspirantes que no alcanzaron la mayoría en 1914, el herediano no estuvo a la altura de las circunstancias. Estaba tan nervioso ante la posibilidad de llegar a la primera magistratura que se arrodilló y lloró ante Fernández, rogándole que aceptara el pacto propuesto por Tinoco. Incrédulo ante lo que veía, Fernández lo instó a incorporarse y le dijo: "Por favor, Alfredo, no se humille de esa manera. Le otorgo mi favor y el del Republicano".

Como buen jugador, Pelico no se arrepentía de nada, lo apostaba todo y de vez en cuando todo lo perdía. Tampoco se arrepintió de la lucha encarnizada que González Flores y él libraron el resto de sus vidas por establecer la verdad histórica de los acontecimientos. El 19 de enero de 1917 el aún presidente escribió ingenuamente en uno de los periódicos controlados por Tinoco que pensaba en la reelección o en alguien que lo sucediera "que sea un continuador de la obra iniciada en la presente administración". Una semana después los hermanos Tinoco y 10 militares que les eran leales, casi todos de su familia, emparentada con otros coroneles y generales del ejército, ocuparon los cuarteles de Artillería y el Principal y pasaron a adueñarse de la Penitenciaría Central, por un pasadizo interior que conectaba estas dos últimas edificaciones.

Tres años después, el 1º de mayo de 1920, González Flores elaboró un retrato demoledor de su némesis: "El pueblo sabe que se improvisaron cuantiosas fortunas: quién, que el 26 de enero estaba en la vecindad de la bancarrota, con palacios, haciendas y quintas; quién, que no tenía una estera en qué morirse, con fincas de millares; quién, que vivía de los azares del juego, un respetable acaudalado; quién, tilichero angustiado, dueño de rendidoras empresas; quién, ratero expatriado, en viajes entretenidos de recreo [...] Los ladrones pasean su boato por las calles [...] el usurpador, tornado en millonario, arrastrando tren principesco de vida en opulentas ciudades europeas".

El golpe de Estado de 1917 comenzó tres años antes como un golpe constitucional, el 28 de abril de 1914, cuando un taimado Ricardo Jiménez le entregó los cuarteles a Pelico en las últimas horas de su presidencia, sin que el Congreso hubiera decidido aún nombrar a González Flores, cuando ni siquiera había sido candidato y no contaba con más apoyo que el que le arrimaba Tinoco. Con el beneplácito del presidente Jiménez, a punto de abandonar el cargo, Tinoco dispuso ametralladoras en el fortín y las torretas de la Comandancia con el objetivo de vigilar la plaza de la Artillería, por si a alguien se le ocurría la peregrina idea de oponerse a sus artimañas. Hizo correr la voz de quién era el nuevo mandamás y sitió el Palacio Nacional, donde se realizaría la sesión solemne del 1º de mayo. Los diputados fueron encerrados a pan y agua los días previos a la votación para que ninguno se saliera del canasto y votaran de acuerdo con su conciencia. Claro, siempre y cuando su conciencia coincidiera con el pacto. No iba a tolerar el riesgo de que uno de ellos se escabullera antes de votar en conformidad con sus planes.

Si todo salía bien, el Congreso aceptaría la renuncia de los tres candidatos que intervinieron en las elecciones sin lograr la mayoría absoluta —las cartas J, Q, K, que suman cero puntos, se diría a sí mismo Pelico, en una jugada maestra—. González Flores sería escogido primer designado a la presidencia —cuatro de picas, la fortuna nos acompaña, aunque pueden vislumbrarse problemas en el horizonte—. González Flores será proclamado presidente de la República —5 de diamantes, éxito absoluto—. Nueve puntos en total. Bacará, querido amigo.

Jiménez, fecundo en tretas y ardides para caer siempre de pie, llegaría a ser la figura política más relevante de la primera mitad del siglo XX y contempló los años de la dictadura de Tinoco desde una distancia cómplice. "Sigo el consejo que dio Dante en el infierno: *Mira y pasa*. Llevo la vida de concho y no deseo otra; cuido vacas; riego prados y aro la tierra", le dijo a Tinoco en un célebre telegrama al negarse a integrar la Asamblea Constituyente de 1917. Julio Acosta, excanciller de González Flores y quien lideraría la futura insurrección contra el dictador, escribió: "La frase encajaba con perfección en su temperamento desdeñoso, pétreo y glacial. En esos días lo vi ante mis ojos como si fuera una estatua de mármol, con su mirada inmóvil, blanca y fría, murmurando: *Miro y paso, Miro y paso*. Y mientras tanto naufragaba la República".

Esa naturaleza gélida, de político ladino y calculador, tomaba cuerpo en su voz cascada, cavernosa, de papel de lija, en la que era imposible separar el cínico del genio, dónde terminaba un hombre y dónde comenzaba otro, quizá porque eran dos, según describió a Jiménez el sarcasmo del periodista Vicente Sáenz: "Se confirma la existencia de fenómenos psíquico patológicos que merecen ser estudiados empeñosamente por los hombres de ciencia. Dos espíritus contrarios en un solo cuerpo verdadero, al revés de lo que sucede con la Santísima Trinidad". ¿Cuál Ricardo Jiménez era el verdadero? ¿El demócrata o el silencioso cómplice de Tinoco? ¿El patriarca o el político marrullero? ¿El liberal ilustrado o el de los dichos populares que imitaba al concho para ganar el aplauso de la gradería?

Por un desaire amoroso de una de las familias principales, que lo dejó al pie del altar y sin novia, vestido y alborotado, Jiménez despreciaba a la oligarquía con todas sus fuerzas. Disfrutó del canibalismo de salón que propició la llegada de Tinoco al poder y la subsecuente rebatiña entre los clanes locales. Cuando la guerra termine, se dijo, perduraré. Y así fue. Llegó a la presidencia dos veces más, intentó su tercer periodo a los 80 años y con breves interludios se alternó en el uso y abuso del poder durante tres décadas con su íntimo rival Cleto González Víquez.

Pelico Tinoco, en cambio, era un hombre impetuoso y arriesgado. Inepto para las largas distancias, como todo ludópata. Jugador empedernido, legendario tahúr, en todas las mesas de juego de su vida, acostumbrado a apostar el todo por el todo con tal de aplazar el presente y trastocarlo por un mañana siempre pospuesto a la incierta fortuna, al golpe de dados de marfil con los que se entretenía mientras hablaba y volvía a lanzarle un desafío al azar, en una interminable galería de espejos que repetían la primera imagen, como la cúpula de vitrales del Castillo Azul.

Cuando dio su jugada maestra, Pelico no podía imaginarse que durante más de dos años apostaría a Costa Rica en una partida con el presidente estadounidense Woodrow Wilson. Al cabo terminaría perdiendo el país y perdiéndolo todo. Tampoco sabía que sus últimos días en París se extinguirían jugando a las cartas, a los dados o a la ruleta. Pero ésa es otra historia y aún estamos lejos de llegar al final.

La primera dama, Mimita Fernández de Tinoco, se quejó del ambiente de amargura que presidía la despedida, de la división en dos bandos que enfrentaba a los hermanos costarricenses, que ahora se trataban como Caín y Abel, como si fueran enemigos irreconciliables, de los rencores que desangraban a la patria. Y auguró el advenimiento de tiempos mejores en los que la fuerza espiritual que emanaba de su esposo Federico y de sus ideas de renovación fueran aceptadas a cabalidad por el pueblo y por "los olímpicos", la élite cultural que gobernaba "la Suiza de los trópicos" desde 1870.

Mimita, la culta hija de Mauro Fernández, el artífice de la educación pública en el siglo XIX, conservaba una figura característica de la *belle époque*. Robusta, con amplias caderas, generosos aires de matrona, anchas espaldas y un dejo de apacible autoridad en la voz que no le impedía invocar a Madame Blavatsky, suma sacerdotisa de la teosofía, al espiritista Allan Kardec o al avatar Krishnamurti, Instructor del Mundo, mesías de la nueva era.

Nunca consintió que en su presencia llamaran Pelico a su marido, apodo que para ella representaba una burla explícita a su carencia absoluta de pelo, *alopecia universal*, en palabras del doctor Barrionuevo, el médico de la familia. El mal, que no era común, avergonzaba a Tinoco. Desde joven carecía de un solo vello en el cuerpo, aunque las malas lenguas añadieron que una sífilis mal curada en Rosslyn, Virginia, en la Academia Militar Bryand, se había encarnizado con él dejándole un mal incurable y un carácter taciturno. Tinoco lo consideró siempre como una dura prueba del destino para atemperar el carácter, como la formación marcial que él a su vez heredó a su hermano menor, José Joaquín.

Desde su regreso de Bruselas, en 1894, Pelico, cediendo a sus pretensiones políticas y a su vanidad personal, usó peluca de cabello natural, pestañas de fantasía y cejas adheridas a la frente, de un negro azabache que resaltaba la palidez enfermiza de la epidermis, casi amarillenta. La peluca se la fabricó a la medida la Maison Linssen del bulevar Anspach, en la capital belga, y las cejas postizas las sustituyó con el tiempo con un lápiz delineador que le perfilaba el flácido contorno de su rostro.

Cada día, como un actor, se maquillaba frente al espejo *art nouveau* que perteneció a su madre Lupita y se acostumbró a la impostura de reconocer que aquella fisonomía ajena, tan distinta a como se sentía en su interior, era suya. Se acostumbró a esconderse del hombre sombrío que lo veía en el reverso del espejo, que le sonreía esperando su momento para actuar y saltar de este lado. El hombre sin cejas, como se decía a sí mismo, en una evocación del horror que le producía verse duplicado por el espejo, en la representación exacta de los mismos gestos, de la idéntica entonación de la voz, del movimiento decidido de los dedos acusadores que señalaban con énfasis al otro yo que siempre anidaba en la imagen, uno mismo, yo mismo. Cada vez que lo veía, que se veían, que se sonreían mutuamente, contenía la respiración ante el temor de que saltara sobre él y lo devorara.

Un año antes de que Tinoco anunciara el retiro temporal de la presidencia, Mimita lloró ante la ingratitud del populacho. La pareja presidencial acudió a la entrega de la medalla de oro de la Sociedad Nicaragüense de Medicina al doctor Carlos Durán, en el Teatro Nacional, y al salir abuchearon a Pelico acusándolo de asesino. Durán era uno de los expresidentes más respetados. Había sido un discípulo brillante del doctor Joseph Lister, en el Guy Hospital —el enjuague bucal Listerine se creó en su honor—. En sus años de estudiante atendió a la reina Victoria, como asistente de Lister, y luego decidió abandonar una prometedora carrera profesional en Inglaterra para seguir su vocación social y política en Costa Rica.

Los gritos de "asesino" se referían a la muerte de Rogelio Fernández Güell, el antiguo aliado que les clavó un puñal en la espalda. Mimita reprimió las palabras *traidor* y *bandido*, que hubiera querido lanzarle a Fernández Güell, y se dijo que Rogelio trascendió el plano terrenal y que estaba dispuesta a perdonarlo aunque hubiera levantado la mano contra los Tinoco en un acto de oprobiosa deslealtad. Rogelio, a pesar de ser teósofo, espiritista y escritor, como Mimita, tan parecido a ella en sus afanes espirituales y tan alejado en sus veleidades belicosas, traicionó a su amado esposo. Federico es inocente, se dijo, de esa calumnia. Entre las voces de "asesino", sin embargo, surgieron gritos que no correspondían a la esfera de la política, sino privada, que perturbaron su habitual tranquilidad de ánimo y entereza. Escuchó "tizne", "tizón", "carbón", "pelón", "peluco", "pelucón" y otros que prefirió sacrificar al olvido. Sabía muy bien lo que significaban. Cada vez que podían, los adversarios regaban la especie de que Tinoco se maquillaba las cejas con carbón. El desaventurado epíteto hizo fortuna en los corrillos de la maledicencia y de la mala fe.

En realidad, Pelico no era más que el hipocorístico de Federico, que a los cuatro años escogió para llamarse a sí mismo y para que lo llamara su familia, mucho antes de quedarse calvo y de terminar siendo una alusión a su falta de pelo en boca de sus enemigos. Pudo haberse bautizado Fede, Ico o Pico pero se llamó Pelico, presagiando, en esas seis letras, todo lo que sería en el futuro. El apodo se convirtió en el hombre, el significante en el significado, el exterior en el interior debajo de la peluca. Al final, ese secreto visible delante de todos sería lo único real que retendría en su vida. Era lo más parecido a sí mismo y lo que más detestaba de sí mismo.

Seis meses antes, en aquellos mismos salones, al son de la orquesta de 40 "profesores" del maestro Repetto, Mimita celebraba una o dos fiestas a la semana, a las que jamás faltó la alta sociedad ni el cuerpo diplomático, los oportunistas de pacotilla que ahora les daban la espalda. El 26 de enero de aquel mismo año fatídico el Castillo Azul estalló de júbilo en la conmemoración del segundo aniversario de la toma del poder con un café danzante a la caída del sol. En la noche Alvise Castegnaro estrenó la apoteósica cantata "27 de enero" y dirigió la obertura de *Guillermo Tell* de Rossini, que también parecía escrita para la memorable ocasión por el hondo efecto patriótico y nacionalista que tuvo en los corazones de los asistentes, como reportó el Teniente Niki en la crónica social de *La Información*.

Al concluir el banquete de despedida en el Castillo Azul, los edecanes condujeron al general José Joaquín Tinoco al pasadizo secreto por debajo de la avenida Central que lo llevó a las bodegas subterráneas del cuartel Bella Vista, repletas de cañones y armas Mauser. Llegó al patio y traspasó la formación de cadetes quienes, sin contener la emoción, lo vitorearon de nuevo con los quepis en alto, como lo hicieron durante el desfile del día anterior.

La semana precedente Tinoco en persona desmovilizó a cuatro batallones que venían de la frontera norte, lo que sumaba una fuerza formidable de 1 500 hombres que le eran leales hasta la muerte, que él mismo bautizó cariñosamente como *patillos*. Y los patillos, en vez de sentirse insultados por ser llamados de ese modo, o campesinos, conchos o descalzos, se cohesionaron en torno a su figura. Tinoco ascendió de dos en dos los peldaños de la fortaleza con sus botas federicas y resurgió al aire libre el temperamento explosivo y la personalidad de granito que lo envolvían en un manto de omnipotencia.

Los vigilantes se cuadraron al descubrir el impoluto y recién estrenado uniforme de general de división del ministro de Guerra, sin saber que no lo verían más. Les estrechó la mano y distinguió a cada uno de ellos con la mirada inmisericorde y engreída de quien lo tiene todo en el mundo, y por si fuera poco lo sabe. Los saludó desde la rotundidad de sus profundos ojos negros que no dejaba imperturbable a nadie, ni a hombres ni a mujeres. Ninguno podía abstraerse al particular hipnotismo que concentró en los ojos.

Se volvió de espaldas en una mezcla de dolor y amargura y rabia y su silueta cobró proporciones majestuosas al recortarse contra el espacio. El horizonte se tiñó de una coloración escarlata. El cielo, el inmenso cielo sobre su cabeza, pareció mancharse de sangre.

El Tuerto Valverde, que nunca se separaba de él, como si fuera su sombra, cedió a su natural aprensivo y quiso disolver el mal augurio que cayó como una plomada en el corazón. Atribuyó el efecto a la luna llena que aquella noche cubriría la noche de San José y no al volcán Irazú, cuyas erupciones llegaban hasta Nicoya, a casi 300 kilómetros de Cartago.

—Qué corto es el paso de la vida a la muerte, Valverde, como la transición entre el día y la noche. Sucede lo que tiene que suceder. Estamos condenados por el destino —se irguió Tinoco desafiando la embestida de los elementos que libraban una batalla en el cielo.

El Tuerto Valverde, que cinco horas más tarde vería expirar a su jefe en la calle, a una cuadra de su casa, en el barrio de Amón, recordaría aquellas palabras con amargura y odio y culpa. Las guardaría como un residuo de fracaso personal para el resto de su existencia.

La aglomeración de cuadras de casas de adobe, techos de teja rojiza y zinc oxidado no impresionó a Tinoco. Los cuatro o cinco edificios elevados, aún escasos para calificarlos de metrópoli, hubieran alejado a la ciudad de la estampa de vieja aldea de potreros y patios solariegos si no fuera por el incesante polvazal, que la lluvia transformaba en andurriales de barro sobre las calles irregulares, y la presencia de parvadas de zopilotes que se disputaban los restos de carroña en plena calle, como si ejecutaran una bien ensayada danza de la muerte.

Si todo salía como se planificó desde el 25 de junio, gracias a la oficiosa intervención de Julio Garcés, el ministro plenipotenciario de Chile, Pelico y José Joaquín Tinoco abandonarían el gobierno al día siguiente, el 11 de agosto. Se embarcarían hacia Europa siguiendo a pie juntillas el protocolo del dictador tropical: que el Congreso otorgue "licencia al señor Presidente don Federico Tinoco Granados para separarse de sus funciones y ausentarse del país por el tiempo que según las circunstancias fuese necesario para el restablecimiento de su quebrantada salud", escoger sucesor a su antojo y conveniencia, cargo que recayó en el primer designado, general Juan Bautista Quirós, y unas largas vacaciones en París con las maletas forradas de joyas, oro y dólares, mientras se aclaraban los nublados del día.

Tinoco se había dirigido expresamente al Congreso con ese propósito: "Ya que la ocasión se me presenta debo manifestaros que debido a una enfermedad que me aqueja, solicitaré de vosotros un permiso para ausentarme de la República. No digan mis adversarios que me voy derrotado. La situación financiera del país es de lo más bonancible. No, señores, no me voy derrotado, lo que me mueve a pedir el permiso que solicitaré, es mi salud quebrantada y mi gran amor a Costa Rica".

Los gastos de representación que recibieron los Tinoco por su viaje a Europa, que se pagaron por adelantado, fueron de un cuarto de millón de dólares de la época, lo que representaría en la actualidad una suma cercana a los 2.5 millones. Bacará.

Los Tinoco tardaron casi dos meses en negociar con el presidente Wilson su salida del poder después de los disturbios que arrasaron media manzana del centro de San José y produjeron 19 muertos y 180 heridos, el 13 de junio, bajo la amenaza del inminente desembarco de las tropas "yanquis" acantonadas en Limón. Tardaron tanto porque Wilson, el "zar americano", el "déspota sectario", el "disfrazado imperialista que gobernaba Estados Unidos", como rugía entre dientes Pelico, se encontraba ocupado con el Tratado de Versalles y el final de la

Primera Guerra Mundial como para distraerse en una pequeña república bananera.

Wilson no autorizó a tiempo la propuesta de Chile y del secretario de Estado interino, Frank Polk, de dejarlos salir si entregaban el poder, y la decisión se alargó aún más por el rechazo del cónsul Chase a visarles el pasaporte, aduciendo que los Tinoco eran criminales que debían ser juzgados. Por lo tanto, la escala a Europa no podía hacerse en Nueva Orleans ni en ningún puerto estadounidense. En la disputa intervino la Casa Blanca y el Departamento de Estado y Chase recibió un telegrama perentorio enviado por Polk: "Al enemigo que huye puente de plata".

Al igual que los hermanos Tinoco, y que quizá todos los personajes de esta tragicomedia de enredos, Benjamin Chase no distinguía la realidad de la fantasía. Empero, en septiembre de 1919 declaró a *El Diario de Costa Rica* que el pasaporte de Joaquín Tinoco que él visó "llegó al consulado sin el retrato. Parece que el ministro de Guerra no se iba". El periodista, confundido, le repreguntó: "En su opinión, no se iba, ¿pues?". Chase replicó: "Pero ahora ya se fue".

En sus memorias, Pelico Tinoco lo acusó de que "los efectos de la guerra lo habían convertido en un caduco retórico". El problema era mayor. Si superficialmente podía considerarse el prototipo del "yanqui bueno", idealista, altruista, puritano y defensor de la libertad, como quería Wilson en sus relaciones diplomáticas con Latinoamérica, en la práctica Chase obraba por un miedo irracional a los disparos y las bombas —incluidas las bombetas y petardos de pueblo—. El cónsul argentino, Juan Margueirat, le confió a su cancillería que Chase "padece un grave problema nervioso", durante días "no pega un ojo esperando a que lo asesinen los ejércitos de Tinoco, como lo han prevenido en misivas amenazadoras", y sufre de "alucinaciones y delirios de persecución que ni siquiera aplaca el Espíritu de Azahar".

Antes de ser destinado a Costa Rica soportó el cañoneo constante de los puertos del mar Adriático, siendo cónsul en la ciudad húngara de Fiume, y acabó con los nervios destrozados. Margueirat informó a su gobierno que "el Departamento de Estado lo envió a Costa Rica, la Suiza de los trópicos, el país más idílico de la América Hispana, para que se recuperara de la ansiedad que lo persigue sin descanso. Aquí se ha visto sorprendido por un golpe militar, luego por una revolución y su ánimo está trastornado".

Las "misivas amenazadoras que aterrorizan al bueno de Chase las envían los mismos revolucionarios para presionar una invasión contra Tinoco", le escribió a Polk el espía Alcibiades Antoine Seraphic, uno de los numerosos agentes estadounidenses que recorrían Centroamérica en misiones de inteligencia. Chase, según Margueirat, lloraba cada noche al escuchar el estallido de "las bombas", cuando no eran sino bombetas lanzadas por los antitinoquistas en el jardín de la Legación Americana para amedrentarlo y obligarlo a clamar por el desembarco de *marines* en Puntarenas y Limón. El cruce de telegramas entre Chase y el Departamento de Estado muestra su visión de un apocalipsis inminente —extranjeros a punto de ser asesinados, propiedades confiscadas, embajadas saqueadas— que sólo podría ser repelido a sangre y fuego por los *marines* y las cañoneras.

Polk, en vez de satisfacer sus demandas, le envió al secretario de Estado en París, Robert Lansing, su opinión franca sobre Chase: "Bob, me temo que el cónsul es un hombre histérico y que sufre de lo que algunos llaman el trauma de guerra". Con el consentimiento implícito de Lansing, no lo sustituyó, aunque trasladó a San José a Ezra Lawton, el cónsul en Guatemala, con la misión expresa de que se encargara de la retirada de los Tinoco del poder.

Un día antes de la partida, cuando todo estaba previsto, una bala calibre 38 atravesó el rostro de Joaquín Tinoco y, según los testigos, le destrozó la masa cerebral. El plomo ingresó a unos milímetros del ojo derecho, a las 6:52 de la tarde, de acuerdo con el examen apresurado que minutos después verificó el doctor Barrionuevo, antes de trasladar el cuerpo de vuelta a su casa. Con una puntería digna tan solo del propio Tinoco, un asesino desconocido segó la vida del mejor tirador de Centroamérica.

En 30 meses y 13 días, periodo en el que manejaron los negocios del país como si fueran los de su hacienda, uno como la mente política y el otro como el duro puño de hierro, los Tinoco pasaron de la euforia a la agonía. Y el país transcurrió de la agonía a la amnesia colectiva. Sobre el polvo regado en sesos y sangre de la avenida 7, junto al cadáver del general, quedó muerta la tiranía, como uno más de los muchos cadáveres que poblaron las calles de Costa Rica durante "el reinado de Federico I, el Peludo", como lo describió el sacerdote español Ramón Junoy.

En ese preciso instante comenzó la lenta trituradora del olvido a pulverizarlo todo.

¿Quién mató a Joaquín Tinoco?

Desde el primer momento Pelico se hizo la misma pregunta que me hago yo ahora: ¿quién mató a Joaquín Tinoco? Si no dedicó más tiempo a buscar al asesino o los asesinos es porque temía por su vida y por el navío de guerra estadounidense *Castine*, que observaba el deterioro de la situación política desde el 14 de junio en Puerto Limón, en la costa atlántica. A su vez, la base naval de Amapala, en Honduras, se mantenía en alerta para un posible desembarco por la costa del Pacífico.

Quien le puso nombre y rostro al asesino de Tinoco para mí fue Ricardo Esquivel, mi tío político, aunque no fue testigo directo de los acontecimientos. Mi abuelo Eduardo, 17 años menor que Pelico y mucho mayor que mi tío, también lo mencionó en mi infancia, sin detalles que lo hicieran significativo. Ahora ni siquiera recuerdo si mi abuelo me reveló el mismo nombre que Ricardo Esquivel porque sus recuerdos eran tan fragmentarios como su vida, deshilvanada entre San José, Puerto Limón y la zona bananera de Panamá. La diferencia entre mi abuelo y mi tío no era la edad, sino la forma en que comprendían la política y la importancia que le daban al relato como forma de estructurar la realidad. El mundo como relato. La realidad de mi abuelo no era política ni pretendía serlo. Sus recuerdos no se construían como una memoria coherente o quizá su deseo de ocultarlos lo obligó a ser fragmentario.

Tío Ricardo, con apenas 10 años cuando los Tinoco ascendieron al poder, en 1917, me transmitió una ficción, un relato de héroes y traidores, de usurpadores, apóstatas, rebeldes y tramas secretas o aún no completamente reveladas. Para los hombres y mujeres de su edad el *peliquismo* no fue una referencia histórica abstracta sino una concatenación de sucesos concretos que ancló su perspectiva de la historia y que de alguna forma se resolvió en el drama vergonzante del homicidio de Joaquín Tinoco. El magnicidio final, que ocultaba muchos otros asesinatos y latrocinios que acontecieron durante aquellos 30 meses, borraba lo que nadie quiso ni quiere recordar, un espacio vacío lleno de pequeños y grandes actos ignominiosos que debían olvidarse para que la falsificada crónica republicana continuara contándose sin contratiempos en la infinita rueda de la historia.

¿Qué era indispensable olvidar? Que Tinoco fue inmensamente popular al comienzo, que muchos no hicieron nada para impedir los crímenes de la dictadura, que contó con la connivencia de expresidentes, políticos y empresarios, que fue la intervención de Estados Unidos lo que decidió el fin del reinado de los Tinoco y no una invasión patriótica desde Nicaragua. El magnicidio parecía reivindicar con un tiro —tres, en realidad, y uno solo dio en el blanco— la actitud indolente y a ratos cómplice que asumió la mayoría de la población y disimulaba lo que realmente ocurrió.

En agosto de 1919 Ricardo Esquivel vivía en Nueva York con su familia y una colonia de exiliados costarricenses que se vieron obligados a emigrar a Estados Unidos siguiendo los pasos de González Flores, el expresidente humillado. Aún tardaron en regresar al país algunos meses hasta que se estabilizó el gobierno provisional de Francisco Aguilar Barquero y el nuevo ministro de Educación, Joaquín García Monge, que también había sido refugiado en Nueva York, reinstaló a su padre Jorge en su antiguo puesto de inspector de Escuelas.

En 1973 mi tío me propuso conocer a su viejo amigo Otilio Ulate. El Mono, como le decían sus íntimos, entre ellos mi tío, o sencillamente Ulate, sobrevivía a la ruina económica y a la devastación física en una modesta casa de Escazú. Todos los presidentes costarricenses han tenido apodos, más o menos malsonantes, más o menos públicos. El de Ulate le venía tanto por los trazos gruesos del rostro, muy evidentes en sus cejas pobladas, como por la manera de cargar los hombros y de encorvarse al caminar, bamboleándose de un lado a otro.

A pesar de haber sido enemigo personal de Pepe Figueres por 20 años, Ulate pactó con él en 1970, recién electo presidente, y aceptó un cargo diplomático que le permitió subsistir por un tiempo. Figueres lo nombró embajador en España. Es probable que ese gesto no hiciera sino terminar de pudrir el resentimiento que le tenía desde la guerra civil de 1948, cuando Figueres gobernó el país durante 18 meses, en un vacío constitucional, hasta que entró en vigencia la Constitución de 1949 y le entregó el poder a Ulate, el supuesto candidato vencedor.

Esos 18 meses lo cambiaron todo: Figueres volvió en dos ocasiones a la presidencia y escribió la historia. Ulate, después de 1953, vio su influencia reducida al mínimo y arrinconado por aquella historia escrita por otros.

Ulate se fue a España como embajador. Como era de esperarse, las relaciones con Figueres y su canciller Gonzalo Facio no tardaron en agriarse y el enfrentamiento llegó a los periódicos. Volvió al año siguiente con 80 años y más problemas de los que se había llevado. En Madrid, aparte de la inconformidad de ser parte de un gobierno y de una ideología que detestaba, estuvo a punto de morir al caer en una bañera con agua hirviendo y sufrir quemaduras de consideración. Para 1973 Ulate lo había perdido casi todo y le quedaba muy poco, pocos amigos, poco dinero, poco capital político. Tío Ricardo, quien fue su diputado en la Asamblea Constituyente de 1949, lo visitaba en Escazú y le llevaba lo que podía serle útil, en medio de tantas penurias. En una de esas ocasiones lo conocí. Ulate nos recibió en una calurosa tarde de sábado en el porche de su casa, situada al final de una calle sin salida que serpenteaba en la "y griega" que dividía los caminos de Escazú centro y San Rafael de Escazú.

Ulate no me gustó. Estaba viejo y ensimismado en dolorosas ensoñaciones. Los anteojos oscuros que usaba me intimidaron y al menos ante mí ocultó lo que fue su legendaria simpatía. Tío Ricardo me empujó a que le preguntara por Tinoco. Yo detestaba aquel juego del niño de circo sabelotodo, que supuestamente era yo, que entretenía a los adultos con sus preguntas y rimas aprendidas de memoria. Me callé la boca. Mi tío lo interrogó directamente: "¿Quién mató a Joaquín Tinoco?". Ulate pareció no entender la pregunta y continuó quejándose.

Tenía mucho por qué quejarse: la edad, la salud perdida, el olvido en que lo tenían las nuevas generaciones, la clausura de su espacio político. Para un hombre público quizá lo peor es saber que su lugar en la historia se encuentra en vías de extinción incluso antes de morirse. La paradoja de un vencedor de la guerra civil de 1948 que no peleó la guerra y que a pesar de haber gobernado el país por cuatro años fue derrotado sin librar una batalla ni disparar un tiro. Con frecuencia se sentía mal, perdía el equilibrio, se resbalaba y se había caído un par de veces. Se mostró convencido de morir pronto de una de estas tres causas: caídas, catarros o cursos. Cursos, según me explicaron después, es una forma de referirse a las diarreas. Los viejos se mueren de eso, me dijo, las tres "c". Antes de irnos, una vez que tío Ricardo le entregó algunas bolsas de víveres, relató que recordaba muy bien a los Tinoco, a ambos, y que no quería hablar de ellos, pero que un periodista del *Diario*, Jaime Carranza, conocía los pormenores del asesinato.

El *Diario* era, por supuesto, *El Diario de Costa Rica*. En ese momento pronunció el nombre de otro asesino, otro distinto al que yo ya conocía por boca de mi abuelo y de mi tío. Ulate nos condujo al interior de la casa. La sala, impregnada de oscuridad a pesar del calor reinante, se iluminó con la visión de numerosas hileras en rústicos tablones de madera, superpuestas por blocks de concreto, muy diferentes a los libreros de Urgellés y Penón de la oficina de mi tío, y que contenían cientos de ejemplares empastados en cuero del *Diario*, el periódico que Ulate adquirió en 1934 y dirigió durante 30 años.

Con cansada convicción se esforzó en decirme que buscaría los reportajes de Carranza y que nos llamaría cuando pudiéramos volver a su casa a leerlos. Con suerte Mariano Sanz, Marianito, añadió mi tío, el antiguo editor del *Diario* que ahora dirigía *Telenoticias* de Canal 7, encontraría en la bodega los papeles de Carranza. La llamada no se produjo y Ulate murió poco después, a finales de 1973. Pude haberlo visto de nuevo, en la capilla ardiente que se instaló en la Asamblea Legislativa. No quise hacerlo a pesar de la insistencia de tío Ricardo de que se trataba de un hecho histórico. No lo comprendí entonces pero tenía razón. Con Ulate murió la Costa Rica de la primera mitad del siglo XX, la Costa Rica liberal que confiaba ciegamente en el no siempre suave despotismo de sus patriarcas, como Ricardo Jiménez.

Carranza sólo publicó una crónica sobre la identidad del homicida, el móvil y las circunstancias del asesinato, el 29 de septiembre de 1935, en *El Diario de Costa Rica*. No publicó nada más sobre Tinoco porque falleció una semana después. La policía encontró su cadáver en su casa en Rincón de Cubillo y los pormenores del hecho no se investigaron o por lo menos no encontré ninguna indagatoria publicada en el *Diario*, el Archivo Nacional o en las memorias publicadas décadas más tarde por uno de sus colegas, José Marín Cañas. Murió joven, como una promesa del periodismo, así se le recuerda, poco más puede decirse de él y nadie buscó tres pies al gato. Pero el que busca encuentra.

La crónica de 1935, que en realidad es un reportaje —en la época el nombre de reportaje se reservaba para las entrevistas, casi siempre políticas, que hacían los periodistas de trayectoria asignados precisamente a fuentes políticas—, se titula: "¿Cómo mató José Agustín Villalobos al general Joaquín Tinoco? La más interesante y completa crónica acerca del crimen político de más sensación en Costa Rica".

Carranza ni siquiera se pregunta quién mató a Tinoco. No alberga dudas o parece no tenerlas o al menos no las expresa en esa primera entrega de una serie de reportajes que anunció el *Diario* sobre Tinoco. Carranza no se pregunta por el quién, se pregunta por el cómo, por la forma en que un ebanista de 21 años, sin experiencia militar ni balística, cruzó el cerco de protección de Tinoco y lo asesinó: "Valiosos documentos que dejan por completo esclarecido el hecho y confirman la vieja versión que tiene como auténtico autor del hecho al joven

José Agustín Villalobos, cuyo misterio quedó, al fin, sepultado entre las fauces de una fiera marina. Narraremos a los lectores las incidencias del caso que, a pesar del tiempo transcurrido, mantienen vivo el interés de la opinión pública".

Villalobos, en efecto, es el hombre que se ha señalado con más frecuencia como el homicida de Tinoco. También es el asesino perfecto. Murió casi tres meses después del asesinato, el 5 de noviembre de 1919, y su cadáver se encontró al pie del faro del puerto de Puntarenas, en el extremo más angosto de La Punta, con signos de haber sido atacado por un tiburón. Como un detalle morboso, el periódico *El Hombre Libre* mencionó dos días después que se hallaba con los ojos abiertos como si estuviera mirando hacia la imagen de piedra de la Virgen del Carmen esculpida en el faro.

De haberse tratado de una venganza, también fue la venganza perfecta arrojarlo a los tiburones, como sucedería 40 años después con el jefe de los matones de 1948, quien torturaba y asesinaba para el gobierno, en una rara espiral de la historia. A cambio de entregarle armas a Fidel Castro, una década más tarde, Figueres y los antiguos combatientes de 1948 les pidieron a los jóvenes guerrilleros que ajusticiaran al famoso sicario cubano Juan José Tavío, quien había huido a su tierra natal al final de la guerra civil. Tavío fue llevado en bote a la bahía de La Habana y lanzado a "dormir con los peces". En ese caso, con los tiburones.

Villalobos no era un torturador como Tavío. Para muchos fue un patriota en 1919. Para los Tinoco fue un asesino a sueldo, pero su muerte ensombreció aún más el misterio del asesinato.

De Jaime Carranza se conserva un documento gráfico y una anécdota curiosa que recoge Marín Cañas en su obra autobiográfica *Valses nobles y sentimentales*. El 20 de marzo de 1935, día de la última de las 56 entregas de la novela *El infierno verde* de Marín Cañas publicadas en el diario *La Hora*, que él dirigía, sus colegas lo agasajaron con una cena en la Pensión Italiana. La reunión debía ser registrada por la cámara del fotógrafo de *El Diario de Costa Rica*, Mario Roa. Sin embargo, antes de que se realizara la toma, Ulate, propietario del *Diario* y de *La Hora*, contó el número de asistentes, se percató de que eran 13 y le pareció un signo de mal agüero. Mandó por un periodista más que saliera en la toma y acudió Carranza, quien en ese momento terminaba su crónica en la sala de redacción del *Diario*. Así que lo incluyó en el grupo de amigos para que fueran 14 y se pudo conjurar la cifra fatídica de 13. La foto se publicó en *La Hora*, en la edición del día siguiente, y es notoria la presencia de Carranza porque su rostro aparece velado, lo que le da un cierto aire espectral. Quizá sea un detalle nimio, producido por la manipulación del negativo, aunque no deja de sorprenderme que Carranza muriera seis meses después sin publicar sus revelaciones sobre la muerte de Tinoco.

Durante años o décadas recibí la visita inesperada de aquella presencia, la sombra invisible del asesino de Tinoco, el hombre del sombrero negro, como también podría llamarlo, que me desveló poco a poco la trama secreta. La sombra podía surgir en cualquier momento a la manera de un encuentro repentino, como me sucedió en 1985 mientras trabajé 12 meses en el Ministerio de Cultura. En una de las giras periódicas del ministro volvíamos en tren desde Orotina y un hombre mayor se sentó a mi lado y espontáneamente comenzó a hablarme de Tinoco. En aquellas ocasiones lo habitual era que el interlocutor se presentara como alguien que conocía el nombre del asesino y para probarlo se despachara con abundancia en torno a los hechos probatorios. Es una lástima que hace 30 o 40 años no pensara en escribir este libro y no hubiera tomado notas que quizá me hubieran servido de provecho. Sin embargo, el nombre que se repitió siempre fue el mismo y lo recuerdo desde que lo pronunció por primera vez mi abuelo y porque es un apellido que es parte de mi entorno familiar y que me sigue siendo inolvidable. Se referían por supuesto a Julio Esquivel Sáenz.

En 1989 Costa Rica había olvidado el misterio de Joaquín Tinoco. En 46 días que estremecieron al mundo cayó el Muro de Berlín, se reunificó Alemania, finalizó la Guerra Fría, Estados Unidos invadió Panamá y derrocó al general Noriega, con un saldo de más de 3 000 civiles muertos, sin que hasta la fecha se conozca la cifra exacta de víctimas ni se haya investigado la operación militar, y Rumania fusiló al megalómano Ceaucescu después de una revolución sangrienta. Yo intentaba lanzar una revista semanal para el diario *La Nación*, donde trabajaba entonces, y en medio de aquella época que vivía una vertiginosa aceleración del tiempo histórico un personaje me pidió una cita.

Rodolfo Francés, un curioso hombrecito que se paseaba por la sala de redacción las pocas veces en que requeríamos una traducción del francés al español o viceversa, quiso hablar conmigo. En su caso, el apellido determinó su vocación de traductor, pero también la historia familiar. Su madre, siendo niña, fue parte de una de las familias que acompañaron a Tinoco al exilio en Francia, como si se tratara del entierro de un faraón egipcio.

En la educación y modales europeizantes de Francés, salidos de otro tiempo, en el traje entero, bigotito y prominentes entradas, yo creía ver una mezcla de Hercule Poirot, el detective de Agatha Christie, y de Simon Brimmer, el no menos famoso antagonista un tanto ridículo de otro detective también famoso, Ellery Queen, cuya serie de televisión determinó mi admiración adolescente por la novela policiaca.

Francés desplegó sobre mi escritorio una colección de fotografías del funeral del general Tinoco, tomadas por Manuel Gómez Miralles, el 11 de agosto de 1919, y una latita herrumbrada del tamaño de un plato pequeño o de un disco de vinil de 45 r.p.m. La lata contenía la película del entierro filmada por el mismo fotógrafo para su exhibición de vistas cinematográficas, como entonces se llamaban, en el Teatro Moderno. Francés me propuso escribir un reportaje sobre los 70 años del asesinato de "tío Joaquín", según lo definió, ilustrado con el material que me ofrecía. Yo acepté, por supuesto, y me olvidé de aquellas fotografías por 25 años y me sorprende que las haya conservado. Se salvaron porque las coloqué en una caja hermética de papel fotográfico Ilford, que en el tiempo de la fotografía química se acumulaban en la sala de redacción, en el incesante hacinamiento de papelería inservible que recolectábamos entonces, sin más utilidad que guardar imágenes fotosensibles. A prueba de luz y de humedad, para que el papel no se velara antes de ser impreso, en el trópico eran mucho más confiables que una caja fuerte.

En esa caja Ilford deposité una cápsula del tiempo de mis dos décadas en el periodismo y encontré las fotos de Gómez Miralles en perfecto estado. Al verlas ahora recordé la frase del escritor alemán W. G. Sebald: "Siempre colecciono fotos perdidas; hay en ellas una enorme reserva de recuerdos". Las imágenes del funeral eran precisamente eso, una reserva, un pozo enterrado.

Las tomas cinematográficas del funeral, sin embargo, se perdieron sin remedio. O las perdí, más bien. Debo de haber dejado la lata de película en la redacción y terminó en la basura, como gran parte del legado de los fotógrafos y camarógrafos del siglo xx. No es que no la apreciara pero ya entonces era arduo conseguir un proyector que me permitiera verla y perdí interés en el contenido.

Gómez Miralles fue el fotógrafo de aquel lustro de feroz y convulso tinoquismo. Es el autor de las vistas que se guardan en un recinto climatizado en el Archivo de la Imagen del Centro de Cine: la toma de posesión de González Flores en 1914; el ascenso triunfal de Tinoco tras las elecciones de abril de 1917, que pretendieron legitimar el golpe de Estado del 27 de enero —el *27 traicionario*, según los mentideros de la época—, y el desfile de Joaquín Tinoco en el primer aniversario del régimen, que abarcó tres kilómetros de partidarios entusiastas a caballo, en una procesión que fue de La Sabana al Castillo Azul. En 1919, en el mismo edificio que hoy ocupa el Centro de Cine se hallaba la mansión de dos pisos de la sede de la Legación Americana. El tercer piso, donde se encuentra el Archivo de la Imagen, se construyó en 1972, sin muchos escrúpulos patrimoniales, para proporcionarle más espacio al Departamento de Cine del naciente Ministerio de Cultura.

Ascendiendo a la tercera planta de aquel edificio tengo la esperanza, como otras veces en mi vida, de que el cortometraje perdido esté ahí, que haya llegado por arte de magia o manos caritativas a los fondos documentales. William Miranda, el experto que me atiende, conoce el archivo como si fuera parte de su memoria, sin necesidad de consultar el catálogo. Niega con la cabeza y me muestra las pocas vistas que subsisten del general José Joaquín Tinoco con vida.

Antes de verlas, en la atmósfera oscura y silenciosa del cuarto de visionado, entrecierro los ojos. El día previo al asesinato, el sábado 9, Tinoco llegó a caballo a las puertas de aquel mismo edificio y como en un wéstern agitó su pistola y amenazó con disparar a los que se guarecían dentro. Los llamó cobardes y traidores. Los azuzó para que salieran a la calle y se enfrentaran con él a tiros. Nadie quiso salir, llevarían las de perder contra un hombre que era capaz de traspasar una moneda en el aire. La escolta de Tinoco, a su vez, lo persuadió del riesgo de violentar la Legación Americana y de desencadenar una invasión que estaba a punto de iniciarse.

El hombre que percibo a través de las moléculas de cristal líquido de la pantalla es otro. O parece ser otro en las sombras un tanto afantasmadas de la película silente. No es el general desesperado en sus horas finales. También va a caballo, es cierto, pero aún no ha sido ascendido por el Congreso a general de brigada, y dos años después a general de división, aunque ya ostenta el mando supremo del ejército. El camarógrafo lo sabe y los otros militares también lo saben. En un momento su mirada se cruza con la mía, casi un siglo más tarde, y me estremece la seguridad con la que cabalga, a pesar del movimiento agitado de los fotogramas de cine mudo, la dirección que le imprime a la cabalgadura y a la tropa que lo sigue y aclama, como una caravana que nace de su voluntad. Que encarna su voluntad.

La película comienza y termina con intertítulos en letra manuscrita: "Este Ministerio de Guerra y Marina ha dispuesto que el próximo domingo 27 de los corrientes, se haga a las cinco de la mañana en todas las Plazas de la República, una salva de veintiún cañonazos y que en los lugares en donde existiere Banda Militar, ésta salude tan glorioso día con dianas que se tocarán recorriendo las calles de la población respectiva".

Aunque las imágenes no están coloreadas, como se estilaba antes de 1930, el blanco y negro trasluce la presencia de ánimo de Tinoco, el tono bicolor del uniforme, la casaca oscura, el pantalón claro, el bicornio emplumado, los rasgos con los que ocupa el eje central del escenario. Entre todos los jinetes es el único que sobresale, los demás van un paso atrás. Más rápido, más alto, más fuerte. *Citius, altius, fortius*, el lema que su profesor, el padre dominico Henri Didon, hizo grabar en el frontispicio del colegio privado más prestigioso de Francia, Albert-le-Grand, donde Tinoco pasó los cinco años más felices de su vida. De aquella fachada tomó la frase el barón Pierre de Coubertin para darles un sentido a los Juegos Olímpicos que fundó. El deporte, la guerra por medios pacíficos. La religión del cuerpo atlético. El ejercicio físico y el ejército convertidos en un solo ideal. El coronel Tinoco, que pronto será el general Tinoco, y más tarde el general, en singular, nada más el general, es el único que monta con pantalón blanco y que en vez del quepis moderno que todos usan soporta el vistoso y pesado chacó con el que aprendió a regir el mundo. Más rápido, más alto, más fuerte.

Tinoco conoce su lugar y lo ejerce sin esfuerzo golpeando su caballo con la tajona de verga de toro. Más rápido, más alto, más fuerte. Podría decirse que nació para gobernar y lo hace con holgura. Es difícil de creer que un caudillo rodeado del aura de poderosa invencibilidad que posee y de aquella soldadesca afiebrada que pulula alrededor suyo, entre la que sobresale la Casa Militar Presidencial, la escolta personal y los patriarcas de la nación, que es el hombre más protegido de Costa Rica, más protegido que el propio Pelico, porque conoce las amenazas que pesan sobre él y se escuda *en guardias pretorianos y turbas de esbirros que no le pierden traza*, pueda ser asesinado por una sombra. O por una conjura de sombras.

En la cabalgata reconozco dos formas más. El contorno de una de ellas, más cerca de la cámara, me es visible, el mayor Jaime Esquivel Sáenz, que dentro de poco será coronel y comandante de la temible Tercera Sección de Policía. A su lado intuyo que se encuentra su hermano Julio, que arrastrará la leyenda de haber sido el asesino de Tinoco durante un siglo, hasta ahora en que escribo estas palabras.

Las vistas cinematográficas de Gómez Miralles son las únicas en las que puede verse tanto a Tinoco como a uno de sus posibles asesinos. Aunque, si me atengo a los testimonios que recoge Carranza en su primer reportaje de *El Diario de Costa Rica*, al entierro asistió el otro asesino posible, el hombre del sombrero negro que desapareció después de matar a Tinoco. A Esquivel no lo vio nadie, al otro asesino lo identificaron múltiples testigos mientras corría de la escena del crimen, lo cual a simple vista podría indicar que se trata de un caso sencillo, casi transparente, aun cuando hayan pasado 100 años. Sin embargo, reuniendo las piezas del rompecabezas, no aparece un rostro único sino múltiples y varias respuestas al enigma.

Las fotografías del sobre de manila de Rodolfo Francés están identificadas en su ángulo inferior izquierdo con el sello de agua *M. Gómez Miralles San José Costa Rica*, en letra manuscrita, y muestran una realidad distinta. La pompa y circunstancia del funeral de Estado se trasluce a través de una pátina gris, oscura, monocromática, por la que Gómez Miralles parece rasgar una pantalla nocturna con el ojo del objetivo fotográfico. Todo es noche, la sala a oscuras del Palacio Nacional, con las dos cámaras legislativas reunidas, la misa *corpore insepulto* en la iglesia catedral, también en tinieblas, y el cortejo que partió de la avenida 4 al Cementerio General bajo una toldería de paraguas negros como zanates para protegerse de la incesante lluvia que acompañó al féretro desde que salió de su casa en el barrio de Amón.

Aunque Ulate no me dijera nada más sobre Carranza obtuve de él una pieza más en el rompecabezas muchos años después. Al morir tío Ricardo, en 1986, dejó entre sus papeles algunos objetos personales de Ulate, que yo recibí en 2009, cuando murió su esposa, la hermana de mi madre. Omitiré, porque no viene al caso, el detalle de los documentos históricos que Ulate había depositado en manos de Ricardo Esquivel y que explican en parte las razones ocultas de la guerra civil de 1948. Obviamente no están relacionados con Tinoco pero sí con la lucha por el poder, que es al fin y al cabo el tema de este libro.

Lo que me atañe es un recorte de la primera página de *El Diario de Costa Rica* del 27 de agosto de 1919, que presenta una noticia enmarcada bajo el título "Quién fué el victimario del Gral. Tinoco".

Hay uno que dice que no fué Cambronero *(en negrita en el original)*

Por correo urbano recibimos anoche la siguiente, la cual publicamos exactamente respetando ortografía y forma:

San José, 21,8,1919

Sr. Director:

Habiendo sido enterado por una persona que en un diario de Nicaragua existe un sujeto denominado Cambronero el cúal se dice haber últimado á Joaquín Tinoco y teniendo yo plena convicción que no es así; pués el que esto escribe puede dar todos los detalles completos del caso me veo en la necesidad de pedírle cuenta de sus actos y por que se aventura á tanto así es que á estas horas é partido para la vesina de el norte y pronto verán algo sensacional en esta tierra risueña que se orienta en nuevo porvenir.

Le suplico dar cabida á estas líneas su diario y enviarle su mentís á ese descarado de Cambronero, pues el matador ni le hablo al Gral. T.

Quedo. Su afmo. S.

L. Cristian Lobo

(Esta posdata está al reverso).

Pos. D.

Haga constar que en mi lugar con una ofensa personal como la que el individuo relata no huyo

antes al contrario me enfrento á la lid pero como á mí no me combiene no lo hago.
L.C.L. (a) Loco contento

Dos hombres se atribuyeron el crimen, uno lo hizo de forma privada, casi secreta, José Agustín Villalobos, y el otro lo publicitó de una manera pública y jactanciosa, Lorenzo Cambronero. La prensa costarricense se había hecho eco de rumores y noticias nicaragüenses sobre su participación, sin aportar ninguna prueba, cuando se publicó el desmentido en el *Diario*. El más interesado en demostrar su responsabilidad fue el mismo Cambronero, uno de los principales combatientes contra Tinoco en la revolución del Sapoá, en mayo de 1919. Sus levantamientos contra el presidente Julio Acosta, en 1920 y 1923, fueron el corolario de la inestabilidad política y militar de la década precedente. Aunque un año antes había sido compañero de armas de Acosta, en el Sapoá, Cambronero tomó partido por el padre Jorge Volio en contra del nuevo presidente, acusándolo de no querer castigar los crímenes del régimen y promover una política de "perdón y olvido", como en efecto la bautizó Acosta. Volio fue el segundo comandante del Sapoá y entraría a la historia costarricense con el apelativo de la Revolución Viviente, cuando años después de la lucha contra Tinoco arengó a las masas: "Yo que no soy estadista, que no soy político, ni empresario, he proclamado esta arrogancia: yo soy la revolución viviente".

Cambronero fue capturado y permaneció cuatro meses en la cárcel, en 1921, y pudo salir gracias a una amnistía presidencial. Se levantó de nuevo contra Acosta a finales de 1923 y viéndose perdido, a punto de caer en manos del ejército, traspasó la frontera y se ocultó en Nicaragua. A pesar de su leyenda de bandolero en Puntarenas y Guanacaste, de la indudable temeridad que lo hacía tomar el fusil a la menor provocación, se encontraba en el Sapoá cuando Tinoco cayó asesinado. Nadie lo vinculó seriamente al homicidio más allá de su propia fanfarronería, mucho menos Volio, quien siempre defendió que fue Villalobos el asesino y se desligó de él.

En 1935, en una entrevista en *La Tribuna*, Cambronero llegó a afirmar que al intuir "la derrota total de la revolución" debido a "la desorganización en que estaban las tropas revolucionarias, y esto por último, al perenne juego de malas intrigas políticas en que se mantenían los jefes superiores", tuvo la intención de "eliminar a toda esa gente". Por si no queda claro lo que quiso decir en la misma conversación precisa: "hacerme jefe supremo militar de todas las fuerzas revolucionarias para luego pasar por las armas a todas aquellas gentes y hacerme, en esa forma, dueño de la situación".

Lo que me decidió a escribir sobre Tinoco sucedió hace tres años de una manera fortuita y de la misma manera lo relato. Como siempre hago en mis clases, al empezar el semestre en la Universidad de Costa Rica, les pedí a los estudiantes que escogieran un objeto material —tangible y específico— que los vinculara a la cultura nacional y que expusieran sus razones frente a la clase en una breve presentación. Por lo general, los expositores no se complican la vida y sin reflexionar demasiado seleccionan una bolsa de café, una carreta decorada, una imagen en resina de la Virgen de Los Ángeles —que sustituyó al resplandor enjoyado que fue popular décadas atrás, que no permitía una reproducción en serie apropiada al consumo masivo actual—, una cerveza Imperial, una botella de guaro, un chonete, un pañuelo floreado, una bola de futbol, una salsa Lizano o una tapita Gallito —objetos típicos de la más burda tipicidad—. Una estudiante, que se identificó como Mariana Echeverría, sin embargo, se alejó del tópico y proyectó en la pantalla una fotografía de Federico Tinoco. Estaba a punto de detenerla de forma condescendiente, reclamándole que no había cumplido la tarea, al menos tal y como yo esperaba que lo hiciera, pero le permití que al menos ofreciera su explicación. Resumió un poco la historia de Tinoco, que yo ya conocía y que sus compañeros ignoraban y que siguen ignorando, con esa especie de amnesia colectiva que nos inoculan desde que nacemos hacia la historia nacional, y terminó de hablar. Como había hecho con todos los demás la interrogué sobre su vinculación personal con aquel objeto, que no pasaba de ser un retrato de Tinoco tomado de Wikipedia o de cualquier sitio web, y me contestó algo que yo también sabía y que sin embargo logró interesar un poco más a la clase: la dictadura se desplomó como un castillo de naipes cuando asesinaron al hermano del presidente. Claro, le contesté, ansioso de ampliar el misterio, no de revelarlo, seguro de que no había ningún misterio que revelar. Claro, y hasta ahora no se sabe quién es el asesino, añadí en tono profesoral. Iba a explicarle las dos hipótesis más divulgadas sobre la sombra del homicida, seguro de que las ignoraba, cuando ella me interrumpió.

—Eso no es cierto —me dijo segura de lo que sabía, como quien se sorprende de que los otros lo ignoren—. La familia de mi abuela lo escondió en la joroba del carro y lo sacó del lugar del crimen —añadió con la mayor inocencia.

La abuela, a quien llamaré la señora Lotz, porque no me permitió dar su nombre completo, me atendió en una casa de estilo sureño que ocupa el centro de una inmensa propiedad en Los Yoses, construida en un tiempo en que la tierra horizontal parecía infinita. Las casonas de Los Yoses oscilaban entre las construcciones modernas del arquitecto Enrique Maroto, con un aire de cuadro cubista, y mansiones que parecían sacadas de una plantación del sur de los Estados Unidos o de una novela de William Faulkner. Esta última fue la impresión que me dio visitar a la señora Lotz, a los 92 años. Seguía valiéndose por sí misma y, como si un diminuto ser poblara un cuerpo inmenso, la casa se había reducido a sus proporciones y necesidades. El jardín lucía abandonado y la casa grande, en la que sólo estaba ella acompañada de una mujer más joven, que se me presentó como Anita, funcionaba en la sala en la que nos encontrábamos. El resto se había quedado detenido en otro tiempo. No me pidió que me sentara así que comprendí que no deseaba que me quedara mucho tiempo.

Mariana me había dicho que su abuela no salía nunca, que le hablara duro, porque era un poco sorda, pero que su único problema de salud era un glaucoma que la estaba dejando ciega. Me habló con los ojos cerrados y me dijo que era un secreto de familia y que tenía que permanecer como un secreto de familia. Yo en ningún momento le oculté que pensaba escribir un libro sobre el asesinato de Tinoco y le rogué que reconsiderara su posición. Le dije que a partir de ese momento todo lo que dijera podría ser incluido en el libro, si es que alguna vez llegaba a escribirlo. Repitió que se trataba de un secreto de familia y redondeó la frase enfatizando que lo considerara como "un asunto de familia".

Está bien, concedí, y me resigné a decirle que podría ocultar su identidad. Aceptó con una leve indicación de cabeza. No estaba muy convencido pero no quise aprovecharme de la situación ni del hecho de que Mariana fuera mi alumna. En ese momento sopesé las consecuencias y le dije que si tenía dudas que por favor no ahondáramos más, que comprendía que un secreto guardado por tanto tiempo en un estrecho círculo íntimo no podía resolverse ante un desconocido como yo. Ella asintió de nuevo y me fue evidente que recapacitaba.

Yo seguía de pie y recorrí con la mirada una de las típicas salas de clase media alta o de la ascendente burguesía industrial de la década de 1960, que había sustituido cualquier recuerdo de la ciudad patriarcal en madera laqueada maciza de la primera mitad del siglo XX por la cómoda ligereza del *plywood*. Con las décadas, el *plywood* se transformó en sedimentos de comején. Pero el *plywood*, como el mundo de la posguerra, no fue creado para durar.

La señora Lotz siguió hablándome con los ojos cerrados como si hablara consigo misma, no conmigo. Sí, su padre recogió al asesino en los bajos del barrio de Amón la noche del crimen, lo montó en el asiento trasero de su automóvil, no recordaba si en el maletero, o no lo sabía, ella nació cinco años más tarde, no se acordaba. ¿Nombres? No puedo darle nombres, me dijo, para mi inmensa desilusión, y repitió lo que yo ya sabía: "Es un asunto de familia". ¿Su familia estaba envuelta? ¿Cuántos eran? Repetí los nombres de los dos probables asesinos y no obtuve nada de ella. Era evidente que esos nombres no le decían nada o que, por el contrario, no quería decirme nada sobre ellos. Mi última pregunta fue: ¿usted sabe cómo se llama el asesino? Asintió en silencio y nada más. La entrevista tomó poco tiempo y en ningún momento entramos en confianza. Casi un siglo después aún causaba escozor la figura de Joaquín Tinoco y la conspiración de sombras que rodeó su muerte. Estaba delante de una de aquellas sombras, quizá la última, si es que los secretos de familia no pasan de generación en generación y se pierden en algún pliegue de esta historia. No obtendría nada más de ella. Nada más.

En algún momento sentí que abusaba de la confianza que me había dispensado y que no debería haber ido a visitarla. Durante mis años como periodista continuamente tuve esa misma sensación oprimiéndome el pecho: si logro sonsacárselos, ¿me convierto en dueño de los secretos de los demás?

Y si lo logro, ¿puedo divulgarlos como si fueran míos y compartirlos con los otros? ¿Puedo traspasar ese umbral y bajo qué condiciones es posible hacerlo?

Al volver a mi casa revisé las notas, las de aquella tarde que se fue oscureciendo hasta que la señora Lotz y yo veíamos la misma oscuridad, y las notas que había tomado durante años, poco a poco, mientras iba a tientas hilvanando nombres, fechas y hechos sobre el caso, y no encontré a nadie que pudiera relacionar con el apellido de la señora Lotz, que es también el apellido de su padre. En la única foto que subsiste de los restauradores, como se hicieron llamar los que combatieron a Tinoco después de la masacre de Buenos Aires, se aprecian 57 hombres con sus respectivos nombres escritos a mano. En la memoria de la épica antitinoquista, antes de ser olvidada por la historia, al asesinato a mansalva de Fernández Güell y de otros cuatro revolucionarios, el 15 de marzo de 1918, en Buenos Aires de Puntarenas, se bautizó como *la masacre de Buenos Aires*. Ninguno de los restauradores de la foto coincide con el apellido alemán que adrede escondo bajo el de Lotz, como me solicitó la abuela de Mariana.

Posando frente a la cámara con seriedad, como si fuera un orgulloso grupo de oficiales de la Primera Guerra Mundial vestido de civil, ante una posteridad que no va a preservar sus rostros ni sus actos, aun cuando estaban seguros de que su lucha contra Tinoco marcaría lo que ellos mismos llamaban "historia patria", están los máximos líderes de la revolución del Sapoá, la campaña que aplastó Joaquín

Tinoco en mayo de 1919 como un castillo de naipes. Cualquiera de ellos tenía sobradas razones para matar a Tinoco, o para mandarlo a matar, aunque es improbable que alguno de ellos lo hiciera.

Algunos de estos hombres tenían claro que el general Tinoco era el responsable de la muerte de un miembro de su familia, incluso de un hermano, pero tenían también claro que no se trataba de un ajuste de cuentas personal. ¿O lo fue? ¿Fue una venganza el asesinato de Joaquín Tinoco?

La foto de los restauradores se tomó en mayo de 1920, en la hacienda del doctor Antonio Giustiniani, en La Sabana, después de la caída de los Tinoco y del ascenso a la presidencia del jefe de la rebelión, Julio Acosta, lo que explica que el recién estrenado mandatario no figure en la imagen. Desde su investidura, Acosta hará todo lo posible por distanciarse de los restauradores y gobernará con los que no hicieron la guerra, algunos de los cuales fueron partidarios de Tinoco, lo que provocó el distanciamiento con sus antiguos compañeros de armas. Lo mismo hará Pepe Figueres 28 años más tarde, cuando margine del poder a los militares que pelearon la guerra civil con él, en una aparente contradicción que desemboca en El Cardonazo, el frustrado intento de golpe de Estado de abril de 1949 que protagonizó Edgar Cardona, su ministro de Seguridad. Otra espiral de la historia que da vueltas.

Joaquín Tinoco y el teniente coronel Arturo Villegas, jefe del Cuerpo de Detectives, le seguían de cerca los pasos a Giustiniani, un médico francés de origen corso, a la cubana Amparo López-Calleja de Zeledón y al catalán Pepe Raventós, quienes financiaron la rebelión por su cuenta y riesgo. Quizá el hecho de ser extranjeros les otorgaba cierta inmunidad. Quizá eran más valientes. Quizá los costarricenses que podían haberlo hecho no se atrevían o estaban demasiado comprometidos. Como ocurre con los hechos históricos complejos, sus decisiones individuales fueron el resultado de factores en los que se mezclaron el arrojo personal con la convicción ideológica y la fidelidad por el país que los había acogido. No hubo unanimidad en las colonias extranjeras y muchos europeos afincados en Costa Rica, como los Herrero, Delcore y Aronne, dueños de los grandes almacenes La Puerta del Sol y La Despensa, tomaron partido por Tinoco y disfrutaron de la misma prosperidad de la que gozaron los costarricenses afectos al régimen. Una vez que Pelico abandonó el país, sus negocios fueron destrozados a pedradas por la muchedumbre josefina.

Según le informaron a Villegas dos mujeres espías que trabajaban en la hacienda Giustiniani, identificadas por las siglas A. M. y R. C. en los registros del Ministerio de Guerra, las reuniones clandestinas se organizaban en esta finca o en la de José Cástulo Zeledón, esposo de doña Amparo. Los encuentros furtivos se efectuaron en la noche, cuando el llano de Mata Redonda, tan alejado de la ciudad de San José, se volvía un páramo silencioso y polvoriento, poco visitado por extraños.

Durante el día, el café La Favorita de Raventós era el lugar donde se traficaban mensajes secretos envueltos en cigarrillos y cajetillas de fósforos, de acuerdo con el código establecido por el padre Jorge Volio, uno de los más connotados restauradores, quien ya lo había probado en la guerra civil de Nicaragua, en 1912, cuando luchó al lado de los liberales en contra de los conservadores y de la intervención armada de Estados Unidos.

La finca Giustiniani cubría el ángulo noreste del llano de La Sabana y era famosa por la calidad de sus cosechas de café y por la mansión señorial de dos pisos pintada de rojo rodeada de los patios del beneficio, los cafetales y un jardín de plantas tropicales al frente de la residencia. Al patio de secado del café se accedía por un barandal de hierro forjado con el monograma GMC —Giustiniani Millet de Castella—, en letras entrelazadas, y formaba un cuadrángulo con las caballerizas de paredes de adobe, los establos y los cobertizos.

La "logia", como la llamó el padre Volio, se reunía en la galería del segundo piso, después de ascender por una escalera de baranda de cedro coronada por una piña de bronce, un símbolo masón que a Giustiniani le recordaba el pino negro de Córcega y que acariciaba cada vez que ascendía por los peldaños de la *scala*. Cuando se sentían vigilados por la policía se escondían en la buhardilla cruzada de vigas del tercer piso, mucho más segura y casi impenetrable, porque carecía de acceso desde la casa grande y era necesario ingresar por el sótano empedrado de granito de Cartago y ascender hasta la bodega del gamonal.

Pero Tinoco seguía de cerca a los revolucionarios, como comprobó el doctor Giustiniani. En una ocasión, al sentarse a almorzar, sobre la loza inglesa encontró un ejemplar de *Los hermanos corsos* de Alexandre Dumas, una sangrienta historia de venganzas en su isla natal. Entre sus páginas halló una fotografía de su único hijo, Miguel, cubierta de sangre de chancho, y entendió muy bien el mensaje que quiso hacerle llegar el general Tinoco. Envió a Miguel a Francia y el 10 de septiembre él mismo abandonó Costa Rica, expulsado por el régimen, y se reunió con los conspiradores en Nicaragua. El 19 de abril de 1930, cuando el peliquismo parecía una pesadilla lejana, Miguel Giustiniani murió a los 36 años, y su padre pensó de nuevo en aquella vieja *vendetta* finalmente cumplida.

El 2 de mayo de 1919, un poco después de las 8 a.m., cuando la meseta central lucía cubierta por la ceniza densa del volcán Irazú, A. M. intentó descerrajarle un tiro a Amparo de Zeledón con un pequeño revólver que le entregaron en la Tercera Sección de Policía. Ya fuera por los nervios o porque no recibió suficiente entrenamiento, el hecho es que no pudo disparar contra doña Amparo en la enredadera sobre el barandal de hierro forjado que daba paso al jardín de su hacienda en Sabana Norte. El informe no ofrece detalles y *La Información*, *La Prensa Libre* y *La República*, controlados por la censura tinoquista, silenciaron el incidente. El arma pudo haberse encasquillado, algo habitual en las armas cortas.

Al verse sorprendida, la señora López-Calleja corrió al interior de la casa y tropezó con los escalones del porche semicircular. Se incorporó sosteniéndose de una de las columnas que presidían la fachada neoclásica de la residencia y escapó por las filas de cafetales, donde se escondió y llamó a gritos a los peones. La mujer que atentó contra su vida no fue capturada pero alertó a los restauradores sobre el peligro que corrían sus vidas.

Como una ironía del destino, una de tantas de esta historia cruzada por destinos trastocados y consecuencias ambiguas o fortuitas, medio siglo después de los hechos que narro, la primera autopista construida en el país, la "pista" Wilson, luego bautizada como General Cañas, pasaría frente a la icónica mansión Giustiniani. Dudo mucho que alguien en 1958 pensara en la contribución no exenta de contradicciones de Woodrow Wilson a la caída de Tinoco y mucho menos que La Sabana hubiera sido uno de los focos centrales de la intriga. El jardín de la hacienda del naturalista José Cástulo Zeledón y de su esposa Amparo López-Calleja, como otras fincas de la conspiración antitinoquista, se convirtió en un cementerio de chatarra herrumbrada de cientos de radiopatrullas chocadas y carros decomisados de la Dirección de Tránsito, reclamados por el olvido y no por sus dueños.

Cada vez que cruzábamos La Sabana, mi tío Ricardo, de quien no podía sospecharse el menor afán antiimperialista o antiestadounidense, muy por el contrario, objetaba el nombre de la autopista:

—Con lo mal que se portó Wilson con Costa Rica, que estuvo a punto de invadirnos, y le ponemos su nombre a la pista.

Se refería a otra más de las paradojas que rodeó esta historia: sin Wilson no se hubiera desplomado

Tinoco. Abandonó el poder a expensas de una intervención militar que finalmente no llegó a hacerse realidad porque Costa Rica accedió a cumplir con las exigencias de Washington de forma expedita.

En la memoria perdida de la lucha contra la dictadura, los restauradores se oponían a los esbirros como las figuras blancas se enfrentan a las negras en el tablero de ajedrez. Los esbirros pululaban como los zanates y los zopilotes en las calles josefinas mientras que los restauradores, a pesar del sacrificio individual, se reducían a unas pocas decenas de hombres y algunas mujeres que nunca pusieron en riesgo el régimen de Tinoco.

Arturo Villegas fue la cabeza de los esbirros —¿debo escribir la palabra con "e" mayúscula?—, que perseguían a Giustiniani, a Amparo López y a los Volio. A juzgar por su apodo, el Verdugo, no se trataba de un asesino cualquiera. Villegas fue un precursor, el antecedente de los matones que en la década de 1940 cometieron crímenes de guerra contra los opositores al expresidente Calderón Guardia —Tavío, Perro Negro y Áureo Morales fueron los más infames—, y cuyos nombres también sucumbieron al ácido de la desmemoria social. Villegas también se menciona en los informes por sus iniciales, A. V., que a la vez aparecieron en cadáveres torturados encontrados en las márgenes del río Torres y en las fincas de los rebeldes antitinoquistas —que fueron su coto de caza y campo de tortura—. Su arte para torturar no llegó al refinamiento de la picana eléctrica, ya conocida en Argentina, en la década de 1920; contó con medios más modestos, como el machete, una herramienta más básica y sencilla con la que desmembraba a los miembros de la oposición a Pelico en el último año de la dictadura.

Villegas convertirá el Cuerpo Nacional de Detectives, creado por Tinoco seis meses después de su ascenso como ministro de Guerra, en una policía política dedicada al secuestro y tortura de los enemigos. O dedicada a crear enemigos, a convertir en enemigo a cualquiera que no se sometiera a la más básica sumisión. Su mayor invento, que lo hacía sentir orgulloso, fue el esbirro. El delator. El soplón. El secuaz. El sátrapa. En una lengua incapaz de hablar con claridad, como la costarricense, llena de recovecos, silencios y eufemismos, el término esbirro rompe la norma con su sonoridad de acero destemplado. Al conocer que popularmente llamaban a sus espías de ese modo, el mismo Villegas reclamó para sí el cargo de jefe de esbirros y con orgullo se autoproclamó capitán de esbirros.

En ausencia de una imagen gráfica de "la figura bufa del nuevo coronel (Villegas) paseando su ufanía por la avenida Central", su mejor retrato lo publicó el periódico *La Semana* el 4 de octubre de 1919 —mes y medio después de la caída del régimen—: "La ciudad había sido invadida por una turba de esbirros que daban a la capital un aire medroso y asfixiante, cuando uno de estos *abortos* se avistaba. El odiado Villegas aparecía por todas partes, lo oía todo y era ya tan siniestra su figura, que los vecinos pacíficos cerraban la puerta santiguándose cuando pasaba".

La vida cotidiana de la ciudad se trastornó con "ecos bélicos, toques de corneta a toda hora, reclutamientos, revistas militares, encumbramientos de personajes, y las calles y avenidas se congestionaban al bufante paso de un centenar de automóviles oficiales en los que paseaban su hastío los barbilindos del Estado Mayor o viajaban a grandes velocidades los mastines de presa". En esta atmósfera de conspiración permanente no es imposible que surgiera un grupo, ya sea entre los restauradores o fuera de ellos, que se encargara del complot para asesinar a Joaquín Tinoco, como afirmará la familia Tinoco desde entonces.

El 9 de septiembre, al tocar tierra en el puerto de Garston, Liverpool, Pelico Tinoco ofreció una entrevista al diario *ABC* de Madrid en la cual reconoció por primera vez que ya no era gobernante y denunció que "un bandido nica" mató a su hermano "en complicidad con Estados Unidos y Nicaragua en momentos en que el general Joaquín Tinoco regresaba de hablar con el Ministro de Hacienda".

En esas breves declaraciones, que recoge al día siguiente *El Diario de Costa Rica* —entonces incluía el artículo, que Ulate le quitó en 1935—, Tinoco apunta a su verdadero enemigo. En el trayecto entre Jamaica e Inglaterra supo por una sucesión de telegramas que Estados Unidos desbarató su plan para asegurar la continuidad en el poder del primer designado, Juan Bautista Quirós, escogido con la intención de que concluyera en 1923 su periodo presidencial de seis años, como aprobó la Constitución Política en 1917, mandada a hacer por Tinoco a imagen y semejanza. Nunca fue tan claro el Departamento de Estado al transmitir una orden como la del 31 de agosto. El cónsul Benjamin Chase, quien de enemigo político se convirtió en archienemigo personal de Tinoco, le concedió 24 horas a Quirós para que depositara la presidencia en manos de Francisco Aguilar Barquero, como pretendía González Flores, con la condición de que el nuevo mandatario convocara de inmediato a elecciones libres. De lo contrario, la invasión también sería inmediata. Tinoco no ignoraba las consecuencias de la poco diplomática intervención de Washington sobre los familiares y amigos que habían quedado atrás. Entre el 2 y el 3 de septiembre el pueblo josefino se aprestó a incendiar el centro de la ciudad donde se concentraban las casas y los negocios tinoquistas más prominentes.

La versión que Pelico dará el resto de su vida, y que defenderá en sus memorias, es que el asesinato de Joaquín Tinoco fue el resultado de una conspiración. En ellas, tituladas *Páginas de ayer*, publicadas en París en 1928, que es más una apología de sus actos políticos que una confesión, menciona los "cinco autores del nefando crimen". Si se lee bajo el método que aconsejaba el escritor mexicano Sergio González Rodríguez —"leer entre líneas y tener memoria"—, al trasluz se revelan los nombres de los conjurados a quienes atribuye Tinoco el magnicidio. Algunos de ellos están entre los restauradores de la fotografía tomada en la hacienda Giustiniani, otros no. Sin mencionarlo expresamente, le atribuye la autoría material del crimen a

José Agustín Villalobos y apenas sugiere los nombres de los autores intelectuales, que, sin embargo, son los que concitan su auténtico repudio. Las memorias, aderezadas de prosopopeya cursi, vanidad herida y gotas de rencor, están escritas para esos conspiradores que hasta ahora han permanecido en el anonimato y que nos ven del otro lado de la bruma de la historia.

Entonces, ¿quién mató a Joaquín Tinoco?

A diferencia de Jaime Carranza, el periodista de *El Diario de Costa Rica* al que la muerte alcanzó antes de publicar una detallada investigación sobre las circunstancias del crimen, yo seguía preguntándome ansiosamente por el quién. Si bien no logré saber nada más sobre el joven cronista "muerto en la flor de la vida", como lo retrata Marín Cañas, al menos supe el destino que tuvieron los archivos de *El Diario de Costa Rica*. Buscarlos se me había convertido en una obsesión que me impedía escribir y quitarme de encima la sombra invisible que de alguna manera escribe este libro sobre mi hombro. Me hubiera gustado poder contar que los papeles perdidos del *Diario* se destruyeron en el incendio del Cine Moderno, en 1991. Hay algo de solemnidad y de tragedia en el incendio de un cine como si todas las imágenes que han convocado sus pantallas se disolvieran de repente en un ácido inflamable. Los periódicos, en cambio, mueren de una forma mucho menos épica.

Mientras la ciudad de San José se destruía a sí misma, el *Diario* permaneció en el mismo edificio que había ocupado desde 1935, en la esquina entre avenida Central y calle Central. En 1964 el viejo caserón de dos pisos, famoso por los discursos políticos pronunciados en sus balcones, fue echado abajo para construir un hotel moderno, el Royal Dutch. Se vendió lo que se pudo para que Ulate saliera de deudas y vicisitudes y el resto se trasladó a una bodega de madera al lado del Cine Moderno, un antiguo teatro de madera que ardió en minutos, en 1991. La bodega se inundó con el agua utilizada para apagar el fuego y el papel quedó reducido a una argamasa inservible. La paradoja es que los archivos no se quemaron sino que se mojaron. Hubiera querido contar esta historia pero no es cierta o al menos no totalmente. Como todos los periódicos que cerraron o se trasladaron físicamente en el siglo xx, sus archivos fueron a dar a la basura. De cualquier modo me sentí liberado por no tener que seguir buscando en una memoria hueca.

En ausencia de lo que me pudieron haber dicho los folios de Carranza, perdidos, quemados o borrados, me da lo mismo, no habría iniciado el proceso de escritura sin haberme convencido a mí mismo de que tenía algo nuevo que decir después de un siglo de tentativas inconclusas por encontrar algo que convencionalmente pudiera llamarse "la verdad" o al menos "la veracidad objetiva", como decían mis profesores de periodismo.

En el 2017 volví de La Habana con una rareza bibliográfica, un ejemplar del clásico de los estudios latinoamericanos *El imperio del banano. El imperialismo económico en el Caribe* de Kepner y

Soothill, publicado en español al principio de la Revolución cubana. El libro, editado originalmente en Nueva York en 1935, incluía un capítulo sobre Tinoco y su relación con el fundador de la United Fruit Company, Minor Keith, de quien siempre se dijo que fue su valedor y sostén económico. Jay Henry Soothill había vivido 16 años en Costa Rica, entre 1912 y 1928, como superintendente de la compañía, se hizo amigo personal de Tinoco y de su círculo íntimo y conocía "el monstruo en sus entrañas", como dijo José Martí. Sin embargo, el contenido del capítulo me defraudó. No ahondaba en los rumores más jugosos, como que Keith pagaba las cuentas de juego del dictador o que la amante del célebre Rey sin corona de Centroamérica, el Coloso, el Inmortal emperador del banano, provenía de la familia Tinoco.

Keith se decía a sí mismo el Inmortal después de que terminó el ferrocarril al Atlántico en Costa Rica, en 1891, no sólo porque resistió a incontables calamidades económicas sino porque en los primeros 40 kilómetros de construcción murieron 5 000 trabajadores, incluyendo a sus hermanos, y él permaneció indemne. A pesar de no encontrar nada que valiera la pena en el índice del libro de Kepner y Soothill, al menos a simple vista, cedí a una de mis manías más curiosas y a menudo estériles, que consiste en examinar las citas bibliográficas antes de leer el contenido por completo. Las fuentes de Kepner y Soothill incluían dos libros que nunca había visto citados antes, *The Murder of Joaquín Tinoco* del coronel José María Pinaud y

Joaquín Tinoco de Modesto Martínez, seguramente porque habían sido publicados en Nueva York.

Como comprobé cuando tuve a mi disposición los dos volúmenes, editados por De Laisne & Carranza en 1921, una pequeña casa editorial que prosperó en Nueva York con ensayos sobre la Revolución mexicana y los ciclos de inestabilidad política en Latinoamérica —un tema que podría dotar de contenido a cualquier editorial en el mundo—, parecían formar uno solo por sus características tipográficas idénticas, las manchas de óxido en las primeras páginas y el sello azul de la United Fruit Company en la portada. El periodista Jacinto López, excónsul de Venezuela en Nueva York, interesado en la explosiva actualidad del Caribe y la diplomacia del garrote de Estados Unidos, publicó un primer ensayo sobre el golpe de Estado de 1917, *La caída del gobierno constitucional de Costa Rica*, y la misma editorial anunció en su catálogo un segundo volumen sobre el fin de Tinoco y la intervención estadounidense. En su lugar, aparecieron los folletos de Pinaud y Martínez sobre el general Tinoco.

Tanto Pinaud como Martínez fueron personajes que jugaron un papel en los acontecimientos que desembocaron en el asesinato de Tinoco y en la pesquisa posterior. Yo los concebía como personajes antagonistas aun cuando diferían en edad por un año y habían sido amigos antes de la masacre de Buenos Aires, en 1918. Esta historia está plagada de traidores y usurpadores y, de algún modo, no fueron tan distintos. Ambos fueron acusados de traidores por el otro bando, y serlo al menos significa tener convicciones y querer defenderlas, si admitimos que un periodista las tiene y no está dispuesto nada más a vender su pluma al servicio del mejor postor. Cuando repartimos las máscaras a cada uno, en el cambiante escenario de sombras de aquellos días, a Pinaud le tocaría la del militar bueno y a Martínez la del "plumífero oficial de la prensa asalariada", servil y mercenario. Incluso, yendo más allá, el coronel Pinaud encontró la pistola calibre 38 que aún hoy puede verse en el Museo Criminológico del Organismo de Investigación Judicial (OIJ) y que, según su propia indagación, fue la utilizada en el homicidio de Tinoco.

Pinaud se crió como parte de la familia Tinoco. Llegó de Francia a los cuatro años con su madre, costurera de los padres del futuro dictador. Joaquín lo introdujo en la carrera castrense y el francés incursionó por su cuenta en el mundo de los periódicos y en la representación de casas extranjeras, aprovechando su dominio de los idiomas, relaciones sociales y cabellera rubia, que le valió el apelativo de "Macho Pinó" o simplemente el Macho. Tras el asesinato de Fernández Güell rompió con el "monstruo de dos cabezas y de tres apetitos, lujuria, sangre y robo", según la ilustrativa definición que el padre Volio les dedicó a los hermanos. Pelico consideró la separación un intolerable acto de traición, insistió en el paredón o "el extrañamiento" —el exilio sin gloria—, y Joaquín lo desoyó, lo perdonó o tenía cosas más importantes en qué pensar. Eso nunca lo sabremos.

Pinaud sufrió en silencio el asesinato de Tinoco. Los dos se querían como hermanos y compañeros de armas y como tales se pelearon. En 1920, al ser nombrado director de Detectives por Julio Acosta, Pinaud procedió a una minuciosa reconstrucción de los hechos, quizá como una forma de reconciliarse con el fantasma de Joaquín, y es esa investigación la que se registra pormenorizadamente en el libro impreso sobre el magnicidio. El volumen lleva una introducción de Martínez, lo que me lleva a pensar que Pinaud y él siguieron siendo cercanos aun cuando el "plumífero servil" nunca se distanció de los Tinoco.

Martínez fue la mano derecha de Enrique Clare, dueño del diario *La Información* y de la Imprenta Moderna junto al abogado Manuel Francisco Jiménez Ortiz, exministro de Hacienda de Tinoco, y se salvó por poco del asalto al periódico que lanzó el pueblo josefino el 13 de junio de 1919, como él mismo lo cuenta en su libro. Se refugió en la oficina de la compañía Lindo Brothers, a 100 metros del periódico, cobijándose bajo la protección inglesa, mientras observó que la turba destrozaba su automóvil.

El Teniente Niki, como Martínez rubricaba sus crónicas sociales, entre otros seudónimos, se desempeñó como director de *La Información* hasta unas semanas antes del incendio del diario, pero siguió firmando sus editoriales ferozmente progobiernistas. Por los cablegramas del Departamento de Estado sabemos que la Delegación Americana lo vigilaba por medio de dos agentes secretos de la Oficina de Inteligencia Naval (ONI), Alcibiades Seraphic y Cyrus Wicker, quienes a la vez espiaron a los Tinoco y a Minor Keith. El cargo lanzado contra Martínez fue que se aprovechó de la corresponsalía de la Prensa Asociada —Associated Press—, la agencia de noticias más antigua del mundo, para orquestar una campaña de desinformación contra González Flores, acusándolo de germanófilo —*kaiserismo* en el lenguaje de la época—, y a favor de Tinoco, quien supuestamente se mantenía del lado de Estados Unidos y de la Triple Entente —Inglaterra, Francia y Rusia— en la Primera Guerra Mundial. Como parte de su estrategia, Tinoco ofreció ceder la isla del Coco y los puertos costarricenses a cambio del reconocimiento diplomático. Para desazón de Pelico, Wilson, ocupado en la guerra europea, ni siquiera hizo acuse de recibo de la propuesta.

Tanto en el mundo del cine como en el mundo real, la época fue un hervidero de espías. Joaquín Tinoco recibía todos los días un reporte de las actividades secretas de González Flores en Washington y Nueva York, en especial cuando en abril de 1918 preparó una invasión a Costa Rica con ayuda del millonario mexicano William Henry Ellis. Ellis, en realidad un antiguo esclavo negro nacido en Texas, se presentó en sociedad como el mestizo "Guillermo Enrique Eliseo" para sortear su condición racial y triunfar en los negocios. Así se hizo amigo de González Flores. Ese mismo año los Tinoco infiltraron a los revolucionarios comandados por Jorge Volio, en Panamá, y cuando éstos lanzaron el ataque los estaban esperando del otro lado de la frontera 2 000 soldados bien pertrechados. El Imperio Alemán coqueteó con la dictadura y el cónsul en San José, Carlos W. Wahle, era cuñado de los Tinoco. El paroxismo de esta política de conspiraciones llegó con el famoso "telegrama Zimmermann", en 1917, cuando el ministro de Relaciones Exteriores de Alemania le propuso a México invadir Estados Unidos, que aún se mantenía neutral, suministrándole ayuda económica y militar, con lo cual recuperaría el territorio que había perdido en la guerra de 1848.

Seraphic y Wicker siguieron los pasos de Martínez al conocerse la noticia del asesinato de Joaquín Tinoco, por medio de sus despachos de la Prensa Asociada, y su urgencia por abandonar el país tras la dimisión. Su rastro se pierde en Estados Unidos aun cuando él mismo explica en su libro que Keith empleó al detective Forrest C. Pendleton, de una agencia de detectives en Nueva Orleans, para que hallara al culpable del asesinato de Tinoco. Pendleton era conocido en Centroamérica previamente, cuando fue contratado tanto por regímenes dictatoriales como por la oposición, sin importar si eran liberales o conservadores, y colaboró con la Dirección de Detectives de Pinaud.

En 1924 Martínez regresó a Costa Rica transformado en el cronista campesino Ramiro Pérez, otro de sus seudónimos, y publicó el libro de estampas campesinas *Héroes del campo. Escenas y paisajes de la vida rural de Costa Rica* en 1929, en *La Tribuna*, el diario que codirigieron Pinaud y Ulate. Cinco años más tarde los dos socios se pelearon para siempre y Pinaud adquirió la parte de Ulate, en una decisión que será determinante para la política costarricense. Martínez se unió al nuevo periódico de Ulate, *El Diario de Costa Rica*, como editorialista y miembro de la junta directiva.

En la década de 1940 las diferencias personales entre Pinaud —el único general de brigada del país, en ese entonces— y Ulate se trasladan a la arena ideológica. *La Tribuna* de Pinaud defiende la política social del reformista Calderón Guardia y *El Diario de Costa Rica* se convierte en la voz de la oposición y, más tarde, en el trampolín electoral de Otilio Ulate.

La última ironía del caso, o la última que contaré, es que hallé los libros de Pinaud y de Martínez en la Colección González Flores de Libros Antiguos y Colecciones Especiales de la Universidad Nacional (Una) de Costa Rica. Los hermanos Alfredo, Luis Felipe y Víctor González Flores atesoraron algunas de las mejores bibliotecas de Centroamérica anteriores al siglo xx. A su muerte las donaron a la Escuela Normal, fundada por González Flores, en 1915, que a su vez las cedió a la Una 60 años después. Durante décadas permanecieron embaladas en polvo, al acecho del comején, hasta que las redescubrió Juan Durán Luzio, un especialista en literatura colonial latinoamericana y cuyo prestigio en la Universidad de Cornell lo trajo a Costa Rica y a la Una.

Después de escribir a la Biblioteca del Congreso en Washington D. C. y a los archivos de la desaparecida United Fruit Company, repartidos entre Boston, Nueva Orleans y Miami, sin obtener resultados, recurrí a Juan detrás de una pista errática. Hace casi 40 años me había fascinado su hipótesis sobre la relación entre Pelico Tinoco y el personaje del Primer Magistrado en la novela *El recurso del método* de Alejo Carpentier. Juan defiende que son el mismo y que para crear al dictador ficticio Carpentier se nutrió de sus conversaciones en París con su amigo Napoleón Pacheco, quien siendo estudiante del Liceo de Costa Rica organizó secretamente el asalto al periódico *La Información*, en 1919. A mí no me interesaba el personaje de novela, que es magistral, como todos los de Carpentier, sino el histórico, y llamé a Juan para consultarle si disponía de nuevas fuentes de información. Juan tenía décadas de concentrarse en el siglo XIX, muy lejos incluso de Tinoco, pero me sugirió que examinara el fondo documental de González Flores, que se encontraba en la colección de Libros Antiguos. Me pareció una buena señal, aunque de inmediato intuí que me engañaba y que no encontraría nada nuevo sobre un crimen tan viejo.

El archivo no está clasificado en su totalidad y hubiera sido como buscar "el pajar en el pajar", como escribe el novelista italiano Leonardo Sciascia, si al ingresar a la antigua residencia del expresidente, donde se conserva, no me hubiera llamado la atención un archivero de madera de cristóbal de color rojizo. No puedo disociar el rojo de la imagen de Joaquín Tinoco y de inmediato me sentí atraído por las vetas sangrientas en la intensa superficie marrón. Santiago Porras, el documentalista que me permitió examinar el mueble con muchas dudas, extrajo una carpeta atada por un cordel con la leyenda *Sic Semper Tyrannis*. Aun así me mostré escéptico y reservado hasta que Porras colocó en mis manos una docena de impresos, en su mayoría folletos, todos referenciados por otros autores, sobre los acontecimientos de 1917, 1918 y 1919. En el grupo de escritos reconocí los dos títulos que me interesaban: *The Murder of Joaquín Tinoco* de Pinaud y *Joaquín Tinoco* —así, sin más— de Modesto Martínez.

Durán Luzio, que me acompañaba para interceder ante Porras, me previno que él consideraba que la supuesta investigación policiaca de Pinaud se trataba de una patraña montada por Martínez, por la United Fruit Company o por ambos para combatir la tesis de que José Agustín Villalobos hubiera sido el responsable del asesinato y así desacreditar a Pinaud, mientras el Congreso discutía una pensión de 50 colones a la madre de Villalobos, "por los servicios prestados a la Patria por su hijo", y la declaratoria, por demás polémica, de Villalobos como "héroe nacional".

Juan, que parecía saberlo todo, añadió la explicación del *Sic Semper Tyrannis*, "Así siempre a los tiranos". Según uno de los testigos presenciales del crimen, Porfirio Morera, Villalobos pronunció la expresión en latín al momento de dispararle al general Tinoco. La cita fue atribuida a Bruto al matar a Julio César, aun cuando en realidad fue inventada por Plutarco en las *Vidas paralelas* para añadirle espesor dramático. A partir del magnicidio de Lincoln, en 1865, asesinado por un actor, todos quisieron imitarla y se hizo famosa en boca de otros asesinos que quisieron pasar a la historia con un parlamento memorable, tal vez porque el acto de asesinar a un tirano no es suficiente y hay que enmarcarlo en una sentencia que le dé sentido. Durán citó de memoria el crimen del doctor García, el dictador ecuatoriano, en 1875, y la sorprendente similitud entre los asesinatos de Tinoco y Reina Barrios, el presidente de Guatemala, en 1898. Los dos se hicieron acompañar de una escolta militar, que en condiciones normales hubiera impedido el hecho, y el asesino sabía que se dirigían a ver a su amante, una de las versiones que circuló sobre Tinoco y que yo ponía en duda. A Reina Barrios lo sorprendieron al decirle "Good night, Mr. President" y a Tinoco *Sic Semper Tyrannis*. Pero la diferencia esencial entre los dos es que el homicida de Reina Barrios fue acribillado a balazos y, una vez muerto, baleado de nuevo.

Yo le repliqué que con mayor razón Villalobos no pudo matar a Tinoco. ¿Cómo un ebanista sin educación ni cultura podía conocer aquel latinajo?, le pregunté. "No seas ingenuo", contestó Durán con un acento chileno edulcorado por su larga residencia entre costarricenses, "cualquiera pudo habérsela soplado. O, mejor aún, Villalobos fue la mano homicida de una conspiración de la élite ilustrada. Todo asesino político es un actor. Un actor que asesina a otro actor y que asume su papel. Acuérdate". Por ese camino caíamos de nuevo en la teoría de la conspiración y no quise seguir por un despeñadero de suposiciones.

"Es más", siguió Juan, "Villalobos pudo haber sido un hombre culto. O, mejor aún, fue Porfirio Morera quien oyó lo que quiso oír. Un acto más en una larga representación de la lucha entre el poder de la tiranía y la libertad del individuo".

Las palabras de Durán, "acuérdate, todo asesino político es un actor", me trajeron a la memoria una de las escenas culminantes de *El recurso del método* de Carpentier. El Primer Magistrado recibe la revelación de su muerte cuando acude a una función de la ópera *Un baile de máscaras* de Verdi, en el Palais Garnier, y recuerda entre ensueños el hecho histórico en que se inspira. En 1792 el rey Gustavo III de Suecia ingresa una noche a la Ópera de Estocolmo, donde se celebra una mascarada, lo rodean cinco sombras siniestras con el rostro cubierto por antifaces y sombreros negros, que son la muerte o los conspiradores que actúan en su nombre, y en una lenta pantomima es apuñalado. El rey continúa con la comedia. Juega el juego. Ríe, saluda, no cae, se percata de que está herido de muerte y que un antiguo augurio está por cumplirse. El regicidio había sido profetizado por la adivina de la corte, Ulrica Arfvidsson, La Dama Ulrica, y su asistente morena, que Carpentier retrata como una mujer venida de Haití o de Cuba llamada Ofelia. El asesinato del general Tinoco fue advertido por la médium Ofelia Corrales, una muchacha morena, de inmensos ojos oscuros y pelo azabache, que fue tan popular en la oligarquía criolla como Ulrica en la aristocracia sueca.

A diferencia de Ulrica, una vez muerto Tinoco, los enemigos del régimen llegaron a buscar a Ofelia Corrales a su residencia en San Francisco de Guadalupe, una casa de madera que aún puede verse al lado del puente del ferrocarril. Bajo los gritos de "bruja" y "rasputina", intentaron quemar la casa y desistieron al saber que había abandonado el país en la comitiva de 31 personas del expresidente Federico Tinoco, el 12 de agosto. Llamaban a la médium la Rasputina y a los Tinoco los Tinocoff en obvia alusión a Rasputín, el curandero de la familia Romanov que controló el destino de Rusia antes de la revolución bolchevique. Los Romanov habían sido fusilados un año antes, el efluvio de su catástrofe personal aún cundía en el ambiente, y al igual que los Tinoco eran fervientes adeptos al espiritismo y a las ciencias ocultas.

Para Juan, esas coincidencias textuales —pistas, señales, vasos comunicantes entre las dos historias— hacían que *El recurso del método* y lo que podríamos llamar el drama y para algunos el melodrama de los Tinoco podían leerse como textos referenciales: uno hacía referencia al otro, al real, y el real a su vez adquiría nuevos significados —se resemantizaba, en sus palabras— al problematizarse a partir del relato ficticio basado en la historia.

Porras no accedió a fotocopiar los libros; en su lugar, me permitió que los fotografiara página por página con la cámara de mi teléfono. Como ya dije, los volúmenes eran casi idénticos y ajados por un tiempo irrecuperable. Nadie parecía haberlos leído previamente. Mi desilusión fue mayúscula cuando comprobé que el contenido de los libros también era idéntico, con la excepción del prólogo de Martínez, que acompaña el texto de Pinaud. Sentí que había vuelto al punto de partida.

Esa noche, en que leí por primera vez a Pinaud o a Martínez o a un tercer autor que se hizo pasar por uno de los dos o por los dos, soñé que Joaquín Tinoco me hacía pasar a su oficina en el salón de las Banderas de la Comandancia Mayor del cuartel de Artillería. Según su costumbre, descrita por varios de sus amigos y familiares, Tinoco abrió la puerta del despacho, esperó de pie a que me acercara al escritorio, lo rodeó con agilidad, me tendió la mano y no se sentó hasta que yo estuve acomodado frente a él. Una vez sentado me determinó con sus poderosos ojos negros como una descarga, o la boca oscura de una pistola, donde pongo el ojo pongo la bala, me extendió la copita de Hennessy, que bebí sin tregua, y me reveló con insólita parsimonia quién lo había asesinado. El sueño, en el que yo sabía que soñaba, me produjo un estremecimiento. El estremecimiento de una muerte inminente.

Desperté, abrí el libro en la primera página, justo después de la introducción, y leí:

"A las 7:05 de la noche, el general Juan Bautista Quirós levantó el auricular y le pidió a Lía, la telefonista que lo reconoció del otro lado de la línea, que marcara con urgencia el número 171 del Castillo Azul. Le temblaban las manos y a pesar de su resolución inicial carecía de las palabras necesarias.

Dos minutos antes, su hijo Beto llegó con la noticia. Nunca lo había oído gritar de esa forma ni cuando era niño y un becerro lo lanzó por los aires y le hizo perder el conocimiento por unos minutos. Sus gritos de desconsuelo lo hicieron temer la peor de las desgracias, pero no aquélla. Un instante después escuchó la voz de Pelico Tinoco con su característico y susurrante, *dígame*, y lo imaginó golpeándose la nuca con la palma de su mano abierta."

II

El relato de Martínez

Un sueño roto

Aquella mañana, antes de despertarse, después de una noche tormentosa, Pelico Tinoco tuvo tres sueños. En uno atravesaba un largo pasillo de alfombras rojas que descendía por las escaleras del Castillo Azul hasta el infierno.

En el segundo sueño, que fue el único que calificó de pesadilla, perdía sus postizos delante del presidente Wilson. Casi siempre soñaba lo contrario, que en vez de su oscuro bisoñé recuperaba el pelo natural y era feliz al contemplar el tono sonrosado y saludable de sus mejillas, tan diferente de la melancolía macilenta que le carcomía las entrañas. En aquellos sueños, que parecían durar una vida entera, cesaba la comezón en el cuero cabelludo, el picor que lo hacía rascarse de forma maniática cuando el bisoñé supuraba sudor por la humedad del ambiente o la temperatura corporal que aumentaba por el uso del uniforme de lana o de casimir, y le crecía pelo, primero de una forma imperceptible, apenas para reabrir los folículos pilosos yertos, una floración rala de tallos quebradizos y flojos que producían el efecto de un torrente de agradecidas lágrimas en sus ojos acuosos y suspicaces. Pero esta vez había sido lo contrario. Wilson lo veía tal cual era. Calvo.

En el último sueño, aún más frenético, casi alegre, hizo saltar la banca de los casinos de Montecarlo y se convertía en una figura legendaria en una capa negra de forro rojo que aumentaba la blancura enfermiza de su piel de vampiro, y se protegía del sol desfalleciente con un sombrero sevillano que le concedió el aire de un asaltante de caminos.

Después de una noche tormentosa, Pelico se despertó con la conciencia implacable de la muerte sobre los párpados pesados. Con el regusto del mal aliento a flor de labios, entre los dientes sarmentosos, surgieron las últimas imágenes del sueño terrible que lo redujo a un estado de postración. Atravesaba un pasillo de alfombras rojas rodeado de una interminable aglomeración de edecanes con retratos suyos en uniforme militar y una expresión de inconmensurable tristeza en los ojos.

En los últimos dos días había envejecido un siglo. Después de muchos años, tal vez décadas, se sintió calvo de nuevo, sin un solo vello propio en el cuerpo desnudo.

Modesto Martínez, el corresponsal de la Prensa Asociada bajo su nómina, envió a Romualdo Roa a que le compusiera un último retrato que lo inmortalizara. No, ni un retrato más, nunca más, en Costa Rica. En la madrugada del martes 12, al día siguiente del funeral, salió del Castillo Azul como un ladrón escondido entre las sombras, no sin antes echar una ojeada al crematorio inmenso de alfombras rojas enrolladas en el pasillo principal que amenazaron con tragarlo como boas enredadas en anillos mortíferos. Descubrió con sorpresa, como si ése no hubiera sido su mundo durante 30 meses y 13 días, muebles estilo Segundo Imperio, tapices de papel pintado a mano, lámparas de cristal de roca, cortinajes de terciopelo, victrolas, emblemas de la Orden de la Estrella de Oriente, que profesaba con ardor Mimita, efigies de la Blavatsky y del iluminado hindú Krishnamurti, el futuro Maestro del Mundo, paisajes mágicos de un trópico ignoto e innombrable, pinturas y fotografías sobre las paredes que lo mostraron en su uniforme de comandante en jefe para una eternidad pospuesta.

Se quedó contemplándose en los espejos del vestíbulo sin creer lo que miraban sus ojos. Volvió hacia atrás. Pudo vislumbrar, entre los escasos funcionarios que lo urgían a correr a la Estación del Atlántico, el tren parte a las siete, se va para siempre, el rostro inexpresivo, la piel de torva melancolía, el bisoñé de opereta adquirido en el Faubourg Saint-Antoine o el bulevar Anspach. Se alisó el bisoñé con cuidado golpeándose la nuca, en un gesto característico que Mimita reprobaba y que siempre intentaba prevenir, insistiéndole en su elegancia y compostura.

¿Quién es ese hombre? ¿Quién era él? ¿Qué estaba haciendo en esa orilla alejada de un espejo roto? Tal vez era aquel hombre perdido en un sueño visionario que una amiga teósofa, Ángela Acuña Braun, le narró a Mimita muchos años después en el apartamento del 45 de La Motte-Picquet, en

París: "Vi dos caminos, en líneas paralelas, sin vegetación alguna, uno más corto que el otro. Por aquel transitaba su marido, por el segundo, interminable, iba María mirando el infinito".

Sic semper tyrannis

A las 7:05 de la noche el general Juan Bautista Quirós levantó el auricular y le pidió a Lía, la telefonista que lo reconoció del otro lado de la línea, que marcara con urgencia el número 171 del Castillo Azul. Le temblaban las manos y a pesar de su resolución inicial carecía de las palabras necesarias. Dos minutos antes su hijo Beto llegó con la noticia. Nunca lo había oído gritar de esa forma ni cuando era niño y un becerro lo lanzó por los aires y le hizo perder el conocimiento por unos minutos. Sus gritos de desconsuelo lo hicieron temer la peor de las desgracias, pero no aquélla. Un instante después escuchó la voz de Pelico Tinoco con su característico y susurrante: "Dígame". Y lo imaginó golpeándose la nuca con la palma de su mano abierta.

Nadie definió mejor la relación entre los hermanos Tinoco que Cleto González Víquez. Esa noche su hija Odilie interrumpió la cena en la mansión del Parque Morazán para contarle lo sucedido. González llamó a otro expresidente, Rafael Yglesias, y le dijo con la voz adelgazada por la emoción: "Pelico y José Joaquín se complementaban en sus vicios. Ahora que Joaquín está muerto, Pelico se quedó sin las espuelas. Le va a ocurrir lo mismo que le sucede a las abejas, que se mueren cuando pierden el aguijón. Pero dado que los Tinocos son redomadamente locos, como los Volios, puede arrastrarnos a todos antes de caer".

Gallo de Lata, como llamaban a Yglesias, pensó que no faltaría un mal pensado entre sus adversarios políticos que le echaría el muerto. Durante su larga y turbulenta administración de ocho años corrió el rumor de que había mandado a envenenar con arsénico a varios de sus enemigos desterrados, como al militar golpista Fadrique Gutiérrez, a quien extrañó a Esparza, donde murió en medio de convulsiones y fiebres cuartanas. "El veneno fue un recurso en la política costarricense hasta entrado el siglo xx, pero había que administrarlo por gotas. Quien asesinó a Joaquín no tuvo tanta paciencia", murmuró Gallo de Lata sin saber si reír o llorar.

En sus últimas horas en la presidencia Pelico se puso al frente de la cacería del asesino, sabiendo que los primeros minutos serían vitales para la captura, que no tenía mucho tiempo si no quería que lo asesinaran a él también los mismos conspiradores que asesinaron a su hermano u otros que emergerían de las sombras del miedo, una vez muerto el brazo militar. Conciente, al fin y al cabo, de que detrás podían encontrarse el yanqui Wilson, el Cadejo Chamorro, el pérfido presidente Emiliano Chamorro de Nicaragua, un sicario pagado por cualquiera de los dos, desde Nicaragua o Panamá, o una de las cuatro mujeres funestas, las innombrables, las neurasténicas, las Furias, como las bautizó, que prometieron vengarse del general Tinoco.

Una caravana de automóviles de la Dirección de Detectives, encabezada por el carro presidencial, levantó una polvareda al recorrer las calles despobladas de San José bajo el ulular desesperado de las sirenas. La noticia del asesinato se dispersó por la noche como una presencia amenazante a la luz de la luna llena. Chuzo González se unió al safari trayendo sus galgos y demás perros de cacería de la finca de Guadalupe y recorrió las vecindades de calle Blancos y la ribera norte del río Torres sin encontrar sospechosos. Los perseguidores se dividieron en dos bandos, a cada lado del río, por donde olisquearon la ruta de escape del asesino del barrio de Amón al camino de Guadalupe, tanteando sus huellas por los meandros y pozas del río, la acequia del beneficio Tournón o los paredones que rodean el parque Bolívar, intercambiándose voces de aliento, vivas a Tinoco, mueras a Acosta y gritos de dolor.

Los que escucharon el estruendoso desfile de vehículos, característico del ministro de Guerra cuando se movilizaba por la ciudad en círculos, para hacer más visible su poderío, o la jauría de galgos, pensaron que la noticia de su asesinato era un rumor más de los muchos que corrieron en aquellos días aciagos. Reconocieron la sirena de chicharra que utilizaba Joaquín Tinoco para advertir de su desplazamiento y divertirse de sus enemigos y pensaron que era él y no su hermano, el lúgubre presidente, quien marchaba a toda prisa desde el Castillo Azul.

Pelico ordenó ráfagas de fusilería provenientes del cuartel Bella Vista, el cuartel de Artillería y la Tercera Sección de Policía para enviar el mensaje de que estaba a cargo de la situación y no rendiría los cuarteles ante un posible alzamiento, como se esperaba que sucediera de un momento a otro. Un alzamiento de los traidores a quienes Joaquín Tinoco dedicó su discurso la noche anterior, al renunciar al cargo de vicepresidente designado. "Los enemigos, aquí, allí mismo en las barras del Congreso frente a mí", dijo en un amago de abrirse la casaca azul de general de división, de declarar la guerra con la mirada, en el campo del amor o de las armas.

El teniente coronel Miguel Ángel Guardia, jefe de la Casa Militar del Castillo Azul, se desplazó hasta los cuarteles y capturó a los oficiales que consideraba dudosos o no suficientemente peliquistas y los envió a la Penitenciaría Central. Cuando estaba a punto de salir del Ministerio de Guerra y dirigirse a la Segunda Sección de Policía, en la avenida 3, las sirenas podían escucharse a varias manzanas a la redonda, en la noche aplastada por el silencio y el miedo, y recibió una llamada del presidio. El director, Gonzalo Fernández, le comunicó sus temores de que estallara un motín y le solicitaba refuerzos de parte del cuartel de Artillería. En un minuto lo puso en situación.

El coronel Jaime Esquivel extrajo a los reos de *las tumbas*, en el subsuelo de la Penitenciaría, reservadas para los prisioneros políticos y enemigos personales de los Tinoco, y los quiso alinear en el patio. La noticia del asesinato ya había corrido por la cárcel con una mezcla de esperanza, alegría y desesperación. Estaban seguros de la suerte que correrían una vez que salieran de las catacumbas. Los matarían a sangre fría.

Una veintena de prisioneros se guareció en el fondo donde los guardas se resistieron a llegar por la hediondez de la cloaca abierta que corría a un nivel más abajo, hasta desembocar en el río Torres. Otros lloraron y Manuel Vásquez, víctima del "submarino" durante semanas, convulsionaba en una esquina con la boca llena de espuma. El submarino —un barril de agua gélida en el que sumergían al prisionero hasta que le sobrevenía el ahogamiento— era la especialidad de la Segunda Comisaría y del Cuerpo de Detectives de Villegas, pero en 1919 se extendió como una práctica normal en la Artillería, el cuartel Bella Vista y la Penitenciaría Central.

Los compañeros de Vásquez se interpusieron entre él y los celadores y se opusieron a entregarlo, más que dispuestos al enfrentamiento. Los policías ordinarios temieron una revuelta y se quejaron de que la cacería de los subversivos era imposible por la oscuridad y aire mórbido de los sótanos, cuyas ventanas fueron clausuradas en 1918, después del alzamiento de Fernández Güell, cuando los subterráneos se atestaron de enemigos políticos.

En la noche cerrada de las tumbas sólo se escuchaban gritos, de unos y otros, el ruido de las cadenas contra las paredes de ladrillo, con las que los celadores aterrorizaban a los reos, el abejeo irritante de las moscas verdes y los tórsalos sobre el desagüe nauseabundo de los tubos de lata herrumbrada que depositaban las heces en el río, los quejidos de los convictos amarrados del techo desconchado por la humedad y los humores corporales.

Entraron los esbirros y la oposición cesó pronto. Los agentes de la policía secreta apalearon a los más revoltosos con vergas de toro y los chillidos de la azotaina se oyeron hasta los límites de Rincón de Cubillo, del otro lado del Torres. En el patio, "Esquivel dispuso a los prisioneros en filas irregulares. Es lo mejor que pudo lograrse, mi coronel", se cuadró al decírselo el sargento Agüero.

Muchos no podían tenerse en pie por los golpes de vara de membrillo y los vergajazos que habían padecido durante meses, por la diarrea, las convulsiones o accesos de vómito. Esquivel apartó la vista con asco ante el triste espectáculo, ¿éste es el ejército de patriotas?, y ordenó que los bañaran a baldazos de agua helada para despertarlos, quitarles el olor a mierda y reconocerles la cara. "Así voy a saber a quién estoy matando, jueputas, yo mismo les pego un tiro de la Máuser, viva Joaquín Tinoco."

Luego fueron fustigados con una nueva golpiza y los más fuertes quedaron de rodillas. Los más débiles, que habían resistido hasta entonces, se desplomaron o se desmayaron. Empezarían por ésos y luego seguirían con los que continuaban en el cepo de tormento.

En el extremo norte del patio la luna iluminó un largo madero del que sobresalían cabezas y brazos desplomados. Era el cepo madre, reservado para los chicheros, los insubordinados y los delincuentes comunes.

El cepo también respondía a una cuidadosa clasificación del enemigo, no siempre de acuerdo con su peligrosidad, más bien con la inspiración del esbirro de turno, la ojeriza del capitán a cargo o la orden directa del superior, la cual podía emanar del propio Joaquín Tinoco. El cepo fue abolido por González Víquez en 1908 y los Tinoco lo reimplantaron poco después de su llegada al poder, en el 17. Para mayor pavor de los reos, el tormento podía administrarse de tres horas a más de un día y el encarnizamiento dependía del deseo del verdugo de producir lesiones permanentes. También de la importancia del prisionero y de su capacidad para hacerse escuchar, él, su familia o sus amistades, ante los Tinoco.

El cepo común, en el que dos maderos inmovilizaban la garganta y los brazos, le daba una apariencia de crucificado doblado sobre sí mismo al miserable que lo padecía, que después de tres horas sufriría de dolores de espalda de por vida. El cepo de piernas, en apariencia menos doloroso, respondía a una técnica si se quiere más sutil. Las extremidades inferiores se introducían en los huecos de la madera y los primeros minutos el reo permanecía sentado en posición horizontal en una banca. El juego entre los guardas consistía en echar a la suerte el destino del reo. Quien ganara tenía el privilegio de sacarle la tabla de improviso. Al retirar el sostén las piernas se incrustaban con violencia en los filos hirientes de la madera, con lo que la tibia y los músculos se desgarraban. El crujido de los huesos al romperse acompasaba el alarido de dolor del reo, que no caminaría nunca más, y las risas de los esbirros.

Guardia escuchó el relato que le hizo Fernández de las novedades. Lo unía una larga amistad con Esquivel. Era primo hermano de Pelico y de Joaquín, sus órdenes emanaban directamente del presidente y del edecán militar, el coronel Solórzano, y su posición social provenía de su familia. Hijo de don Chindo y nieto del legendario Tomás Guardia, el dictador que concibió el ferrocarril al Atlántico, tenía suficiente autoridad para hacerse oír ante Esquivel.

Ante el llamado de Guardia, Esquivel emergió del otro lado de la línea. No entraron en disquisiciones, fueron al punto, como convenía a las trágicas circunstancias del asesinato de Joaquín.

—¿Qué novedades hay en el castillo de la Penitenciaría, mi coronel? —dijo al oír a Esquivel. Pensó en los asesinos de Joaquín, pensó en Joaquín, quiso que ya hubieran sido capturados por los meandros de Puerto Escondido o los farallones del Torres hacia la calle Blancos en Guadalupe.

—Ya ve usted, Miguel. Estoy ordenando a los alzados para fusilarlos por orden de Pelico.

En mayo, antes de irse al Guanacaste a enfrentar la revolución del Sapoá, Joaquín reunió a su "pequeño estado mayor". Esquivel, Solórzano, Santos, Quirós, sus primos Tinoco, los concuños Fernández Le Cappellain, los Guardia Tinoco, también primos, los fieles de la primera hora, de ahora y de siempre, como los llamó Joaco cuando de forma exaltada los conminó a que hicieran estallar la Penitenciaría Central con dinamita, en caso de invasión, y que sin miramiento mataran a los presos políticos que hubiera dentro. Todos aplaudieron, como aconsejaba el protocolo usual delante de

Joaco, y se mostraron dispuestos a seguirlo, "cómo no, mi general". Aquello no era más que una bravuconada impetuosa de su primo hermano, pensó entonces Miguel Ángel Guardia y volvió a pensarlo la noche del 10 de agosto, cuando Esquivel le recordó aquellas palabras.

Con cada alzamiento militar se seguía el ritual macabro de "afusilar" a los presos de a mentiras, sin dispararles, a ver cuáles eran los valientes que no aguaban los ojos o los esfínteres, incluso para reírse de los que aflojaban el intestino y se iban en caca. Ahora Esquivel lo mencionaba con un tono de trámite desapasionado que no le hizo abrigar esperanzas sobre las verdaderas intenciones de Pelico y de los esbirros más sanguinarios.

Guardia, que no había heredado la determinación del abuelo, le solicitó a Esquivel que no intentara nada antes de hablar con Pelico, por lo menos para ganar tiempo y poner a salvo a la familia, en previsión de la guerra que se les vendría encima con Nicaragua o incluso con Estados Unidos. Matar a los reos sólo le daría una nueva excusa a Wilson para llenar de cañoneras los puertos de Puntarenas y Limón, lanzarse a la conquista del centro del país e instalar en la silla presidencial a González Flores o alguno de los rebeldes.

Esquivel no se mostró muy dispuesto a seguir su recomendación y colgó el teléfono. Guardia esperó unos instantes a que se restableciera la comunicación y desistió de volver a llamar a la Penitenciaría. "Que sea lo que Dios quiera", se dijo.

La noticia

A las 7:10, cuando las campanas de la iglesia del Carmen rompieron a rebato y los sesos de Joaquín Tinoco lucían esparcidos sobre el polvo de la avenida 7, los soldados del cuartel Bella Vista rodearon a paso redoblado la manzana del Castillo Azul, emplazaron con diligencia una ametralladora de sitio en cada esquina y orientaron el cañón nuevo hacia la ciudad de San José. Dos cañones más apuntaron a la entrada principal y a la ventana del despacho del presidente Tinoco, en previsión de cualquier asalto. Pocos minutos después se les unió una veintena de agentes de la aledaña Primera Sección de Policía.

Zigzagueando por el laberinto de sombras que lo llevó del barrio de Amón a la Casa Presidencial, a espeta perros, escribiría más tarde Modesto Martínez, el teniente Pacheco corrió a lo que dieron sus piernas por la pronunciada Cuesta de Núñez con instrucciones precisas del general Quirós. Alcanzó la balaustrada de piedra del Castillo Azul acompañado de los rumores insistentes de invasión y se dio apenas un respiro para volver atrás y contemplar la ciudad que poco a poco se descubrió ante una nueva realidad. Las noticias del magnicidio y sus posibles consecuencias habían corrido como un hilo de sangre, tal vez más largo de la cuenta. En el trayecto de un kilómetro escuchó que los *marines* del acorazado *Castine* se dirigían a toda velocidad a San José en los trenes de la Northern y que el asesinato del general Tinoco había descabezado el gobierno. El comandante Porterfield conversaba en ese preciso instante con el presidente para rendir los cuarteles o aprestarse a llamar a la movilización general. Se decía que Wilson no iba a descansar hasta ver apresada o muerta a la familia Tinoco y el país entregado a la rebelión del Sapoá, que avanzaba incontenible desde la frontera norte con la complicidad del Cadejo Chamorro.

Murillo y Otárola, capitanes de la Casa Militar del Castillo Azul, le confiaron a Pacheco que Pelico no se entregaría tan fácilmente, así porque así. Si fuera necesario mandaría a volar el puente sobre el Reventazón, en la costa atlántica, para impedir que el ejército invasor llegara por tren a la meseta central. El puente sobre el río Grande también estaba cargado de dinamita en la eventualidad de que los yanquis se movilizaran desde la base naval de Comayagua, en el golfo de Fonseca, desembarcaran en Puntarenas y se sumaran a las fuerzas de ocupación.

El general Juan Bautista Quirós, que venía de reconocer el cadáver del general, ignoró el saludo que le tributaron los cabos de guardia, y se dirigió al teniente Pacheco. Ambos ascendieron la escalinata de piedra y al llegar al jardín Pacheco se apartó de Quirós y se incorporó a la escolta. El edecán presidencial, Mariano Solórzano, aguardaba al primer designado en la puerta de la mansión rodeado de soldados con armas largas e indisimulada expectación. Quirós le imploró un momento a solas con Pelico, quien lo esperaba con cara desangelada y alisándose el peluquín sobre la nuca, en el vestíbulo invadido de baúles, cofres de viaje, bultos de dinero y cajas de sombreros —era famosa su colección de bombines— dispuestos para la travesía transatlántica que emprenderían 12 horas después y que la muerte venía a aplazar.

Pelico lo tomó del brazo, lo condujo al Salón Rojo, mucho más íntimo que su despacho, y lo apuró a que le contara la verdad irreal de lo sucedido. Minutos después, escribió Modesto Martínez, Pelico se concentró en apurar la copa de su desgracia. Tragó la pena con una sensación de vómito que lo hizo tambalearse y le dejó un eco de hiel en la boca que le duró hasta el final de sus días.

¿Quién se atrevió a clavarle un puñal en el corazón a él y a su familia? ¿Y con qué objeto si no era por un innoble afán de venganza? Joaquín había renunciado un día antes en el Congreso a ser primer designado, por devoción a Costa Rica y espíritu magnánimo, por lo que su muerte era inútil. Ambos abandonarían el país y no volverían hasta que se alejara del suelo patrio la sombra funesta del Águila del Norte.

Todo aquello era cierto. Sin embargo, nadie conocía la verdad de sus intenciones. Esa mañana, antes del banquete de despedida, Joaquín le presentó unas líneas que le enviaría a Chale Lara a

Washington y si la situación de emergencia nacional lo requiriera al cuerpo diplomático y consular, en caso de extrema necesidad.

Nadie, aparte de él mismo y de su hermano, que las había redactado, conocía aquellas líneas:

> SAN JOSE. 11 AGOSTO 1919. ESTANDO EN PELIGRO SOBERANIA POR CUARTA INVASION DE CHAMORRO, HE DISPUESTO ASUMIR EL PODER PARA DEFENDER INTEGRIDAD DE COSTA RICA. FDO. GENERAL DE DIVISION J.J. TINOCO. MINISTRO DE GUERRA Y MARINA Y JEFE PROVISIONAL DE LA REPUBLICA.

Si se producía una revuelta armada o la ocupación del país al día siguiente, antes de que abordaran sanos y salvos el vapor *Zacapa* rumbo a Jamaica, el general José Joaquín Tinoco antepondría los sagrados intereses de la nación a su seguridad personal y se quedaría en tierra defendiendo la soberanía nacional. Como lo había hecho con valentía y honor desde el 27 de enero de 1917, a costa de su integridad física y tranquilidad, permanecería a la cabeza del ejército.

Al conocer el contenido del telegrama, Pelico le aconsejó que lo mantuviera a buen recaudo y que no se lo revelara a nadie, ni siquiera a su cuñado Carlos Lara. No recelaba de Chale, por supuesto, sino de los agentes yanquis que sin duda le seguían los pasos a corta distancia. Desde septiembre de 1918 Lara, cuñado de Joaquín Tinoco, residía en Washington abogando por el reconocimiento diplomático del régimen sin que Wilson hubiera aceptado ni siquiera recibirlo en la Casa Blanca. Pero también tuvo a su cargo misiones más eficaces como la contratación de una red de espías que vigilaban las actividades de González Flores y de otros traidores costarricenses que conspiraban contra los Tinoco en Estados Unidos.

Pelico, hasta unos momentos antes dueño de la situación, recorrió de un lado a otro el Castillo Azul y sin hacer ruido ascendió las escaleras abatido de dolor. Sin que Mimita o Solórzano pudieran impedírselo se arrancó la peluca que cada mañana se pegaba con una suave gomina vegetal y la arrojó contra el ventanal de cristal esmerilado de la mansión.

Gateó como un niño hasta el dormitorio principal donde trancó la puerta y explotó en un grito que atravesó las paredes del Castillo Azul, según escribió Quirós en una de sus cartas. Mimita subió al segundo piso y expulsó a las sirvientes para que nadie lo viera. Pelico abrió la puerta al identificar la voz y los pasos característicos de Mimita y permitió que ella volviera a colocarle el postizo. Según sus contemporáneos, Pelico era de lágrima fácil, ya fueran lágrimas fingidas o verdaderas, y sufría de accesos de llanto cuando era increpado u objeto de alguna acusación que cuestionara su honradez o su sinceridad. Aquella noche, como ninguna otra, lloró desconsolado.

Mimita hizo que se incorporara hasta una silla, lo acunó en los brazos y le suplicó que se controlara. Pelico no la escuchó. Pateó muebles y enseres hasta que los hizo trizas como si pudiera desbaratar el destino o la concatenación fortuita de eventos y circunstancias que estaba a punto de aplastarlo bajo el peso de los hechos irremediables, bajo la culpa del futuro que no podía ser pospuesto, la culpa irremediable por no haberse marchado antes, como se lo suplicó Mimita.

En el aturdimiento febril de los primeros momentos de asfixia, los planes de abandonar el país a tiempo, meticulosamente esbozados con el chileno Garcés y su cuñado Amaral Murtinho, ministro de Brasil, se transformaron en una llaga de dolor al imaginar el rostro de su amado Joaco con un balazo a milímetros de cercenarle el ojo derecho. Y la llaga de dolor, de frustración, a su vez, como siempre le sucedía, se transfiguró en rabia. Y la rabia en un miedo que lo puso aún más rabioso.

Dejó de llorar y se entregó a la íntima satisfacción de su rencor. Quirós le suplicó que no saliera del Castillo antes de saber a qué enemigo se enfrentaban. En vez de eso, Pelico le pidió que protegiera a Mimita y se aprestó a encabezar la persecución. "José Joaquín haría lo mismo por mí", le dijo, y lo abrazó. A pesar de ser un hombre parco y un tanto envarado, Quirós se conmovió ante el gesto.

Pelico subió al pescante del Cadillac presidencial y se aprestó a librar su batalla final, sin saber que ya la había perdido de antemano. En un gesto dramático, casi teatral, que una hora más tarde sería ratificado por la firma del decreto correspondiente y su publicación en *La Gaceta*, a primera hora del lunes 11 de agosto, nombró al general de brigada Víctor Manuel Quirós al frente del Ministerio de

Guerra con un juramento emotivo e improvisado. Defender a la patria. Era poco lo que podía añadirse. Esa designación así como la declaratoria de los funerales de Estado y su renuncia a la presidencia serían sus últimos actos administrativos.

En Cuesta de Núñez abandonó el Cadillac, demasiado visible incluso para Pelico, abordó el Dodge de su hermano Joaquín y le ordenó a Morúa, que lo conducía con las manos temblorosas, que utilizara la sirena para sacudir a la ciudad e indicarles a los josefinos que barrería sus cimientos hasta dar con el culpable del vil asesinato. Que todos sepan que empezó la cacería. Villegas, Muñoz, los hermanos Solórzano y otros sicarios de la Dirección de Detectives le servían de escolta en seis o siete vehículos negros, que descendieron en apresurado tropel por Cuesta de Núñez y se adentraron en el sendero embarrialado de la calle de la Laguna, al costado sur de la plaza de la Fábrica Nacional de Licores, y desembocaron en el barrio de Amón, pretendiendo cortarle la ruta de escape al homicida.

Morúa, el chofer personal de Joaquín Tinoco, guió la caravana. Esa noche, apenas unos minutos antes, se dirigía a la residencia Tinoco más o menos a las siete, a recoger al general, cuando escuchó los tiros, menos de 200 varas antes de llegar a su destino. Aceleró y se acercó lo que pudo a la esquina de la Cafetería Española, sobre la avenida 7, donde se congregaba un grupo de vecinos y algunos niños lloraban. Abandonó el vehículo y siguió corriendo sin albergar sospechas de lo que había ocurrido. Su semblante cambió cuando reconoció a José Luna y a Berrocal que permanecían de rodillas sobre la calzada. Había llovido y a pesar de la luna llena le costó reconocerlos. Se aproximó aún más justo en el momento en que el Tuerto Valverde y un ronda vestido de azul, que se identificó como Nazario Chinchilla, impedían que doña Merceditas de Tinoco se lanzara sobre el cuerpo que Luna, Berrocal y otro hombre, que después supo que era el doctor Barrionuevo, levantaban entre todos. Fue entonces cuando el corazón le dio un vuelco pero aún albergó la esperanza de que se tratara del ministro de Hacienda, Franklin Jiménez, o de don Juan Bautista Quirós, que iban a reunirse con don José Joaquín.

—Me eché a llorar cuando llegué junto a ellos y vi que era mi general. Es que si no se va a pie esto no hubiera pasado, se lo juro por mi madre —le contó a Martínez.

Chinchilla y dos rondas más, que ignoraban la gravedad de lo sucedido hasta que vieron el rostro acribillado, se lamentaron con amargura de no haber hecho nada. Chinchilla era el más afectado. Fue de los primeros en llegar donde se encontraba el cuerpo y el general expiró en sus brazos y en los de Valverde. Confesó que tenía pocas semanas de ser policía y que no pudo correr. Después de caminar descalzo hasta los 16 años no se había acostumbrado a los zapatos y en la comandancia no le entregaron los tiros del revólver.

—Usted ya ve cómo la desgracia metió la mano en todo esto —relató.

El tiempo se detuvo. Más y más curiosos se apretujaron contra la esquina queriendo asomarse al cadáver y reconocer lo que parecía imposible de creer. Joaquín Tinoco asesinado en plena calle, a vista y paciencia de sus hombres de mayor confianza. El doctor Barrionuevo determinó moverlo de regreso a la residencia y le pidió a Merceditas una sábana con que cubrir el despojo. Berrocal, Luna y el Tuerto Valverde lo llevaron en andas sin percatarse del reguero de sangre que la luna llena aclaró y que produjo un murmullo de estupor entre los vecinos que recordaron el oráculo. Fue entonces cuando apareció el carretón de basura, uno de los muchos que pululaban por las calles de San José a todas horas, seguido de cerca por una tropilla de perros famélicos que husmearon el rastro de sangre sobre el polvo aplanado y lo devoraron a lametazos. Los guardaespaldas permanecieron al lado de doña Merceditas y de los tres hijos ante la eventualidad de un ataque de los revolucionarios a la casa familiar. Enseguida llegaron matones, gendarmes con armas largas, escoltas, y policías de ronda que los protegieron.

Pelico escuchó atentamente a Luna y ordenó que dieran vuelta. En la Tercera Sección de Policía se reunió con Santos y Esquivel y dispuso que los presos políticos fueran pasados por las armas si el asesino no se entregaba durante la noche. Una hora más tarde, mientras las cargas de fusilería y detonaciones del cuartel Bella Vista y las balaceras en el centro de San José incrementaron la tensión de una noche preñada de los peores vaticinios y de los más tremebundos rumores, escribió Martínez, Tinoco por fin ingresó en la casa de su hermano Joaquín en el barrio de Amón.

La multitud, expectante, compacta, contrita, saludó con un silencio reverencial al presidente. El gentío estaba formado en su mayoría por afectos al régimen, josefinos que temían la reacción de la bestia herida y se aprestaban a mostrar su oficiosa aflicción, fisgones que se disponían a hurgar en lo sucedido, con morbo, felicidad o tristeza, o simples parroquianos sorprendidos por la noticia.

Esa noche llegó a oídos de Pelico el rumor de que el asesino había sido un sicario cubano traído por Amparo de Zeledón y su hermano Aurelio López-Calleja, el rebelde que se pudre en las catacumbas de la Penitenciaría Central desde el vergonzoso alzamiento de Fernández Güell y que, de ser así, pagará las consecuencias con los demás sediciosos. López-Calleja es uno de los más connotados huéspedes del claustro, el calabozo de castigo del penal, en que la falta de espacio y de ventilación exige que el reo se vea obligado a quedarse de puntillas junto a la rejilla del aire, del tamaño de un ladrillo, para no asfixiarse.

También se mencionó, escribió Modesto Martínez, que el asesino fue uno de los "39 valientes ramonenses", como fueron llamados por sus compañeros de infortunio, aunque otros decían que habían sido 42 hombres, cuando no eran otra cosa que una panda de forajidos de la ciudad de San Ramón infiltrados en el ejército del Sapoá con la misión de acabar con la vida inapreciable de don José Joaquín. Ante los actos de sublevación que provocaron en la tropa, el coronel Otárola los desarmó justo a tiempo, en el camino entre Bebedero y Hacienda Vieja, cuando ya se avistaba la llegada de José Joaquín con 70 de sus mejores jinetes y al verlos desarmados les dijo: "Vengo de muy lejos, del frente, donde tengo a mis mejores soldados, que no son soldados sino héroes. Sé que os habéis rebelado. Pero no me extraña, aquí hay una mala semilla. Los ramonenses, dos pasos al frente. No, mejor cuatro. Son ustedes los que han querido hacer de San Ramón una provincia y no lo será durante la administración de los Tinoco porque van a ser fusilados". Así les dijo.

Sin embargo, siendo el general Tinoco un espíritu generoso y bueno, como era, cometió el error de perdonarles la vida e ignorando la sed de sangre de sus aviesas intenciones los condenó a 50 palos. Mal aconsejado por sus edecanes militares tampoco se cumplió la pena y les habló de nuevo: "Quiero echar un velo negro sobre lo sucedido. Mañana quiero ver vuestra valentía combatiendo en la frontera contra los invasores. Quiero veros bañándoos de gloria en el campo del honor". Y así también les dijo. Pero tampoco se hizo y prefirió separarlos definitivamente de la tropa y enviarlos a la isla de San Lucas como punición. De ahí salió algún alacrán ponzoñoso a clavarle un puñal por la espalda a quien fuera su benefactor.

En el quinto de los seis escalones de la entrada, Fernando Castro Cervantes aguardó a Pelico y se aprestó a acompañarlo hasta el interior de la residencia. Los visitantes le abrieron paso ante la incertidumbre y el miedo soterrado que traerían la noche. Castro Cervantes, que había sido advertido por don Chindo Guardia y su hijo Miguel Ángel, lo abrazó y antes de dejarlo seguir, ante el cúmulo de abrazos que deseaban expresarle sus condolencias, le suplicó que no intentara nada contra los prisioneros políticos so pena de exaltar los ánimos del populacho, tan propenso a los desmanes y maleable a las provocaciones de los demagogos. "Esto va a provocar una matanza, la ruina de tu alcurnia y de tu estirpe, Pelico", le dijo, y le recordó que la milicia no podría proteger las casas de los más prominentes peliquistas, los Tinocos, los Laras, los Fernández Le Cappellain, los Clare Jiménez, los Jiménez Moreno, los Guardia Tinoco, sin provocar una sangría que despertaría la voracidad de Wilson por tragarse Costa Rica, que el grueso del ejército del coronel Prestinary seguía en Guanacaste, apertrechado en la frontera norte, cuidándonos las espaldas, que el resto del país está desprotegido, la nación horrorizada por el vil magnicidio. "Tu deber es mostrar compasión, sobreponerte a tu inmenso dolor y reivindicar el sagrado patriotismo de Joaquín." Así supo Martínez que le dijo.

"Esa noche de pavor e inquina", escribió Martínez, todos los hijos e hijas de las familias peliquistas, en especial los Fernández y los Tinoco, durmieron en colchones debajo de las camas o de las mesas, como en el tiempo de los terremoteados de Cartago, nueve años atrás, en un ambiente de desmedida vigilancia policial que producía histeria y confusión en los niños ante la explosión de cualquier petardo o bala perdida.

Pelico suspendió la orden de matar a los presos políticos pero no por el argumento de su amigo Castro Cervantes. Franklin Jiménez fue el primero que mencionó algo que llamó su atención:

—No fue un asesinato político, Pelico. Un marido celoso acabó con la vida de Joaco aprovechándose de la soledad de la calle.

Jiménez narró las sesiones espiritistas en las que Ofelia Corrales, poseída por una entidad, le advirtió a Joaquín Tinoco que se cuidara de un marido celoso, "un terrible Otelo que emergería de las tinieblas en el fatídico plenilunio de agosto". El general no hizo caso a pesar de que pretendía en secreto a doña Juliette de Mansur, la bella viuda de un médico emigrado de Aruba, Orlando Mansur —un hombre mulato o negro, un Otelo—, que vivía en la avenida 13, a pocas manzanas de donde estaban. La casa Mansur, al lado del puente del beneficio Tournón, se encontraba vacía una parte del año cuando su dueña viajaba a las Antillas. Los vecinos la reconocían por la espléndida filigrana que cubría la celosía de madera de la buhardilla con la leyenda *Julieta* en letra manuscrita, que Mansur había traído de Curazao junto con las decoraciones victorianas de la fachada, aportándole un aire caribeño al barrio de Amón.

Bastaría con traer a Ofelia de su casa, en San Francisco de Goicoechea, y pedirle que convocara a don Miguelito, su espíritu guía más lenguaraz, para que supiéramos la verdad. Pelico no puso en duda las palabras de Jiménez. Él y su esposa Luisa eran asiduos de las tertulias de fantasmas, tanto como los Tinoco, y sabía que Ofelita los consideraba almas gemelas con un alto grado de mediumnidad. La facultad psíquica de mediar entre el mundo de los vivos y el de los muertos es hereditaria y se sentía con fuerza en los Moreno Cañas, la familia de Luisa, que también poseía otros dones espiritistas como la clarividencia, la telepatía y la telequinesis.

En febrero de 1919 Luisita, la hija menor del matrimonio, soñó que se encontraba en un ataúd despidiéndose de sus amigos con un sombrero en la mano. Una semana después soñó que emprendía un largo viaje y que atravesaba el océano en barco. Durante días se repitió la travesía por mar y más tarde volvió a hallarse dentro de un ataúd, envuelta en una mortaja negra forrada de raso rojo en vez del virginal vestido blanco que utilizó para sus 15 años. Ante una admonición tan inequívoca la familia se preparó para que abandonara el cuerpo material y pasara a otra dimensión. Falleció de repente, de un ataque de asma o de una complicación cardiaca, según el doctor Barrionuevo, y siguió viviendo en la casa familiar, frente al cuartel Bella Vista, como un miembro más de los Jiménez. Al principio su periespíritu —el cuerpo astral que se asemeja en apariencia al cuerpo físico— se refugió en el ropero del dormitorio, sin querer salir, en especial cuando llegaban extraños a la residencia. Luego se aventuró fuera de la habitación con sus grandes ojos grises y se alojó en el retrato oval en la sala. Las sesiones con Ofelia se trasladaron a un pequeño altar frente a la imagen, dedicado a preservar su memoria, y ella aceptó manifestarse delante de otros. Ruidos, golpes rítmicos, voces y frases escritas en un papel en blanco surgieron del retrato.

Luisita, como todas las Moreno, escribió Martínez, irradia una belleza sobrenatural en los rasgos simétricos y clásicos de su rostro, el cuerpo menudo y la mirada tuberculosa rodeada de ojeras. Desde la hornacina que captura su singularidad en un filtro de luz que vela sutilmente el rostro, nos observa como si atisbara otro mundo, el mundo etéreo al que sólo puede accederse a través de su mirada. Pelico, que le tributaba un afecto filial desde que la conoció de niña, vivió el cumplimiento inaplazable de cada uno de sus presagios.

Franklin Jiménez fue en persona a buscar a Ofelia Corrales al "oráculo guadalupano", como los antitinoquistas bautizaron con sarcasmo la casa de madera de los Corrales, en calle Blancos. La médium lo esperaba con expresión devastada en el porche de su casa, a dos manzanas de la iglesia de San Francisco de Asís, sin que hubiera mediado una sola palabra entre Jiménez y ella. Su habitual mirada de desafío se había diluido en frustración e impaciencia y la melena oscura lucía sepulcral y sin brillo, como tallada en mármol negro. Jiménez tuvo la impresión de subir en el carro a un animal extraviado. Tres horas antes Ofelia le advirtió al general Tinoco que iban a asesinarlo y creyó ingenuamente que su prevención impediría que se cumpliera lo que estaba decretado por un hado superior al suyo, que su *ars adivinatoria* funcionaría como una antiprofecía destinada a salvarlo. Ingresó al carro de Jiménez y se supo presa de los juegos inexplicables de la Providencia.

La sesión espiritista, que fue la última del breve reinado de Pelico, se inició a la medianoche en la casa del general Roberto Tinoco. Se convocó en el mayor secreto para evitar que trascendiera a la multitud que aún a esa hora pululaba por la avenida 9, a la expectativa del desarrollo de los acontecimientos, escribió Martínez, y para no aumentar la crispación general. Pelico insistió en que se realizara en la sala de su hermano asesinado o en uno de los cuartos contiguos. Ofelia se negó. No entraría en transmisión rodeada de desconocidos, así que se escogió la residencia del primo de los Tinoco, situada frente a la casa del general, en la acera paralela de la avenida 9.

Al poco tiempo de iniciado el trance don Miguelito, el espíritu guía de Ofelia Corrales, estalló en una larga risotada que proclamó el nombre del marido celoso. Sin perder su conciencia, Ofelia invocó al hombrecillo. Don Miguelito apareció y asumió el tono de voz, la contextura, los movimientos y las palabras de un genio de ultratumba, contrahecho y siniestro. Don Miguelito rio con su figura encorvada de duende en el fatídico plenilunio de agosto y dijo con claridad el nombre. Quienes lo oyeron permanecieron en silencio en el espacio reservado para la sesión, bajo el imponente lucernario que contribuyó a la atmósfera lacerante. En ese instante estalló un estruendo sordo que provocó una estampida general.

La avenida 9 y las calles aledañas, hasta entonces atestadas, quedaron desiertas. En los peldaños de la escalera de entrada, el corredor con balaustrada y las salas de la casa donde familiares, íntimos de la familia y afectos al peliquismo velaban a Tinoco, congregados en una mezcla de dolor y espanto, los asistentes salieron despavoridos fuera de la residencia. Algunos entre ellos escucharon un disparo o el inicio de una balacera y se cubrieron debajo de las mesas y detrás de los muebles. Los más entendidos en estos asuntos, sin embargo, supieron que el alma de Joaquín Tinoco había cortado su atadura terrenal y abandonado su cuerpo.

Modesto Martínez, un tanto incrédulo o si se quiere escéptico, dejó una descripción precisa del acontecimiento: ante el excesivo calor de una noche sangrienta, las ventanas de guillotina de San José permanecieron abiertas en las casas, el viento azotó una de las aletas de madera de la casa Tinoco y ésta se desplomó con un golpe seco sobre el marco, produciendo el escándalo posterior. No fueron los espíritus, fue la gravedad la causante del pánico general.

De roble el sarcófago

Quienes intentaron calmarlo, desde el otro lado de la puerta, lo escucharon gimotear incluso después de impartir la orden de vaciar las mazmorras subterráneas de la Penitenciaría Central a punta de bayoneta, fusilar a los prisioneros políticos y arrojar sus cuerpos al río Torres hasta que sus aguas, por las que huyó el cobarde asesino al cobijo de sus oscuras intenciones, escribió Martínez, se tiñeran de sangre.

Siguió llorando incluso después de que él y Mimita se abrazaron a su cuñada Merceditas, después de desistir de la idea del fusilamiento colectivo, y de encerrarse en la galería de uniformes de su hermano muerto. El mundo enmudeció. Las casacas de gala importadas de París, algunas sin estrenar, resplandecieron con irónica beatitud bajo la luz de la luna que inundó el espacio por la *bay window* esquinera.

El padre Rosendo de Jesús Valenciano colocó enormes cirios decorados con ángeles alrededor del féretro, en cada una de las esquinas, los cuales guardaba desde el Congreso Eucarístico del 13. Se santiguó, cantó con fervor el Pater Noster y antes de mencionar las virtudes públicas y privadas del general, delante de la caja clausurada que contenía el cadáver, un recuerdo atroz turbó su espíritu. En mayo de 1918 Ricardo Rodríguez, el cura rebelde de Atenas, partidario de Fernández Güell, fue flagelado en la Penitenciaría Central y recibió 200 azotes. En una de las sesiones de tortura reconoció a Tinoco, quien estaba presente, y al verlo levantó la cabeza y le espetó: "Tu muerte será muy trágica y los perros beberán tu sangre".

No le hizo falta a Valenciano consultar la versión de Torres Amat de la Biblia para recordar la condenación divina. En el Primer Libro de Reyes, el rey Ajab codicia el terreno del anciano Nabot que está junto al palacio. Como éste se niega a entregárselo, la esposa del rey, Jezabel, instiga al pueblo en nombre de su marido. Nabot es condenado y lapidado hasta la muerte. Yahveh, entonces, envía al profeta Elías a decirle a Ajab que arrasará su estirpe por el abominable acto cometido: "Así ha dicho Yahveh: ¡Has matado y encima has tomado posesión! En el mismo sitio donde han lamido los perros la sangre de Nabot, los perros lamerán tu sangre". Al final de 1 Reyes 22, Ajab es herido en batalla y su sangre impregna el carro de combate. El versículo 38 concluye: "Lavaron el carro con agua abundante junto a la alberca de Samaria y los perros lamieron la sangre y las prostitutas se bañaron en ella".

Los cirios encendidos refulgieron como un umbral de columnas de fuego que el alma del general está a punto de traspasar y así acceder a un estadio más alto de la existencia, pensó el sacerdote, despejando su mente de la fábula sobre Jezabel y la viña de Nabot. *Joaco*, como lo llamó Valenciano en un alarde de familiaridad, financió de su propio y generoso peculio el estreno de sus composiciones en la iglesia de La Merced, contribuyendo al buen desarrollo de la música sacra en el país. El sacerdote se alzó sobre los asistentes en una amplia emanación de ditirambos sobre las inmarcesibles cualidades viriles, militares y artísticas del prócer asesinado, aunque se cuidó puntualmente de contar que el mecenazgo de Tinoco se debía al apoyo irrestricto de los periódicos *Eco Católico* y *La Verdad* a la dictadura.

El cadáver ya había sido arreglado por Emiliano Retana, el mejor conservador de la Funeraria Campos, quien se dio a la tarea de restituir los rasgos apolíneos del ministro de Guerra y colocarlo en un sarcófago de roble con urna interior de cristal y revestimiento de cobre, para impedir el derrame de líquidos corporales. No lo logró del todo. Limpió el pómulo derecho y la explosión de sangre en las fosas de la oreja y en la cabeza, en donde tuvo que emplearse a fondo para eliminar los coágulos sanguinolentos y amortiguar la hemorragia en los cabellos, el cuero cabelludo y el cráneo. Pero no pudo evitar el fogonazo en el rostro. Un punto quemado del que al principio manó una sangría espesa como si un dedo se hubiera hundido en la epidermis chamuscada produciéndole una impresión digital grabada para siempre. El rostro no lucía otras deformidades ni cicatrices. Era el rostro de la perfección. Los pocos que lo vieron en el ataúd atestiguaron que "el plomo le quemó el lado derecho de la cara y le dañó las capas cerebrales", como escribió *El Diario de Costa Rica* dos días después. El doctor Barrionuevo le contó a Pinaud que la quemadura facial, a una pulgada del ojo derecho, se hacía evidente y estropeaba la visión de conjunto de unas facciones inmaculadas, a pesar de las buenas artes del embalsamador. Retana, sin embargo, lo consideró "uno de sus mejores muertos", como anotó Martínez, y propuso que Gómez Miralles hiciera una fotografía para inmortalizarlo, si es que lograba escapar de la vigilancia permanente del Tuerto Valverde, que deseaba preservar la guerrera y el quepis embadurnados en sangre. Tampoco lo logró. El fotógrafo se horrorizó ante la propuesta y pretextó la imposibilidad de llevar velas que iluminaran el dormitorio en que se amortajó el cuerpo. Retana lo intentó entonces con el espectral asistente de Sotillo Picornell, Luigi Aria, un muchacho de lentes oscuros y abrigo negro subyugado por los retratos de los muertos. Aria se deleitaba recorriendo las funerarias y los camposantos buscando cadáveres que se dejaran retratar, como si pudiera hallar algo en la muerte violenta que no se mostrara a simple vista sino en el momento de revelar la fotografía. Aria se habría arriesgado a entrar por una de las ventanas si la manzana no hubiera estado rodeada de curiosos y de gendarmes que iban a detenerlo y a quitarle el trípode de madera y las cámaras si lo veían escalando la casa. Así que entró por la puerta principal, ascendió las escaleras y el gentío no le permitió avanzar.

Antes de que la familia se quedara a solas con los restos mortales, en un momento de recogimiento, el Tuerto Valverde le rogó que le entregara la casaca azul y la camisa ensangrentada que le habían prometido, y Retana se lo dio todo envuelto en una sábana blanca que al instante se volvió roja, ante la mirada de aprobación de la viuda. Merceditas Lara, con el cuerpo entumecido y un cansancio que se acumuló en los hombros hundidos y la mirada desarmada, bajó la cabeza y se sentó con discreción al lado del cuerpo. Joaquín objetaba que fumara, porque el hábito era indigno de una señora de su clase y condición, y sin que nadie se percatara hizo añicos el pitillo que escondía entre los dedos temblorosos.

En la madrugada, después de un largo recorrido por Los Panteones, Las Pilas y La Dolorosa, los barrios de tolerancia, el Tuerto Valverde se refugió borracho en la hostería de sus querencias, La Gata, en La Puebla. Pidió una peseta de frijoles con pellejo de chancho y se entregó a las lágrimas por su suerte y la del jefe caído. ¿Qué sería de él y de sus *gaticas*? Las Gatas trabajaban como espías en las familias reputadas de revolucionarias o entre los hombres influyentes que se deseaba vigilar, cobrando a 200 pesos la delación o la moqueteada a una doña de copete y a 500 o más si había que atentar contra la vida de la fulana ricachona, como Amparo de Zeledón. Los favores también se pagaban en especie con la visita bien remunerada de una alta figura del peliquismo. Ahora tendría que cuidarse las espaldas y velar por sus damiselas de la vida airada. Lloró abrazado al atado de ropa y a las Gatas que llegaron a confortarlo, y que quisieron conocer la ropa fina aún olorosa a pacholí del general.

Sopesó en la mano abierta la Colt que el general Tinoco le entregó en uno de sus reiterados actos de generosidad hacia la tropa, me lleva Candanga, con intenciones de volarse la tapa de los sesos, y sin darse mucha cuenta lo desarmaron la Triquitraque y la Chavelona, las reinas del lugar. A su alrededor reconoció a otras pecadoras que formaban su ejército privado, la Tranvía, la Pescuezo de Toro, la Perla, bautizadas por otros hombres que las habían amado antes que él, y juntos, hechos un puño, lloraron por el general.

Dos horas más tarde Pelico emergió del pozo de dolor en que yacía. Escuchó el alarido de desolación de Merceditas por encima del clima luctuoso de final de fiesta que tuvo ese interminable domingo. La viuda temía que sus hijos y sus familiares fueran asesinados esa misma noche y desconfiaba de los que se le acercaron, hasta de los guardaespaldas y sicarios más serviles al general. Su estado empeoró con la reacción del obispo Juan Gaspar Stork ante la urgencia de preparar la iglesia catedral para los solemnes funerales de Estado que se realizarían al día siguiente.

El prelado alemán se negó en redondo a recibir el cuerpo y a celebrar la ceremonia religiosa. Las razones se las comunicó Stork al primer designado, Juan Bautista Quirós, en una cita secreta que mantuvieron en la biblioteca del Palacio Episcopal, y se las repitió a Jorge Lara, el hermano de Mercedes de Tinoco. A pesar del aprecio que les manifestaba a los deudos, a doña Mercedes, a los hijos —Quinchillo, Chanita y Azyadée—, se mostró inflexible.

José Joaquín Tinoco mató en duelo a Manuel Argüello de Vars el 9 de mayo de 1914, en La Sabana. Los lances de honor conducen a la excomunión, sentenció terminante el obispo alemán. Las puertas de la iglesia están cerradas para quienes desoyen las advertencias del derecho eclesiástico, dijo elevando al cielo el anillo episcopal, y para probarlo citó la irrebatible autoridad de Léon Bloy: "La religión le prohíbe batirse a un católico, las puertas de la iglesia y del paraíso están clausuradas para él y hasta la tierra santa del cementerio", y recordó que la excomunión incluye a duelistas y padrinos, a los dueños de las tierras en que se celebra el desafío y a todos aquellos que no lo impidan o que entorpezcan a quienes deseen impedirlo. Amén.

Quirós se sorprendió de la maniobra de última hora de su amigo Stork, tan cercano de los Tinoco hasta unos meses antes, cómo no abrió la boca para denunciar las apaleadas contra Ricardo Gutiérrez, que lo llevaron a la muerte, las que sufrió Salomón Valenciano, el primo díscolo de Rosendo, a quien ni siquiera le permitían ir al excusado, se cagaba encima y se le impregnaba en el cuerpo un hedor nauseabundo que hacía que los demás reos se quejaran hasta que lo bañaban a baldazos con agua helada del río Torres, o la persecución del sacerdote español Ramón Junoy. Stork cerró la boca y no la abrió nunca por estos curitas de misa y olla apaleados hasta la extenuación por los sicarios, para mayor escarmiento de los otros religiosos que quisieran rebelarse contra la autoridad. Los príncipes de la Iglesia lo que no prohíben lo vuelven secreto y se alimentan del secreto y del poder del secreto. Stork envió a morir a Gutiérrez a su parroquia en Atenas para que no se muriera en la Penitenciaría y no causarle más problemas al gobierno. Los muertos huelen mal y hubiera olido muy mal un cura muerto con la espalda en llaga viva y la columna vertebral destrozada, martirizado por los azotes, sin poder caminar por el cepo y los vergazos de Villegas, muerto en las mazmorras del castillo gris de la Penitenciaría. Stork, muy querido amigo mío, muy versado en idiomas y en teologías y en cosmologías indígenas y avaro en querencias y afectos humanos, se vería muy mal, siempre has tenido tan buen olfato para los cosas del poder y decidiste tomarte tu distancia de este poder ya declinante, intuyendo la hora final de los Tinoco.

Stork insistió en que no consentiría el oficio de difuntos para el responsable de una muerte en un lance de honor. La bula *Sobre lo abominable y otras abominaciones* de Benedicto XIV, escrita en 1752, le niega el descanso en tierra consagrada a los duelistas y a todos sus participantes, y mentó con memoria privilegiada en latines la larga retahíla de papas que lo prohibían hasta llegar a Pío Nono, Dios lo tenga en su gloria, y a cualquiera que tomara parte en el siniestro ritual de la muerte, aunque no se opondría en público ni lo comentaría fuera de las paredes del Palacio Episcopal, "que lo entierren donde quieran, si los cementerios escapan de la competencia eclesiástica, secularizados por los masones ateos, las puertas de la iglesia catedral están cerradas para José Joaquín Tinoco Granados y permanecerán cerradas, he dicho".

Al enterarse de la reacción clerical, Pelico enfureció y le pidió a Villegas que organizara una batida de sicarios del Cuerpo de Detectives y que abriera las puertas del templo, si era necesario a patadas. Pero se mostró inseguro y desistió por temor a enemistarse con la jerarquía católica que le fue dócil como un perro hasta entonces. Sopesó trasladar la misa de difuntos a la iglesia del Carmen y envió a uno de sus edecanes y a Manuel Campos, el dueño de la funeraria en persona, a que midieran el tamaño de las puertas por las que tendría que ingresar el sarcófago de roble.

Comprobaron que no cabía ni siquiera por el callejón de atrás o por el ventanal de la avenida 3. El general Santos insistió en que se realizara en el salón de las Banderas de la Comandancia Mayor, pero Pelico consideró que no estaba a la altura de un secretario de Estado, antiguo designado a la presidencia y patricio desde la cuna, y optó por la sala de sesiones del Congreso de la nación. A las 12:05 del lunes 11 de agosto el nuevo ministro de Guerra, Víctor Manuel Quirós, decretó de modo solemne cinco días de duelo nacional, el pabellón patrio a media asta enlutado con crespones negros en el territorio de la República y la suspensión de las actividades públicas hasta el 18 de agosto, y mandó a publicarlo en un alcance de la *Gaceta Oficial*.

Stork cerró el tomo decimotercero de la Brockhaus Konversations-Lexikon, que leía con entusiasmo pagano cada noche, y mientras esperó que el tiempo se congelara a las 12 para irse a la cama escuchó un intenso rumor en el Parque Central que a su vez resonó contra las puertas de cedro del Palacio Episcopal. El padre Carlos Trapp llegó corriendo hasta el estudio y le advirtió que un pelotón armado al mando del coronel Villegas estaba dispuesto a patear las puertas de la iglesia catedral y ocuparla a la fuerza. Uno de los esbirros amenazó con colgar a los sacerdotes que se encontraran en la Penitenciaría si no abrían de inmediato. Se colocó con tranquilidad aprendida el hábito morado y por la premura prescindió de cualquier otro signo de su rango. En el pasillo entre el estudio y su capilla personal se encontró con varios sacerdotes que intentaron disuadirlo de que saliera, rogándole que tomara el túnel secreto que conducía al Seminario Mayor, desde donde podría tomar un coche que le permitiría escapar al Convento de los Padres Capuchinos, en Cartago. Se negó a hacerlo. Sus relaciones con el tinoquismo siempre fueron buenas a pesar de que en el último año aumentó el número de religiosos encerrados en la Penitenciaría o muertos a golpes de vara. El padre Trapp llamó al Castillo Azul, sin conseguir hablar con Pelico Tinoco, e infructuosamente intentó comunicarse con las secciones de Policía.

El general Quirós acudió un poco después de la medianoche al Palacio Episcopal acompañado del presbítero Valenciano. El obispo los recibió en la biblioteca y en medio de los miles de volúmenes encuadernados en piel divisaron las ventanas por las cuales podían entreverse las cuadrillas dirigidas por Villegas, Mamerto Urbina, Pico de Lora y oficiales del Cuerpo de Detectives, de probada lealtad al régimen y reprobable crueldad y encono, circundando como hienas la manzana de la catedral, escribió Martínez, entre el Parque Central y el Seminario Mayor.

Quirós habló el primero y lo secundó Valenciano, quien a menudo actuaba como emisario de Tinoco ante el prelado y viceversa. Stork aceptó abrir una de las puertas principales a partir de las seis de la mañana, tiempo suficiente para colocar el catafalco romano e inundar la nave y los laterales de ofrendas florales.

—En ningún caso me haré presente —todos asintieron al oír sus palabras— ni tendré trato con la familia doliente. Rosendo y los miembros del Cabildo Eclesiástico ocuparán mi lugar.

Al salir de la reunión, sin embargo, Valenciano ordenó que se abrieran las puertas de par en par. Así se hizo.

Astor mansion, N. Y.

Alrededor de las 11 de la mañana del 11 de agosto Woodrow Wilson recibió la noticia. Estaba a punto de salir de la Mansión Astor, en la esquina noreste de Central Park, sobre la Quinta Avenida, cuando el secretario de Estado Lansing, recién llegado de París, le extendió el telegrama proveniente de Panamá y le transmitió un somero informe de su sobrino, John Foster Dulles, un joven funcionario del Departamento de Estado. Lansing había nombrado a Polk en su lugar mientras se desempeñaba como representante de Estados Unidos en la Conferencia de Paz de París y negociaba el Tratado de Versalles.

Wilson llegó a Nueva York para presidir el desfile de bienvenida al Sexto Regimiento de Infantería de Marina, que dos días más tarde se desmovilizaría en la base militar de Quantico, Virginia. Al salir a la mañana resplandeciente se colocó el bombín con resignado desdén, vitoreó a los presentes que atestaban la acera y las calles aledañas, a la espera del último regimiento que volvía de Europa, y subió al largo descapotable que lo conduciría a celebrar el fin de la Primera Guerra Mundial.

El zar americano, el despreciable zar americano, como rugió el resto de su vida Pelico, terminaría su triunfo en el Capitolio a la mañana siguiente, repitiendo un ritual que iniciaron los emperadores romanos, de los que se sabía heredero, con plena conciencia del papel que iba a jugar Estados Unidos a partir de entonces. A pesar de sus buenas intenciones hacia la América hispana, al principio de su mandato, su racismo sureño y lógica colonial se impusieron sobre sus ideas vagamente expuestas e idealismo puritano. Invadió México y sometió el Caribe al poder imperial de la superpotencia que emergió de la Primera Guerra Mundial. Wilson podría hacer suya la frase de uno de los personajes de John Dos Passos en la novela *1919*: "La única forma que tenemos de preservar la paz en el mundo es dominándola".

Tras el desfile apoteósico, la lluvia de papel picado, barras y estrellas en las banderas y el estruendo de las marchas militares de John Philip Sousa, Wilson regresó a la penumbra del despacho provisional instalado en la suite presidencial del hotel Astor. Lansing lo recibió con una pila de papeles y su atención se detuvo en el aerocable encriptado que reconoció de inmediato al comprobar su lejana procedencia. No pareció darle importancia al acontecimiento. No se inmutó ni manifestó asombro o sorpresa aun cuando admitió que el presidente Tinoco le resultaba repulsivo.

Los cables provenientes de Centroamérica, en especial los de Costa Rica y Panamá, desde donde operaba la sede regional de la Oficina de Inteligencia Naval (ONI), invariablemente hablaban del asesinato y del precipitado abandono del poder de su hermano Federico Tinoco, que se haría realidad el 12 de agosto. Del general asesinado Wilson sabía poco salvo los retazos de una conversación que mantuvo dos años antes con Stewart Johnson, encargado de Negocios de la Legación Americana en Costa Rica, quien lo calificó de "impulsivo y violento, como son los hombres de las razas tropicales, acostumbrados a las emociones extremas", "sin capacidad de raciocinio ni control, entregado al refocile de las pasiones francesas", "sin experiencia alguna en cargos públicos y de gustos refinados en el comer y el fornicar".

La imagen de Federico Tinoco, en cambio, a quien no conoció ni nunca conocería, regresó vívida gracias a un retrato que le mostró Lansing 30 meses atrás. "¿Cómo es que un hombre usa peluca?", le dijo. "¿Un fantoche? ¿Un dictador de opereta? ¿Cómo puedo confiar en un hombre así?"

Las fotografías de Tinoco le impresionaron tanto como la opinión del embajador Hale después del golpe de Estado: "González es honesto y bienintencionado. Tinoco es un hombre arrojado y sin escrúpulos". Esas palabras y conocer a González Flores lo hicieron inclinarse por no otorgar el reconocimiento diplomático a Tinoco a pesar de la insistencia, a veces excesiva, de algunos funcionarios del Departamento de Estado.

John Foster Dulles, sobrino de Eleonor Foster, la esposa de Lansing, quien desestimó la necesidad de invadir Costa Rica tras el golpe militar, en un reporte a la Casa Blanca, externó una opinión positiva de González Flores antes de que el presidente caído en desgracia ingresara en el Despacho Oval, el 19 de febrero de 1917. Dulles refirió que la oligarquía costarricense no deseaba sacrificar el control total del crédito que ostentaba gracias a sus propios bancos ni tampoco perder los enormes privilegios de los que gozaba al no pagar impuestos sobre las rentas. Por esa razón, torpedeó la reorganización económica y fiscal que pretendía González Flores para salvar al erario público de la ruina. Desde el comienzo de la Primera Guerra Mundial los ingresos del gobierno cayeron en una cuarta parte, el mercado de café en Londres se desplomó y no había dinero suficiente para los salarios de los empleados públicos, que se pagaban apenas en una fracción de su valor. González Flores se lanzó a modificar el *statu quo* y el partido político que lo llevó al poder no sólo lo abandonó sino que organizó un complot en su contra por todos los medios a su alcance.

Wilson tomó en cuenta la opinión de Dulles y escuchó atentamente al expresidente González Flores. Decidió no restablecer relaciones diplomáticas con Costa Rica aunque no accedió al pedido de González de invadir el país y reinstalarlo en la silla presidencial a la fuerza. Nicaragua, República Dominicana y Haití se mantenían bajo el control militar de Estados Unidos y no deseaba un conflicto de mayores proporciones.

Sin embargo, se interesó por la conexión entre Tinoco y los interminables tentáculos del pulpo bananero. El 2 de abril de 1917 Wilson recibió en la Casa Blanca un cable de Minor Keith apremiándolo a concederle el reconocimiento al nuevo gobierno de Tinoco, en nombre de los intereses estadounidenses, y a considerarlo como el presidente legítimo de Costa Rica.

Un día antes Tinoco había celebrado elecciones con las que pretendió legitimarse. No tuvo rivales y recibió más votos que los ciudadanos inscritos, según los informes del Departamento de Estado. El cable encolerizó a Wilson. No sólo simpatizaba con González Flores y su sentido de justicia sino que detestaba a Keith y a los dueños de los oligopolios que manipulaban el mercado a su favor y creían poder comprar cualquier cosa, incluyendo la política internacional de Estados Unidos. Ordenó que el Departamento de Justicia revolcara la mierda de Keith hasta encontrar algo que le sirviera de base para acusarlo. Estaba seguro de que algunas de sus actividades eran ilegales y que había contribuido a financiar el golpe militar contra González Flores.

En el verano de 1918 el agente del FBI Alexander Bielaski allanó las oficinas de Lincoln Valentine en Nueva York, un petrolero que había ganado la concesión para explotar crudo costarricense el 12 de agosto de 1916. Decomisó los documentos del contrato y siguiendo órdenes del Departamento de Justicia se los entregó a González Flores y al periodista Timothy Turner del *New York Herald*, quien los publicó en noviembre del mismo año, en una serie de reportajes.

Desde 1914 Valentine luchó por obtener la concesión, a cualquier precio, para el empresario estadounidense Leo J. Greulich y la Costa Rica Oil Corporation. La correspondencia que le dirigió a Greulich dio la razón a Wilson sobre los intereses económicos detrás de la negociación petrolera y la remoción de González Flores.

Gracias a los documentos, que se divulgaron como los Papeles Bielaski, Wilson y el Senado de Estados Unidos conocieron el retrato que hizo Valentine de Tinoco antes de que fuera dictador. Tinoco fue determinante en la aprobación del contrato como hombre fuerte del ya entonces debilitado gobierno de González Flores: "Es un caso claro y común de corrupción. Gana como 800 colones por mes y gasta mucho más. No tiene fortuna personal y está haciendo lo posible por reunir una a toda prisa. Ve su oportunidad en el petróleo y está haciendo política para obtener una gran participación. Para cuando lleguemos al final de este negocio, habremos tenido que pagar a los Tinoco mucho más de $10 000.00 en acciones".

En 1915 se presentaron los primeros obstáculos a la adjudicación y Valentine le escribió a Greulich: "Me alegro mucho que usted me haya autorizado por cable para ofrecer $100 000, pagaderos cuando el petróleo se produzca en cantidades comerciales. Mr. [Walter J.] Field, con quien he discutido amplia y repetidas veces la situación, opina que aunque tuviéramos que elevar la suma a $200 000 valdría la pena la inversión".

Según el *dossier* requisado por Bielaski, Valentine contrató como abogados de su compañía petrolera a Leonidas Pacheco y a Máximo Fernández, expresidente y presidente del Congreso, así como a varios diputados. Sobornó a jueces, altos funcionarios judiciales, gubernamentales —entre ellos a empleados del correo, que se encargaban del robo de la correspondencia privada— y de la Casa Presidencial. También los periódicos *La Información*, *La Prensa Libre* y *La República* pasaron a formar parte de su nómina, así como expresidentes de la República y representantes de la clase política, que se pronunciaron a favor del contrato.

Cuando González Flores se opuso, Valentine se comunicó con Greulich y le expuso sus temores de que la negociación fracasara si Estados Unidos no intervenía directamente: "Yo espero que usted podrá obtener el apoyo de nuestro gobierno. Estamos tratando con una turba de muchachos y necesitamos el garrote para que se conduzcan bien". Field, que era presidente del Banco Internacional, le sugirió ponerse en manos de Fernández, líder máximo del Partido Republicano, seis veces candidato a la presidencia y a cargo de la jefatura del Congreso durante la discusión petrolera.

Valentine le escribió a Greulich urgiéndolo a enviarle más dinero para asegurar el negocio: "The Fat Man —como llama a Fernández— y Mr. Pelico son artículos comprables que requieren un buen precio. El ambicioso Fat Man controla absolutamente el Congreso y todo su partido sufre bajo el peso de una crecida deuda política. El gobierno controla parte de esa deuda. Si al menos le aseguramos el medio de librarse de ella, antes del comienzo de la próxima campaña presidencial, en 1918, la probabilidad de obtener la aprobación de nuestra concesión en los términos sustanciales del contrato original será completa".

El Congreso aprobó el convenio con Greulich el 12 de agosto de 1916, si bien González Flores lo vetó una semana más tarde. Un artilugio legal le permitió a Fernández ignorar la negativa presidencial, aprobar el contrato y enviarlo a publicar en el diario oficial. El 29 de enero de 1917, dos días después del golpe militar de Tinoco, Valentine vendió la concesión a la Sinclair Gulf Corporation por $10 millones. Como le había dicho a Greulich dos años antes, la inversión había valido la pena.

Tanto el desmedido interés de Minor Keith por Tinoco como el desparpajo de Valentine para actuar con iniquidad y a espaldas de la ley eliminaron cualquier posibilidad de que Wilson reconociera a Tinoco. Pero tampoco deseaba regodearse con el asesinato ni ensuciarse las manos. A toda costa quería disipar la amenaza de una guerra abierta entre Nicaragua y Costa Rica, una posibilidad siempre latente mientras hubiera un Tinoco en el gobierno o reteniendo entre sus dedos los hilos del poder.

Chase cablegrafió a Polk las últimas noticias: "Mucha actividad militar y el aire lleno de rumores. Joaquín Tinoco enterrado. United Fruit confirma barco a disposición del presidente Tinoco y familia. En las calles se comenta que abandonarán el país mañana a primera hora".

Lansing interrogó a Polk sobre la eventual participación de Estados Unidos en el crimen y la respuesta fue ambivalente. Un antiguo informante del agente 165 de la Oficina de Inteligencia Naval (ONI), Cyrus Wicker, intervino en la operación, aunque Polk no supo precisar si lo hizo a título personal, contratado por Chamorro, los revolucionarios o por otro agente estadounidense. El Departamento de Estado no tiene injerencia alguna sobre la ONI y sus agentes, que dependen de la Marina, al igual que el Servicio Secreto. El informante se identificaba como "Lacroix" y a veces "De La Croix", y que era un militar francés proveniente de Martinica. Nunca trabajó de modo oficial para la Inteligencia Naval y Wicker lo contactó por sus excelentes relaciones con la colonia alemana en Costa Rica.

Pero la vinculación de Estados Unidos con la trama no era del todo inocente. Aunque no se sabía con exactitud lo que hizo Lacroix, las legaciones de Managua y Panamá fueron informadas previamente por otro agente, Samuel Lothrop, quien encubría sus actividades secretas bajo su fachada de arqueólogo, y la red de espionaje estadounidense se mantuvo al corriente de los acontecimientos. El dinero del contrato, según Lothrop, lo aportó Toribio Torijano, en nombre del Cadejo Chamorro, y otros diplomáticos en el Caribe recibieron indicios de lo que podría suceder en el mes de agosto si los hermanos Tinoco renegaban del compromiso acordado en julio entre Costa Rica y Estados Unidos, con Chile como garante.

El arreglo fue presentado ante el Departamento de Estado por el ministro plenipotenciario de Chile en Washington, Beltrán Mathieu, un experimentado diplomático que dos décadas antes prestó servicios en Centroamérica, y por Carlos Lara, hermano de Merceditas, esposa de Joaquín Tinoco, y por lo tanto hombre de entera confianza del régimen, enviado especial del gobierno a Estados Unidos.

Es un hecho, admitió Polk ante Lansing, que el cónsul en San José, Benjamin Chase, permaneció al margen, tanto de las negociaciones como del desenlace. Chase no fue previamente informado porque sus colegas en el Caribe opinaban que estaba loco y que de haberlo sabido hubiera echado a perder la operación secreta.

El día de los hechos por la mañana

Como todos los días, durante el régimen de los 30 meses, Alejandro Cardona Llorens se trasladó de la Barbería Española al barrio de Amón a afeitar al general Tinoco. Lo tenía por un ritual matutino que no se interrumpía ni siquiera los días de guardar, los sábados o los domingos. Al descorrer el velo de aquel funesto día, glorioso para unos y trágico para otros, escribió Martínez, atravesó la verja de hierro sin hacer ruido y el Tuerto Valverde, al reconocerlo, lo saludó desde la puerta. Lo condujo a lo largo del corredor de mosaico y lo dejó en el boudoir donde se encontraba el aguamanil instalado en el espejo de medio cuerpo.

La casa, una pequeña estructura de estilo victoriano situada en un lote esquinero entre avenida 9 y calle 3, de bajareque y ladrillo, quizá demasiado estrecha para la desmesura marcial de su propietario, parecía destacar por la liviandad de sus calados en madera y la *bay window* que se abría a la calle coronada por un hastial flamígero sobre el techo, lo que contrastaba a la vez con los últimos vestigios de arquitectura vernácula y las mansiones mucho más pesadas y ostentosas que crecían con voracidad oligárquica en el barrio de Amón.

Llorens aguzó el oído y no descubrió al general entre las voces infantiles que pululaban en el patio trasero y que pertenecían a sus hijos. Tal vez no habría otra oportunidad para despedirse de un hombre que consideraba su amigo. Al día siguiente Tinoco y su familia abandonarían San José, si nadie disponía lo contrario. Cuando se presentaba la ocasión de viajar, el general prefería ser afeitado solo, invisible incluso para los miembros más cercanos de su escolta. Así que Llorens se presentó lo más pulcro y elegante posible. Se enjugó las manos en alcohol, asentó la navaja barbera en el amplio cinturón de cuero que amarró a una silla y se abstrajo durante unos segundos en los movimientos maniáticos y repetitivos que le infligía a la correa. Dedicado a sus oficios lo sorprendió una presencia perturbadora que lo hizo volverse de un salto y se encontró con el maniquí de mimbre sobre el que reposaba el uniforme divisionario, la casaca azul marino cruzada a la derecha, con el cuello y las bocamangas en *broderie* de laurel recamada en hilo de oro y charreteras de canelones dorados con tres estrellas relucientes, que indicaban el grado recién aprobado por el Congreso de general de división.

Lina, la sirvienta de adentro, se ocupaba de cepillar cuidadosa y escrupulosamente los uniformes y de colgarlos en el vestidor rectangular donde también guardaba las medallas y condecoraciones militares que coleccionaba, en la habitación octogonal con vista a la avenida 9, y que adquiría con regularidad de la casa Arthus Bertrand de Saint-Germain-des-Près.

Enseguida apareció el general sin guerrera, en camiseta y pantalones de franja vertical en el doblez, a juego con el uniforme de gala. Como todos los días en que lo conoció, Tinoco lo traspasó con sus rutilantes ojos negros pero olvidó la sonrisa insolente y pícara que en otros momentos iluminaba la belleza definitiva del rostro romano, si bien un tanto lleno, ornado por el bigote y la coquetería apenas insinuada de la barba mosca.

El penúltimo día en que vistió el uniforme de general de división, porque el último y el definitivo sería el de su funeral, Joaquín Tinoco se mostró intranquilo al saludar a Llorens. Había despertado con el ánimo adherido al desasosiego heredado del amanecer. Supo que eran las seis de la mañana por un carretón descaminado que iba o venía del Paso de la Vaca a trancas y barrancas, con un ruido de mil demonios, y por la llegada tempranera del Tuerto Valverde. El catalán evadió su mirada, que infundía confianza entre sus amigos, como él, y temor entre sus enemigos. Se puso a hacer con la brocha y el jabón en una taza de porcelana. El Tuerto Valverde le llevó el cazo de agua hirviendo en el que Llorens sumergió el paño con el que frotó la epidermis de Tinoco.

El carácter del general, de natural desenvuelto y locuaz, se mostró avinagrado. El barbero lo notó cuando pasó la mano por su cuello y Tinoco se la arrebató con un amago inesperado. El general se disculpó de inmediato y la jornada continuó sin contratiempos. Durmió poco, le dijo, y le espantaron el sueño las ruedas de las carretas que le erizaron la piel al contacto con el aire metálico de la madrugada.

—Lo hacen para joderme —añadió sin ironía—. Los acontecimientos de la noche anterior, en una sesión que sintió interminable en el Congreso, lo habían predispuesto a sufrir un domingo de dolores e ingratitudes.

Al filo del amanecer, como también era su costumbre desde las juergas con su primo Arístides Jiménez en el salón privado del restaurante Europa o en el Cadillac de Chuzo González, se enrumbó hacia la cama con una coñaquera en la mano y continuos sorbos de Hennessy.

La noche me cayó pesada, Llorens, soltó rumiando su aspereza el general. Llorens se detuvo en su abundante pelo ondulado, que en los actos públicos sobresalía bajo el bicornio o el sombrero de jipijapa, y que el barbero apenas recortó con sumo cuidado de no cercenar los mechones encrespados de los que tanto se ufanaba Tinoco y que exaltaban los suspiros de las damas josefinas.

—Usted entenderá que tenga el estómago revuelto.

Llorens asintió inmutable ante sus palabras. El arte del barbero es saber escuchar. Cerrar la boca. Se concebía a sí mismo como el fiel guardián de los secretos de sus clientes y a veces era capaz de adivinar lo que iban a decirle antes de escucharlo. Se preciaba de adaptarse al vuelo de sus confesiones. Cada cliente es un mundo, le decía su padre extendiéndole las tijeras cuando era aprendiz.

El día anterior el general no sólo había firmado la cesión de la hacienda Coyolar, la más grande del país, sino que también tuvo que desprenderse de su pura sangre andaluz y enviárselo de regalo a Adrián Collado. Nadie mejor para cuidarlo, se dijo. Desde la adolescencia Tinoco se consideró un buen jinete y tenía un talento especial para reconocer una buena bestia.

Ese sábado, después del último desfile en la plaza de la Artillería, en que se despidió de los 1 500 patillos que intervinieron en la campaña del norte contra los revolucionarios, condujo a Palomino, el peruano de paso en que el general paseaba sus rencores, a las caballerizas del ejército en la calle 5, escribió Martínez. Al llegar desmontó y no permitió que el cabo Vindas desensillara. Lo hizo él mismo.

Liberó al animal de la brida y el freno y lo acarició con amorosa lentitud recorriendo el lomo negro perlado de sudor hasta la grupa, sintiendo la energía descomunal reconcentrada en las ancas nerviosas, la vibración del cuerpo y el frenético entrecerrar de los ollares. Rodeó la grupa sin temor, a pesar de la inquietud de la bestia, depositó dos cubos de azúcar en su mano desnuda y abierta y permitió que Palomino se acercara y comiera con confianza.

Es un animal muy brioso, sólo usted sabe domarlo, le dijo el Cholo Vindas la primera vez que le entregó el lazo en el picadero del ejército y le dio cuerda para empezar a adiestrarlo, en días más felices. Hubiera querido cruzarlo y criar una raza a partir de aquel magnífico ejemplar traído de Trujillo, y que aunque venía de Perú le costó un Potosí.

Dejó que la idea se desvaneciera en el aire. Volverían a Costa Rica a recuperar lo que les pertenecía por herencia y linaje, se dijo, haciendo un concienzudo memorial de sus agravios.

Depositó la esbelta silla a la inglesa con los estribos recogidos sobre la montura sin sospechar que dos días después la misma silla sobre la misma cabalgadura rematarían el silencioso cortejo fúnebre que llevaría sus restos de la iglesia catedral a la cripta familiar en el Cementerio General.

Llorens concluyó el leve cepillado con una tonificación de agua de quinina y le acercó el agua de Guerlain. El general se encargó de esparcírsela por el rostro, como se habituó siendo interno en el colegio Albert-le-Grand en Val de Marne, cerca de París.

Desde su primer encuentro en la Barbería Española, cuando Tinoco ostentaba el grado de coronel y ya se le sabía la mano derecha de Pelico, Llorens recibió la advertencia de que al militar no le gustaba que le tocaran el rostro con la mano desnuda. Tinoco aportó agua de colonia, guantes, paños, pañuelos y otros enseres que serían de su uso exclusivo.

El 27 de enero de 1917 Joaquín Tinoco ascendió al cargo de ministro de Guerra y Marina y no acudió más a la barbería al considerar que era un acto indigno de su rango. A partir de ese día Llorens lo peló y afeitó en la casa de Amón y ocasionalmente en el despacho del Ministerio de Guerra, en la Comandancia de plaza de la Artillería.

El Tuerto Valverde le colocó la sobaquera con la Mauser 6.35, un regalo del Káiser por interpósita mano de Carlos Wahle, cuñado de Tinoco y embajador del imperio alemán, y se la ajustó a la perfección bajo la casaca entorchada. Sobre la guerrera sobresalieron las dos hileras de botones dorados que sostenían los cordones forrajeros con agujetas metálicas entrelazados en nudo franciscano.

Tinoco se detuvo un momento. Una ligera trepidación hizo cimbrar la estructura de madera. Durante la semana los temblores se habían intensificado a lapsos regulares entreverándose con las explosiones del volcán Irazú hasta la violenta sacudida del día anterior, el sábado 9, cuando la ciudad de San José se despertó a las 6:24 de la mañana con una nueva erupción y un retumbo ensordecedor atravesó la tierra, deshizo adornos, resquebrajó paredes y descompuso los nervios. El sismo inauguró la amarga jornada de adioses que le esperaba a Tinoco.

Una nube de desconsuelo lo acompañó ese sábado desde el mediodía, cuando estuvo a punto de descargar la Mauser contra el Consulado Americano, cobardes que se refugian bajo el ala imperial del norte, cuando hinca la garra todo lo tritura, y hasta la sesión del Congreso, en que los diputadillos que nos deben la vida a los Tinocos, se dijo, despacharon su renuncia como designado a la presidencia, como decir agua va, en una decisión unánime los 36 diputados, y escogieron a Juan Bautista Quirós.

Ese día ingresó como un héroe al Palacio Nacional, a las 8:30 de la noche. En la entrada lo esperaba Julio Esquivel. Todo está listo, todo preparado, le susurró al oído en un acceso de nerviosismo. El patio entero lo vitoreó como el general triunfante de la campaña del Sapoá. En esa invasión eran muchos los mercenarios y muy pocos los costarricenses y todos traidores, le gritó a la multitud que lo esperaba bajo una lluvia plúmbea que agitó la ceniza depositada en los caños, y salió de regreso a su casa y al exilio, a las 10.

El aplauso del público me acompañó durante los 10 minutos en que duró mi discurso y resonó en mis oídos muchas hora más:

Se marchan los Tinoco. Ahora sí, ¿cuáles son los valientes? Quiero ver ahora el patriotismo del pueblo de Costa Rica. Ha sonado la hora de la prueba. Se marchan los Tinoco cuando están en el apogeo de su fuerza, cuando ninguno de vosotros puede derrocarlos porque cuentan con un bizarro ejército de patillos que nos quieren y que nos apoyan, cuando ninguno de vosotros se atreve a combatirnos de frente. Nos vamos porque nos da la gana. Así se los digo, mirándolos a los ojos. Bien podríamos estar en el poder cinco, diez, veinte años, si quisiéramos. Les pedí que me recordaran como un patriota y muy pronto se olvidaron de mi abnegación a la patria, de mi sacrificio, de mi combate contra la revolución fraguada con el consentimiento del Departamento de Estado y quien dice Departamento de Estado dice Míster Wilson. Y Wilson nos odia porque somos grandes. No es inmodestia. Somos grandes porque hemos sabido mantener libre a un país pequeño contra el poder ante quien todo el mundo se arrodilla.

Ingresé en esta cámara como un héroe, mirándolos a los ojos, no importa que fueran amigos o enemigos, pusilánimes o traidores, y creen que salí como un arrepentido. No me arrepiento de nada y me voy porque me da la gana. Me aplaudieron durante 10 minutos porque me tienen miedo. Porque dicen que renuncié a ser primer designado y me reservé los cargos de ministro de Guerra y Marina, director general de Policía y el poder absoluto sobre los patillos del ejército y los esbirros del Cuerpo de Detectives. ¿Y por eso tiemblan de miedo?

No hay ni un solo hombre en Costa Rica capaz de enfrentarse a Joaquín Tinoco. Y no porque esté rodeado del ejército, de la policía y de todo el pueblo. No ha nacido un hombre que se atreva a enfrentarme. Ésa es la verdad. Ahora quiero ver la valentía de los costarricenses. Quiero ver si como roncan duermen. Mi mayor venganza podría ser dejar a los americanos invasores llegar hasta aquí, hasta este sagrado recinto de libertad, al Palacio Nacional. Dejar que lleguen hasta aquí los mercenarios, el tirano Chamorro, que no es presidente, porque lleva las cadenas del esclavo que le puso Washington. Ésa sería mi venganza. Pero no. Estoy seguro de que a los dos meses todos iban a implorarme de rodillas: General Tinoco, le suplicamos que venga a libertarnos. Por eso, por sobre el deseo de venganza, está mi deber de patriota. Por eso me voy. Para evitarle cualquier mal a mi amada patria.

(Aplausos atronadores, escribió Martínez. La sensación de triunfo en la sonrisa implacable ante el sonoro aplauso de las barras. Las palabras perfectas pronunciadas en perfecta consonancia con un momento sublime de máximo patriotismo y entrega a los sagrados principios de la nación.)

Al volver al barrio de Amón, el sábado 9 de agosto, se negó a recibir a los diputados. Alguno se atrevió a sugerir una serenata y no pasó de la puerta, el Tuerto Valverde y Berrocal lo atajaron. El general Tinoco ni siquiera salió a saludar y sólo admitió a su amigo Julio Esquivel, prosecretario de la asamblea de diputados, a quien confesó su desagrado por la forma en que abandonaban el poder, como ladrones, "si todo esto es nuestro, nos lo ganamos a pulso, y lo dejamos por la ingratitud de los aristócratas y de los políticos, veleidosos como cortesanas, acomodaticios, oportunistas de mierda, putillas".

Esquivel le confirmó lo que ya sabía, que Pelico no deseaba provocar más a los americanos y suscitar una reacción adversa, que la situación está a punto de caramelo para permitirse un compadre hablado.

—Si el Congreso acepta tu renuncia y vos no te vas o Pelico no se retira, sería tomado como un acto de burla por Wilson. Quién sabe cómo reaccionaría el maldito yanqui. Nos enviaría la invasión pretoriana con que nos amenaza desde que la plebe desvergonzada quiso quemar la ciudad, en un acto de anarquismo descarado. Pelico, con su patriotismo, se vio en la obligación de aceptar la propuesta del cuerpo diplomático y pactar con Washington.

Sus palabras no lograron tranquilizarlo a pesar de que Esquivel y otros diputados le prometieron la medalla del Congreso y rendirle homenaje a él y a Pelico como ciudadanos distinguidos, héroes de la nación, una vez que volvieran a Costa Rica al final del periodo presidencial, en 1923, para cuando las aguas turbulentas se hubieran calmado.

Después de la agitación de los últimos meses, Esquivel se volvió impredecible y Pelico en persona le pidió que renunciara por conveniencia política. Estaba irreconocible incluso para el general Tinoco, que lo consideraba uno de sus mejores amigos, si bien las manías y exaltados estados de ánimo del diputado lo exasperaban. Había perdido más de 20 libras y a veces no comía en varios días. A menudo se apoderaba de él un intenso sufrimiento, perdía la ecuanimidad en las sesiones parlamentarias y en una ocasión amenazó con matarse delante de su hermano Jaime, con la 32 que cargaba día y noche. ¿Qué lo ponía así?, se preguntó Tinoco. ¿El hostigamiento de Washington, Nicaragua y los subversivos contra nosotros?, como clamó el propio Esquivel en el Castillo Azul. ¿La infección rectal que le producía calenturas y dolores terribles por unas almorranas mal cuidadas? ¿El flemón en la mano derecha? ¿La tremenda infección que le pudría la mano derecha sin ver al médico por estar metido en medio de la balacera del 13 de junio, en el incendio de *La Información*? ¿Las peleas reiteradas con Adelia desde hace 13 años, cuando se casaron? No, Julio.

No, por Dios. Más juicio. Más compostura. Joaquín Tinoco tenía por credo no distribuir consejos a sus amigos, partidario de que cada uno en su casa y Dios en la de todos, pero le pidió a Esquivel un poco de recato con Adelia. Por chismes de viejas la ciudad entera conocía la sevicia con la que trataba a la esposa, y ella misma, como si no fuera suficiente el sufrimiento suyo y el de sus tres hijos, se ufanaba en gritar a los cuatro vientos que Julio la hacía probar "el hielito del revólver" para que supiera a qué atenerse. El hielo del revólver, del puñal y de la mano desnuda con que la golpeaba. Adelia, que se decía antitinoquista y que acusaba a los Esquivel de ser ladrones y asesinos por frecuentar a los Tinoco, tenía la mala costumbre de comentarlo todo con el servicio en vez de aceptarlo con resignación y callarlo, como corresponde a una dama discreta y virtuosa, si todos tenemos nuestra carga de sacrificio como destino. Jaime se lo advirtió a Tinoco, que antepusiera los intereses de la patria a los de la amistad, Julio se va a matar él o va a matar a alguien en un rapto de locura, lo mejor es sacarlo del Congreso y mandarlo al extranjero, aunque nos duela a todos.

Las angustias del sábado 9 no terminaron con la sesión del Congreso. Muy tarde, casi a medianoche, Joaquín Tinoco llamó a Merceditas para entregarle las joyas de la caja fuerte y que ella las guardara en los cofres del equipaje. Sobre la mesa cubierta por un mantel verde desplegó una colección de diminutas piedras luminosas —diamantes, esmeraldas, rubíes, zafiros, perlas— que desaparecieron delante de sus ojos. El repentino apagón le trajo al espíritu la inminencia de una desgracia y el deseo de consultarlo con Ofelia Corrales. Unos instantes después Mercedes regresó con velas, iluminó la habitación y sosegó la inquietud del general.

Había sido uno de los constantes y rutinarios apagones que experimentaba San José, pero la fascinación por el misterio de las joyas, que compartía con Pelico, se había evaporado y se fue a la cama con la convicción de que se trataba de un signo de mal agüero.

Llorens terminó de afeitarlo y le estrechó la mano. El general respondió con afecto. Así fue tal y como había supuesto el barbero, porque nunca más se verían.

El Tuerto Valverde colocó la faja de seda alrededor de la cintura y la funda de cuero para la espada. El alfanje damasquino, escribió Martínez, brilló con el escudo de armas en trencilla en la empuñadura. Antes de sopesar el arma de gala se contempló ante el espejo y le dio vueltas al anillo en el meñique izquierdo, un gesto que delató su nerviosismo y que repetía cuando se sentía colmado por el ansia o el deseo, el juego o la aventura. Era su anillo de la suerte.

Un par de veces lo perdió todo jugando en el Club Internacional, salvo el anillo, y tarde o temprano lo recuperó todo. Como buen jugador, y él lo era, deseaba aplazar la llegada monótona del día siguiente, la inapelable sensación de ser tragado por el tiempo, del mañana será otro día, del dentro de un rato, de lo mismo siempre, que lo hacía sentir muerto. Aplazaba la llegada del amanecer jugando, el miedo a que no amaneciera, a que mañana no hubiera otro día, este mismo día, el mismo de siempre, el único en que estoy vivo, el único en que puedo estar muerto. Como cualquier jugador, jugando aplazaba la llegada de la muerte. Apostaba la vida en cada jugada.

En la silla del boudoir aguardaban los guantes blancos de cabritilla y los botines de piel de becerro. Valverde se los acercó con delicadeza. Sólo faltaba el bicornio. Había descartado el pesado chacó con visera y pluma de los coraceros de la Guardia Republicana, que soñó portar en su ya remota juventud, por el liviano bicornio de armazón de fieltro, felpa negra de seda y rutilantes plumas de avestruz para su recién estrenada jerarquía de general de división. Un galón dorado en el ángulo inferior atesoraba un botón del mismo tono y la cucarda en forma de ala de mariposa con la divisa tricolor, que le había enviado el Marqués de Peralta desde París. Ante todo la patria, se dijo, al salir rumbo al Castillo Azul.

20 de junio de 1919

El doctor José María Barrionuevo nunca olvidaría la consternación que sufrió al descubrir el cuerpo semidesollado de Nicolás Gutiérrez supurando el vino rancio de sus entrañas. El hematoma violáceo que recorría la piel tensada, la nariz y las órbitas oculares informes reducidas a una masa sanguinolenta, el rostro destrozado por las patadas y culatazos de los esbirros y la mano derecha amputada como trofeo de guerra. De la mano izquierda, al inclinarse y observarla con detalle, quedaba poco. Le habían cercenado la falange distal del índice izquierdo y dos uñas. Las demás uñas fueron arrancadas.

El ajetreo de la peonada no le permitió realizar más que un examen somero del cuerpo y descartó la idea, por demás peregrina, de trasladarlo al anfiteatro del Hospital San Juan de Dios para realizar la autopsia. Aunque formara parte del círculo íntimo de los Tinoco y fuera cirujano mayor del Ejército con rango de coronel, ni siquiera a él iban a permitirle sacar el cadáver de la finca ni de Guadalupe, donde imperaba la ley marcial y el estado de sitio. Dado el grado de descomposición se contentó con practicar un breve reconocimiento que acallara su conciencia y que no lo comprometiera más allá de la relación de amistad que mantuvo con Gutiérrez. Recomendó que lo enterraran de inmediato, para evitar las preguntas de los vecinos de Mata de Plátano y sobre todo el regreso de los esbirros.

Barrionuevo se tenía por un hombre honesto, respetuoso de la ley y de la caridad cristiana, pero al mismo tiempo celoso vigilante del código no escrito del peliquismo: la fidelidad a ultranza. El médico había intimado con Pelico desde sus años en Londres y, según se decía, era uno de los pocos que lo había visto sin peluca ni postizos en las cejas. Los lazos íntimos se estrecharon cuando su cuñada Cecilia, hermana de su esposa María Teresa Montealegre, se casó con otro médico, Jorge Lara, a su vez hermano de Merceditas de Tinoco, la esposa del general.

Los Gutiérrez conocían muy bien los lazos de sangre que formaban el impenetrable entramado de la oligarquía costarricense, casándose unos con otros, y que iban más allá de cualquier sentido de justicia. Sin embargo, Barrionuevo se había refugiado en Mata de Plátano para escapar de los disturbios provocados por los maestros en la capital y se convirtió en testigo involuntario del terror infligido por las turbas de sicarios del teniente coronel Arturo Villegas.

El doctor Barrionuevo se despertó en la madrugada desabrida con el golpeteo nervioso sobre la puerta de la casa de peones donde pernoctaba con su familia. Supuso que era uno de sus trabajadores que venía del centro de Guadalupe con noticias de la revuelta o una llamada urgente del Hospital San Juan de Dios. Se apresuró a abrir la puerta, aun cuando apenas clareaba, y se topó con el rostro cetrino y agobiado por una carga de dudas del capataz de El Porvenir, la finca de los Gutiérrez, quien le rogó que descendieran juntos la Cuesta Grande y lo acompañara a una diligencia "de vida y muerte, don Chema", según le dijo.

Una transpiración helada le recorrió la espina dorsal cuando observó el monograma A. V. impreso al rojo vivo con un fierro de marcar ganado sobre la piel de Gutiérrez, en el costado derecho del bulto grotesco. El Verdugo Villegas se vanagloriaba de distinguir a sus víctimas con aquella señal ominosa. Barrionuevo la había descubierto infinidad de veces en los cadáveres que le llegaban al anfiteatro del Hospital San Juan de Dios, donde practicaba las autopsias.

Los cadáveres que enviaba a la morgue detrás del hospital, cerca de la calle de los cementerios, a veces sin identificar, levantados de la cuneta o de las inmediaciones del río Torres, llegaban al San Juan de Dios cubiertos de marcas o incisiones, porque no eran tatuajes, según su docta observación, sino surcos, signos o señales de tortura. A veces eran simples tajos en la piel sin cicatrizar en los que Barrionuevo descubrió un alfabeto secreto. Eran las iniciales de los esbirros preferidos del general. Entre ellas una marca comenzó a sobresalir por encima de las otras y fue por supuesto la que formaban las iniciales P y A trazadas con un cuchillo en la piel de algunos de los cadáveres, como una especie de firma del horror, y que no tardó en identificar como perteneciente al teniente coronel Patrocinio Araya.

Tuvo que reprimir las incontables ganas de vomitar al ver a Gutiérrez. Se dijo que su reacción podría tomarse como un gesto de debilidad para un cirujano graduado con honores del Guy's Hospital, a quien tal vez le faltaba la experiencia directa de la guerra.

El mareo que le sobrevino lo retrotrajo a la visión que lo hirió con fuerza 20 meses atrás, con un ruido atronador. A la 1:30 de la mañana del 23 de octubre un estallido lo lanzó de la cama y sin tiempo de pensar en nada más colocó a su hija Isabel en los brazos de María Teresa, su mujer. Se puso a tientas el camisón dentro de los pantalones, se dio un trago de scotch en una jarra de café, como siempre hacía antes de entrar a la sala de operaciones, y salió de su casa con el maletín negro en la mano. Temblaba con intensidad, casi sin darse cuenta o tomar conciencia de su cuerpo, hasta que se acercó a las márgenes del río Torres y se detuvo para contemplar la imagen deslumbrante de la Penitenciaría Central en llamas. Un oficial que trotaba junto al pequeño pelotón del ejército, en medio de un tropel de caballos que relinchaban aterrorizados, le gritó que no se acercara.

La máquina infernal

En la encrucijada entre la calle central y la avenida 9, sobre las líneas que llevan el tranvía a Cinco Esquinas de Tibás, se detuvo ante un paisaje fantasmagórico de cuerpos descuartizados.

Minutos después de la explosión, el doctor Barrionuevo se trasladó en tientas por el barrio de Amón siguiendo las campanadas de la bomba de incendios y la humareda nauseabunda a carne humana.

El ulular de los carros de policía y el resplandor que iluminaba con brillo siniestro la silueta de granito y cemento de la Penitenciaría Central lo trajeron de vuelta a la realidad. No fue el impacto emocional sino el estruendo de la explosión que lo tiró de la cama, destrozando los ventanales del barrio de Amón y del Paso de la Vaca, así como algunas covachas del Callejón de la Puñalada y de Rincón de Cubillo, lo que le produjo la sordera que sufrió durante semanas y que se curó poco a poco a punta de alcohol alcanforado.

Joaquín Tinoco desistió de montar a caballo y cruzar a galope el puente sobre el río Torres, como pretendía al principio, y llegó en su carro negro escoltado por sicarios. Por miedo a nuevas explosiones o a un ataque enemigo mandó a cerrar las cuadras aledañas al cuartel y cuando se sintió seguro se puso al frente de la brigada de urgencias.

Barrionuevo se lanzó a toda prisa hacia el edificio gris de la cárcel, junto a otros médicos que descendían del barrio del Carmen o de Amón, y tuvo que parar en seco ante la acumulación de cadáveres destrozados, casas de adobe destruidas, postes caídos y caballos desbocados.

Un paraje de muertos, por lo que se atrevió a distinguir, muchos de ellos aún humeando, chamuscados, abrasados o achicharrados por una conflagración de origen desconocido. La magnitud de la tragedia, que a duras penas pudo creer, le hizo pensar que no podía ser cierta la versión de que un grupo de partidarios de González Flores intentaba tomar el cuartel Principal.

La constante agitación de los soldados contrayéndose ante el horror como un organismo vivo, agazapado y temeroso, y la repetida percusión de los alaridos de los sobrevivientes que no podían escaparse de las llamas y que estaban quemándose, encerrados en el interior de la fortaleza, lo obligaron a empezar a remover escombros con las manos, como un desaforado.

—¿Por qué las verjas siguen cerradas?

—Por miedo a un motín general. La situación es grave. Los reos tienen miedo de quemarse vivos si el incendio se extiende al resto del edificio.

Los heridos que iban sacando en camillas improvisadas, hechas por cadenas de rescatistas, se desangraban de camino por las heridas abiertas en la piel hirviendo y fallecían en la plazoleta. Los que estaban en mejor estado fueron trasladados en ambulancias y a veces en carretas y carretones al Hospital San Juan de Dios.

Los ya fallecidos, aunque estuvieran incompletos, se depositaron en hileras frente a los torreones de la Penitenciaría para tratar de identificarlos en la mañana y llamar a los familiares. Aunque muchos de los parientes, alertados por el estrépito y los rumores que envenenaron la noche, se apretujaron desesperados en la avenida 9 sin poder acceder a la calzada, en espera de noticias o de ver a sus seres queridos con vida.

A las dos de la mañana se declaró el motín. Barrionuevo observó el paso de piezas de artillería y filas de soldados con armas en la mano que dispararon a la multitud enardecida entre las rejas. Poco después se sofocó la protesta.

Barrionuevo cruzó la puerta destruida del cuartel Principal sobre los cuerpos tendidos, intentando no pasar por encima de las partes humanas, algunas de ellas irreconocibles por el estallido, buscando hombres con vida. Ya no hay nadie, le informó un bombero que realizaba labores de limpieza entre los escombros.

A las cuatro de la mañana ingresó con los Tinoco a lo que quedaba del depósito de pólvora y escuchó los gritos de José Joaquín a Pelico: "La voladura del cuartel es cosa del cura Volio. Ya tengo un documento que prueba que fue una máquina infernal la que estalló en el cuarto de la pólvora. No voló ningún proyectil de cañón ni de rifle y eso que estaban depositados en un cuarto apenas a diez metros de distancia". Barrionuevo dudó de las palabras que escuchaba, pero mejor se guardó sus dudas y continuó atendiendo a los heridos.

A la mañana siguiente se contaron 110 muertos, 50 heridos gravísimos y 70 heridos leves. Tinoco emitió una orden de captura contra los Volio.

Nicolás Gutiérrez

El cuerpo de Nicolás Gutiérrez apareció en el lindero norte de la finca de Mata de Plátano sobre la servidumbre de paso que lleva a Rancho Redondo, seis días después de su desaparición. Los peones dieron cuenta del hallazgo en la madrugada del 20 de junio con alaridos de espanto que despertaron a Ezequiel Varela. El gamonal esperó a que se disiparan los últimos resabios de la noche infame, plena de malos augurios, para cubrir la distancia que lo separaba de la tranquera en que le comunicaron que se hallaba el cuerpo. Aunque sólo podía ser su patrón, se resistió al principio a creer que fuera él aquel bulto con el rostro mutilado, los dientes asomados entre las comisuras destrozadas, la ropa empapada en coágulos y vísceras. La compacta estructura ósea presentaba una extraña torsión que lo hizo creer que la caja torácica se expandió en la última exhalación. Enseguida se percató de la causa. La hoja de un machete le atravesaba el costado.

Antes de llamar a doña Carmen Rivera de Gutiérrez y a las hijas, y sumirlas en un grito de ahogada y rabiosa impotencia, quiso cerciorarse con exactitud de la identidad del muerto. Al voltearlo no tuvo dudas. Habían saqueado a conciencia el cadáver hasta dejarlo descalzo y en mangas de camisa, como comprobó al ver las bolsas del pantalón vueltas al revés y la ausencia del chaquetón y los botines. La soldadesca, sin embargo, fue incapaz de retirarle una de las dos polainas, que quedó asida a la pierna desencajada.

El gamonal o uno de sus hombres ratificó que se trataba de don Nicolás y envió por doña Carmen. Lo otro que decidió fue solicitar la presencia del doctor Barrionuevo, más como testigo que como médico. Pensó que llegado el momento la palabra de un peliquista como él, si la mantenía delante de un tribunal, sería implacable.

Barrionuevo se acercó al cadáver y lo examinó, aunque algunos miembros de la familia Gutiérrez que meses después contaron el hallazgo no lo recordaban en la escena del crimen. El médico anotó en una libreta que al occiso le faltaban algunos dientes debido a las torturas y culatazos sufridos, que se le había cercenado la mano derecha, que en el pecho sobresalían las letras A y V y otros detalles que, luego de salir de la finca Gutiérrez, tachó con la misma prontitud que le llevó anotarlos. No era necesario hacerlo. Conocía muy bien quiénes eran los responsables, tanto como los Gutiérrez, y todos sabían que no iban a presentarse ante la justicia.

Barrionuevo recordó que una sola vez se había encontrado de frente con Arturo Villegas y con Patrocinio Araya, los asesinos más connotados de su amigo José Joaquín. En la sala de cirugía del Hospital San Juan de Dios, que 20 años después llevaría su nombre y el del doctor Lara, se cruzó con un cholo que llevaba un sombrero de paja a la pedrada y los dientes negros de nicotina y que se había cuidado de que el saco no impidiera ver la pistola que sobresalía de la funda a la mitad del pecho. Una gargantilla atada al cuello pendía como un diminuto hombrecillo muerto.

"No se preocupe, don José, busco al doctor Uribe", le dijo Araya mientras se golpeaba los pantalones caqui con una fusta de verga de toro. En el gesto altanero de Araya, Barrionuevo supuso que la gargantilla era la cápsula de cristal en que llevaba el mechón arrancado del cadáver de Rogelio Fernández Güell, según la leyenda negra que lo acompañaba a todas partes. Pero no, era un alacrán disecado.

Barrionuevo le dio la mano al tiempo que Patrocinio le extendió la suya y le abrió paso. Araya se llevó el cuerpo cuya autopsia preparaba el doctor Uribe y le pidió con amabilidad que no reportara las torturas ni las marcas en el cuerpo. Las iniciales P. A. y A. V. se habían vuelto parte de la rutina ordinaria de los cadáveres que asesinaban los esbirros.

En la tensión extrema a la que se sometió para habituarse al contacto con el horror, el gamonal Ezequiel Varela no se percató de la espigada y casi invisible presencia del fotógrafo José Sotillo Picornell y de su asistente Luigi Aria como dos sombras oscuras que se escabulleron hasta el cafetal. Sotillo hincó las patas del trípode de madera sobre la tierra arcillosa y Varela imaginó que brotaría un charco de sangre de cualquier sitio de la finca donde removieran la tierra.

El fotógrafo solicitó que se retiraran los sacos de gangoche que cubrían el cadáver y que producían un contraste obsceno al dejar por fuera parte del cráneo y de las piernas en una postura tortuosa. Doña Carmen de Gutiérrez dio dos pasos atrás y de un manotazo descubrió el corpachón desollado del marido y el muñón ennegrecido por una mezcla de sangre apelotonada y moscas. En ese instante se oscureció el cielo, según algunos testigos, y un trueno resonó en la distancia sideral. Los peones se santiguaron y silbaron una larga cadena de oraciones y letanías entrelazadas que no se rompió sino hasta que horas más tarde Sotillo y Aria terminaron su trabajo forense. Doña Carmen los acompañó hasta el final sin despegarse un ápice del despojo, al inicio intentando detener el hipo nervioso que la hacía retorcerse y luego con una máscara de dolor impresa en el rostro.

Antes de que desaparecieran tal y como habían llegado, como una parvada de zanates, Varela detuvo a Sotillo y le preguntó qué hacían ahí y quién los había llamado. Aria se adelantó para contestarle y achinando los ojos, porque casi no podía ver, se colocó los lentes. Sin embargo, no abrió la boca. Sotillo, con un vivo acento venezolano, contestó que realizaba un archivo fotográfico de los asesinatos, satrapías y latrocinios de la tiranía. Acto seguido le entregó la imagen de dos policías montando guardia delante de los restos de un hombre con el cráneo destrozado, se dio vuelta y se marchó detrás del otro fotógrafo. Un instante después se habían desvanecido por los sinuosos laberintos del cafetal.

Los funerales del fundador y jefe político de Goicoechea, Nicolás Gutiérrez, se realizaron al día siguiente a las seis de la mañana, con la máxima discreción y vigilancia policiaca, para impedir que se produjera una manifestación de repudio a los Tinoco que regara la pólvora de la rebeldía por el cantón, como había sucedido una semana antes en San José entre maestros y estudiantes. La manzana de la iglesia de Guadalupe se mantuvo rodeada por policías a caballo y con las cinchas metálicas en la mano como clara advertencia de lo que les sucedería a los revoltosos que osaran protestar o levantar la voz a favor del "mártir de Guadalupe", en palabras del párroco.

Ese día, al volver a su casa en el barrio de Amón, el doctor Barrionuevo se encontró con la ciudad aún convulsionada por los sucesos de la Semana Trágica y envuelta en el hedor a canfín, hollín y humo que impregnaba la madera quemada. Los charcos con el agua de la bomba Knox que había contribuido a extinguir los fuegos de la protesta y a desmovilizar los grupos de liceístas y muchachas del Colegio de Señoritas, remplazada por el agua de los aguaceros recientes, se mezcló con los escombros que empezaban a acumularse en las aceras junto a la ceniza pertinaz de las erupciones del volcán Irazú. Durante su ausencia recibió un mensaje de José Joaquín, quien vivía a dos manzanas de su casa, y lo llamó de inmediato. Merceditas de Tinoco, concuña de su esposa, sin embargo, le dijo que el general recién había vuelto de la expedición militar del Guanacaste y que se encontraba reunido con

Pelico en el Castillo Azul. Como consuelo, Merceditas añadió que el general aplastó el intento de invasión y que los rebeldes corrían de vuelta a Nicaragua con el rabo entre las patas.

Fuera de la mirada atónita de su esposa y de su hija mayor, el doctor Barrionuevo sintió como una lápida fría el peso de su conciencia. Bajó al sótano y en la voracidad de la noche se percató del olor nauseabundo. Encendió la luz y recorrió lentamente con la mirada el techo hecho de ladrillos horneados de Cartago entrecruzados por vigas de metal. Una lagartija muerta estaba siendo devorada por una constelación de larvas y guindaba del techo como un colgajo desprendido de un cuerpo mayor.

Apagó la luz y en medio de su respiración turbia, perdido en la noche como un niño, imaginó el cadáver del jefe político de Guadalupe siendo devorado con una ansiedad maquinal. No lo devoraban larvas blancas sino esbirros vestidos de negro como zanates. Los mismos esbirros que imaginaba cada vez que veía un cuerpo atormentado por signos de tortura en la morgue o el anfiteatro del hospital. La imagen infestó su cabeza con un aguijón ponzoñoso y envenenó el ánimo no siempre sosegado de su espíritu. Recordó que había tenido que sostenerse del hombro del gamonal que lo llamó en la madrugada para no desplomarse

La imagen de Nicolás Gutiérrez no era real porque lo que hallaron los peones en el lindero más alejado de la finca de Mata de Plátano no era él sino un bulto negro e hinchado por los gases de la descomposición, tenso como el cuero descarnado de un tambor, en el que apenas se conservaban las trazas de un ser humano, el que había sido en vida el jefe político de Guadalupe.

En vez de lo que esperaba encontrar cuando lo llamaron se dio de bruces con lo que vio, con la marca aplicada con saña de la culata que le desbarató el rostro en una mueca informe, en un alarido vacío, en la torcedura que recorría la tensión desesperada de sus músculos, en el horror de las vísceras expuestas de un hombre que no estaba preparado para morir, que no deseaba morir, que no debía morir.

El destino de Nicolás Gutiérrez parecía decidido un mes antes cuando se enfrentó con Tristán Rojas, uno de los matones de la Segunda Sección de Policía. En la taquilla El Sesteo, frente al parque de Guadalupe, Rojas alardeó que él había sido uno de los asesinos de Fernández Güell y para demostrarlo embistió a machetazos a un campesino que aguardaba a su lado sorbiendo un jarro de aguadulce.

Gutiérrez presenció la escena y a pesar de sus 60 años y de su serenidad legendaria se incorporó de un salto.

—¿Vos crees que te tengo miedo? Rogelio murió por la defensa de la Patria. ¿Qué importa morir como él debatiéndose por la libertad? —le dijo tomando del cuello a Rojas y tirándolo contra el suelo lleno de aserrín, cuechas de tabaco e impresiones de pies descalzos.

—Se te va a secar esa mano, hijueputa. No te va a alcanzar la vida para pedirme perdón —le gritó a Gutiérrez en la puerta de la taquilla y salió corriendo.

Así le dijo o eso fue lo que le dijeron a Barrionuevo cuando le contaron que un esbirro se la tenía jurada a Nicolás Gutiérrez, el jefe político de Guadalupe, amigo de Fernández Güell. Barrionuevo había escuchado que Gutiérrez y Manuel Marín, otro de sus vecinos de Mata de Plátano, trasegaban armas para la revolución por las laderas y pozas del río Torres y del río Durazno, en caminos secretos que conocían como la palma de la mano. Pensó en advertirle pero no lo hizo y quizá tampoco lo hubiera hecho de haber podido. Su lealtad estaba puesta del lado correcto de la historia, donde también estaba el afecto.

El cuerpo del jefe político plagado de larvas se removió en su cabeza con una sensación hormigueante que le cubrió la piel. Trató de arrancársela sin lograrlo, sintiendo un golpe eléctrico en el tuétano y la circulación apresurada de la sangre en el cuello y las sienes. Desistió de rascarse. Lo que lo hacía sufrir, debía admitirlo en la soledad de la noche, no era aquella imagen sino el hecho de que conocía la verdad y no podía decirla. No aprobaba los excesos de los esbirros que sin duda actuaban sin autorización de José Joaquín, se dijo en un vano intento de tranquilizarse, de escapar de la alucinación que lo atormentaba, de escapar a la certeza.

El coronel Cañas, comandante de la Segunda Sección de Policía, se lo dijo con una mezcla de admiración, vergüenza y rabia en la media sonrisa: "Le cortamos la mano y no nos dijo nada. El cabrón era muy valiente". Las dos últimas palabras se alargaron interminablemente en su boca hasta resonar en una inflexión de respeto.

Viernes 13

Armado de una pistola, Enrique Clare quiso lanzarse a la muchedumbre que hervía a sus pies, desde el balcón de *La Información*. Lo hubiera hecho si Paco Soler y yo no lo hubiéramos detenido. En ese momento acabó todo. Once años, dos meses, 13 días y 3 932 ediciones ardieron en unos cuantos minutos.

Una piedra destrozó la cerradura y muchas piedras más y un rugido humano coreado al unísono y proclamas bolcheviques de Zeledón y Albertazzi y más piedras y carretadas de leña embadurnadas en canfín que aguardaban en las casas y en las lecherías de la avenida Primera y la multitud enardecida rompía los ventanales, incendia la imprenta y el primer piso y asciende como un torbellino incontenible a la planta alta, a la sala de redacción, y el edificio estalla en llamas y un intenso humo negro emerge del balcón en el que ya no se encuentra Enrique Clare armado de una pistola bajo una lluvia de pedradas sino el intenso humo negro que invade la avenida Primera y se extiende al parque Morazán y a la ciudad enardecida por las protestas y las voces que corean *Muera Tinoco, viva Acosta*, un disparo por cada *viva Acosta* o 50 palos en la Penitenciaría Central, y en ese momento acabó todo, 11 años, dos meses, 13 días y 3 932 ediciones en unos cuantos minutos.

Cogí mi sombrero Montecristi y salí de mi oficina convencido de que Roberto Smyth llevaba razón cuando me acusó de convertir *La Información* en el peor enemigo de los Tinoco y de inmediato pensé que no, que éramos sus mejores amigos porque en vez de llevar a los Tinoco a la hoguera la plebe insurrecta quemaba el periódico y dirigía contra nosotros su ira.

En una sesión del Congreso, Smyth, tan tinoquista como yo, me dijo que *La Información* mentía al poner en letras de imprenta que Fernández Güell murió en un enfrentamiento a tiros con la policía y no en un asesinato a mansalva y yo le dije: "No don Roberto, no es *La Información* la que dice lo contrario es el gobierno y mi deber es decir lo que dice el gobierno y ser un periodista serio y veraz ¿no le parece?".

Intentamos cerrar las puertas defendiéndonos con lo que pudimos de la lluvia de insultos y palos mientras nos protegía la policía, pendientes de los silbatos y sirenas y de la llegada de la bomba Knox, que dispersaba estudiantes en el parque Morazán a chorros de agua, cinchazos y cargas de caballería, y en mala hora se nos ocurrió. Y de pronto ya no había puertas, no había ventanas, los papeles volaron por el aire y el intenso humo negro oscureció el cielo del 13 de junio y el penetrante olor a canfín se dispersó por la atmósfera. Y yo con mi elegante Montecristi en la mano, raya en el medio, cuello de celuloide Sterling, corbatín y traje Oxford de tres piezas, patitas para qué te quiero.

Aquí nos morimos todos, gritó Clare, con el cigarrillo temblando entre los dedos y desecho en lágrimas como nunca lo había visto, qué calamidad, mientras lo sacamos por atrás al patio de don Cleto González Víquez. En el jardín nos encontramos con los Jiménez de la Guardia, que temían que la conflagración se extendiera al resto de la cuadra. La familia se apresuraba a salir de San José en un coche tapado que les suministró el hermano de don Lico, el doctor Luis Paulino Jiménez Ortiz, bajo la protección del coronel Jaime Esquivel y de una escolta motorizada. Nosotros nos refugiamos en la oficina de los hermanos Lindo, nunca me olvidaré de la placa metálica *Lindo Bros.* que me salvó la vida, y nos acogimos a la protección del cónsul inglés y a la intercesión de Nuestra Señora de Los Ángeles, y como temíamos, el incendio se extendió a cuatro casas más y a todo lo que olía a Pelicos y a Tinocos y a mi automóvil Oldsmobile nuevo, para mi desgracia y la de mi familia, estacionado frente al parque Morazán, yo le dije: "Don Quique, yo me voy, renuncio, dejo todo tirado, me voy de Costa Rica, no quiero perder la vida", y don Quique: "Vamos a batirnos con esta horda salvaje de anarquistas, la sangre va a llegar al río".

Máquinas de escribir, cajas de tipos, clichés, sillas, escritorios, archivos, libros de contabilidad, rollos de papel y tomos empastados llovieron del cielo envueltos en llamas, lucían esparcidos entre cenizas y escombros por la avenida pisoteados por la estampida general de los revoltosos que corrían azuzados por la policía que se batía a caballo y a cinchazos y me asomé a la ventana a contemplar a los jeruzas aplastando a los estudiantes y las crucetas que se estrellaban sobre la espalda de los estudiantes y los estudiantes precipitándose de bruces sobre la calzada levantándose ensangrentados y se escabullían como ratas en las puertas y ventanas cómplices que de pronto se abrían para dejarlos escapar.

Y en ese momento acabó todo. Once años, dos meses, 13 días y 3 932 ediciones ardieron en unos cuantos minutos.

Refugiado en las oficinas de muebles laqueados de Lindo Bros. no dejé de pensar en aquello que escribe Chateaubriand: "Hasta hace poco la prensa fue un elemento ignorado, una fuerza antiguamente desconocida, que ahora se introduce en el mundo. Es la palabra que estalla. Es la electricidad social. ¿Es posible impedir que exista? Cuanto más se pretenda someterla, más violenta será la explosión". Y en ese momento contemplaba la explosión sin entender. Habíamos decidido no publicar nada, absolutamente nada de lo que estaba sucediendo, como lo habíamos hecho muchas veces antes, hasta que el jueves 12 sacamos una entrevista con Pelico para aplacar los espíritus alborotadores de la anarquía, en la que el presidente comunica que todos los maestros y profesores están despedidos, y el viernes 13 una orden drástica de la Dirección General de Policía:

Al Público se hace saber

Queda prohibida toda reunión o aglomeración de personas mayores o menores de edad en calles, plazas u otros lugares públicos, cualquiera que sea su objeto, así como las que sin licencia pretendan celebrarse en salones destinados a conferencias o discursos para el público.

La policía disolverá cualquier reunión que se tenga contra lo dispuesto en esta orden, valiéndose de los medios que estén a su alcance y sean necesarios, según las circunstancias, si las voces de advertencia no bastaren, sin perjuicio de la pena legal correspondiente.

Cuando los trasgresores de esta orden fueran menores de edad, se hará efectiva la responsabilidad consiguiente contra sus padres o guardadores.

San José, junio 12 de 1919.

DIRECCION GENERAL DE POLICIA

NOTA: - PENAS IMPONIBLES:

Para el que suscitare tumultos o desórdenes: arresto de 91 a 180 días, o multa de 1 181 a 360 colones.

Para los que tomen parte en ellos: arresto de 31 a 180 días, o multa de 61 a 360 colones.

(Arts. 527 y 528 del Código Penal)

Y en ese momento contemplaba la explosión sin negar que fuera tinoquista y lo sigo siendo y a mucha honra, don Quique, y tampoco niego que estoy en la nómina de la United Fruit Company y al servicio de don Minor Keith y de los intereses de las compañías extranjeras para defender al tinoquismo, pero jamás pensé enfrentarme con la ira del pueblo y el remanente a canfín y a humo disperso en la atmósfera me trae las noticias de que están apaleando a Carlos María Jiménez, otro de los hermanos de don Lico, a 200 varas de *La Información*, porque don Carlos hace demasiadas preguntas y va a contracorriente de su familia y es un antitinoquista furioso y fue amenazado por Patrocinio Araya y por los esbirros cuando pidió investigar el asesinato de su cuñado Carlos Sancho en la masacre de Buenos Aires.

Y el sonido de las suelas de los zapatos se me mete en los oídos y los alaridos y los cinchazos de las crucetas ensangrentadas y las cargas de caballería contra los estudiantes cuando el miércoles en la noche se proyecta la película *Laberinto de pasiones* en el salón de actos del Edificio Metálico y Arturo Villegas, el Verdugo, el capitán de los esbirros: "Se me van de aquí a garrotazo limpio, hijueputas vagabundos".

Y el sonido de las suelas de los zapatos y los alaridos y los cinchazos de las crucetas ensangrentadas y las cargas de caballería cuando los 400 estudiantes del Liceo de Costa Rica y las 300 muchachas del Colegio de Señoritas y los alumnos de las 14 escuelas de San José salen a las calles aun cuando las escuelas y colegios están clausurados desde el día anterior por orden del Ministerio de Educación, "bárbaros incivilizados bolcheviques", grita Mimita Fernández de Tinoco desde el Castillo Azul, y Pelico Tinoco ordena suspender la circular en la que les pide a los maestros y profesores que en presencia de la difícil situación del país ocasionada por la criminal invasión de nuestro territorio, realizada por un pequeño grupo de malos hijos de Costa Rica que movidos por su desmedida ambición y privados de todo sentimiento de patriotismo, no han vacilado en convertirse en traidores a la patria al llevar a cabo con el auxilio de mercenarios extranjeros la invasión que enérgicamente reprobamos, y en presencia también de las dificultades provenientes de esa situación y del estado económico del Tesoro Nacional a consecuencia de la disminución considerable de las rentas públicas y de las enormes deudas contraídas por anteriores administraciones, ofrecemos al gobierno, de la manera más franca y espontánea, nuestra firme e incondicional adhesión, y nuestros servicios personales para la defensa de la autonomía del país y el sostenimiento del orden político legalmente constituido.

Y el sonido de las suelas de los zapatos y los alaridos y los cinchazos de las crucetas ensangrentadas y las cargas de caballería contra los estudiantes, continúa la circular, consideramos como deber sagrado impuesto por el patriotismo, sentimos satisfacción muy honda al ofrecer nuestro óbolo para que por medio del Ministerio de Beneficencia se emplee en beneficio de aquellos abnegados compatriotas que luchan en la zona fronteriza por el honor y la integridad del país.

Y el sonido de las suelas de los zapatos y los alaridos y los cinchazos de las crucetas ensangrentadas y las cargas de caballería contra los estudiantes, enviaremos por medio de nuestro jefe inmediato nuestra contribución mensual al Ministerio, mientras duren las actuales circunstancias.

Y la imagen del día anterior de la maestra Andrea Venegas deteniendo el caballo de uno de los soldados, un sargento que no se atrevió a pasarle por encima con el animal ustedes también son padres y aquí están sus hijos y las banderas con insignias verdes de la revolución y los policías dejando a un lado las armas descubriéndose la cabeza el quepis bajo el brazo derecho entonando el Himno Nacional y dejándolos pasar hacia el parque Morazán y los maestros y estudiantes entregándoles flores y hojas de pacaya del color verde de la revolución.

Y los 400 liceístas y 300 colegialas y alumnos de las 14 escuelas de San José desfilando juntos bajo la lluvia de las mangueras de la bomba Knox y la lluvia de cinchazos y la lluvia de junio a pesar del veranillo de San Juan y las mangueras de la bomba Knox cortadas por los estudiantes y la orden de Pelico Tinoco de despedir a todos los maestros y profesores el jueves 12 publicada por *La Información* y las vacaciones de medio año adelantadas y todo el mundo a su casa, vagabundos de mierda, y María Isabel Carvajal la escritora Carmen Lyra arrastrada por el barro y golpeada a garrotazos en la manifestación del Parque Central hasta que Julio Barcos y Julio

A. Facio la sacan en carro y la llevan a la Legación Americana donde la persiguen los esbirros de Arturo Villegas y la Segunda Sección de Policía y el santo y seña a *La Información* nos vamos a *La Información*.

Y el sonido de las suelas de los zapatos y los alaridos y los cinchazos de las crucetas ensangrentadas y las cargas de caballería, la circular, el agravio, la tiranía, el latrocinio, y ofrecemos al gobierno, de la manera más franca y espontánea, nuestra firme e incondicional adhesión, y nuestros servicios personales para la defensa de la autonomía del país y el sostenimiento del orden político legalmente constituido, y las banderas con las insignias verdes de la revolución y los tiroteos desde las caballerizas del gobierno detrás del Teatro Nacional y los gritos de don Cleto tiene miedo, don Cleto tiene miedo porque no se atrevió a sumarse a la manifestación ni a defender a Pelico y a los tibios y a los tibios y a los tibios los vomitaré de mi boca y la oración colectiva frente al atrio de la iglesia catedral, la muchedumbre coreando *Muera Tinoco, viva Acosta* y las banderas envueltas en el verde de la revolución y los gritos en el Castillo Azul, bárbaros bolcheviques, y los disparos desde el cuartel Bella Vista.

Y en ese momento acabó todo. Una fotografía de Sotillo Picornell, una placa impresionada por la historia, una imagen de la historia.

Diecinueve muertos, 180 heridos, reportó la Legación Americana.

Once años, dos meses, 13 días y 3 932 ediciones ardieron en unos cuantos minutos.

Y ahí acabó todo. Y comenzó todo.

Flota en todo el paisaje tal pavura

La noche fatídica esperó a que el incontenible avance de los acontecimientos tocara a su puerta desde el segundo piso de la Imprenta Católica, donde se había improvisado *El Noticiero*, el diario que emergió del incendio del periódico tinoquista *La Información*. Modesto Martínez se sintió sofocado por el olor a azufre volcánico disuelto en el aire enrarecido de rumores y detonaciones que se escucharon desde el cuartel Bella Vista, Cuesta de Moras y la plaza de la Artillería, y salió al balcón.

La luna contradecía la noche negra de negrura, escribió. La ciudad se desplazaba poco a poco. Una marejada humana que se movía al ritmo de las sombras cambiantes del destino se dirigió hacia el barrio de Amón, donde había ocurrido la tragedia, con curiosidad, con odio, con morbo. Un griterío perplejo anegaba el silencio bajo la lluvia cenicienta. Otros clausuraron las puertas y ventanas y se encerraron en sus casas a la espera de la inminente invasión americana, de la guerra con Nicaragua o de lo que la voluntad de Pelico Tinoco dispusiera en sus últimas horas de vida política.

Modesto Martínez no era supersticioso ni creía en fantasmas pero cayó de pronto en la cuenta de que aquel domingo fatídico era luna llena, lo cual hacía aún más difícil cumplir la misión casi imposible de asesinar a un hombre invencible como Joaquín Tinoco. Y así mismo fue. Porque Joaquín Tinoco estaba bien muerto y asesinado.

Tomó con frustración un ejemplar de *El Noticiero*, manchado de tinta, y lo arrugó entre los dedos. Cinco años atrás, en 1914, *La Información* había entrado en su fase de madurez. Imprimía un cuadernillo de ocho páginas y había llegado a circular 15 000 ejemplares diarios, una cifra nada despreciable para un periódico centroamericano que podía ascender a 25 000 ejemplares cuando algún acontecimiento especial lo ameritaba, como la guerra europea.

Los años de gloria quedaron atrás. Paquito Núñez se lo había advertido: "La política y el periodismo ya no van de la mano, Niki". Paquito escribiría la crónica del incendio del diario y firmaría su acta de defunción en la historia del periodismo: "*La Información* cometió dos errores, ponerse al servicio del peliquismo y haber pretendido establecer un monopolio periodístico. Es decir, un doble monopolio, uno político y otro periodístico, y el país se lo cobró muy caro".

El Noticiero no era ni la sombra de *La Información* y en las pocas semanas en las que se publicó pudo haberse llamado *El Noticiero Peliquista*. El escuálido cuadernillo de cuatro hojas estándar se imprimía con la rotativa dúplex de *El Imparcial*, incautada por el Ministerio de Hacienda en 1917, cuando se decretó la clausura del periódico de oposición y la captura de su director, Rogelio Fernández Güell.

Hay años y hasta instantes que valen por una vida, por una generación o por la conciencia total de una época. Pesan lo que pesa el mundo en ese momento. "Valen lo que vale el mundo", se dijo Martínez. La humanidad parece asomarse desde esa perspectiva a contemplar el antes y el después como si todo lo vivido hasta entonces no fuera más que un tropel incontrolable de hechos sin sentido que de pronto cobran forma en una imagen perfecta. "Mi tiempo pasó", se dijo Martínez, "pero al menos salvé el pellejo". Ésa fue la iluminación, quizá un poco presuntuosa, que tuvo después de la quema de *La Información* y del asesinato de Tinoco.

¿Debía seguir en el periodismo? Al menos no en el periodismo peliquista. Recordó las palabras sarcásticas que repetía Paquito Núñez: "Antiguamente se creía que era periodista la persona que no servía para otra cosa. Más aún, cuando en una alcaldía se preguntaba a un detenido, de no recomendables hábitos, por su oficio o profesión, en vez de declararse vago, decía que era periodista. Sin que esto nos amargue a quienes consagramos la vida al pícaro oficio, como lo llamaba Fígaro".

Muerto Joaquín Tinoco el peliquismo iba a morirse en cuestión de horas, tal vez de minutos, como un dominó o un castillo de naipes que se desmorona en el aire y de cuya caída no queda ni siquiera un insignificante fulgor. Y era mejor no quedarse en Costa Rica para contemplar su aparatosa caída.

Quique Clare le telefoneó consternado para darle la noticia. La llamada no lo tomó completamente por sorpresa. Pasadas las siete, cuando el embeleso de los josefinos por el ritual vespertino de la comida se trastornó en modorra, su empleada Tencha quebrantó el silencio de la sala con un grito: "Mataron al general Tinoco". Clare, cuya cabeza había sido puesta a precio por los revolucionarios, no fue menos contundente por el hilo telefónico.

—Niki. Dicen que mataron a Joaco. El país se viene a pique.

Martínez se cambió la camisa, se colocó el cuello de celuloide y poniéndose el saco se dirigió a la puerta. La noche fatídica, bajo la luz macilenta de la luna llena, lo atrapó corriendo de la Imprenta Católica al despacho que compartía con Pinaud a unos pasos de la cantina El Águila de Oro, en la avenida Central. Martínez se puso en movimiento con los mínimos detalles necesarios para lanzar el *scoop* a la Prensa Asociada de Nueva York, sobre lo que llamó "la noticia tremebunda". Decenas de curiosos, sin temor a las balaceras que se oían en la distancia y al presentimiento que sacudía la noche, se desplazaban al lugar donde suponían que había ocurrido la tragedia.

La prueba de lo dicho por Clare la obtuvo de inmediato. La ciudad de San José temblaba ante la previsible venganza del presidente Tinoco. Los únicos que se mantenían en la acera se dirigieron en silenciosa procesión al barrio de Amón para comprobar un hecho cierto, que el asesinato del general Tinoco no era un cuento de sirvientas que volvían del asueto dominical con el novio policía tomado de la mano sudada.

Modesto Martínez abrió su libreta formada por cuartillas de papel basto dobladas en cuatro, cortadas a guillotina. Vio la última anotación que hizo la noche anterior en la sesión del Congreso, "no hay un hombre capaz de enfrentarse a Joaquín Tinoco", escrita con la punta del lápiz, y pensó escribir con fuerza premonitoria: "Flota en todo el aire tal pavura como si fuera un campo de matanza". Las inmortales palabras del gran poeta Manuel José Othón, que vibraban en los territorios de sangre y fuego de la Revolución mexicana, también resonaron en sus oídos con el ruido de fondo de una metralla.

Martínez ingresó en la Oficina de Agencias Extranjeras y Comisiones donde Pinaud le alquilaba un cuarto en el que se acumulaban en desorden ejemplares de *El Noticiero*, su nuevo periódico, y lo poco, casi nada, que pudo rescatar de *La Información*.

—¿Y qué? —le dijo al excoronel Pinaud.

A su lado un joven preparaba una extra que haría circular *El Diario de Costa Rica* en la madrugada. Los lunes no se editaban periódicos pero no corrían tiempos normales. El muchacho, Joaquín Vargas Coto, un currinche que se había iniciado al lado de Fernández Güell en *El Imparcial*, extrajo la primera cuartilla escrita, introdujo una nueva en el cilindro negro y siguió imperturbable aporreando la máquina de escribir Royal.

Martínez tecleó con idéntico frenesí la crónica para la Prensa Asociada, luego la enviaría a Nueva York, donde en cuestión de horas se divulgaría al resto del mundo. Inició el artículo con el encabezado: "Paladín del ejército costarricense, a Joaquín Tinoco le faltaban 17 días para cumplir 39 años cuando un hombre ruin y desalmado, amparándose a las sombras de la noche, cegó el futuro de uno de los más ilustres patricios de la Patria. La noche del 10 de agosto de 1919, la omnipresente luna llena cubrió el cielo de San José como un ojo de furia sin percatarse de que una bala desgarraría para siempre la quietud de la que se preciaba el pueblo más pacífico y trabajador de Centroamérica, etcétera, etcétera, etcétera".

—Niki, no me alegra la muerte de José Joaquín. Vos sabés que lo quise como a un hermano —le dijo el Macho Pinaud, quien vestía de civil después de haber sido dado de baja por Tinoco. El exmilitar encaró a Martínez con amargura y tras un instante de indecisión le concedió un abrazo.

Martínez repasó la cabeza vendada de Pinaud, cuya herida aún supuraba en la elegante cabellera rubia, y bajó la vista. Cuatro meses antes, uno de los hombres de Tinoco le partió el cráneo a machetazos al requisar su casa y lo arrastró inconsciente y semidesnudo a la Segunda Sección de Policía, donde Jaime Esquivel lo despertó a baldazos y lo sometió a interrogatorio por varios días, sin darle de comer o dejarlo dormir. Por toda explicación Esquivel lo increpó: “Macho, Joaquín te mandó a llamar, no viniste y ya ves lo que te pasó. Yo no puedo controlar a mi gente”. La mujer de Pinaud, América, quien al principio no quiso abrir al oír los gritos de la tropa, no corrió mejor suerte. Mientras la milicia la embestía a patadas contra el militar degradado, otros soldados destrozaron la puerta a culatazos, pusieron la casa patas arriba rebuscando armas largas y dinamita y la arrojaron a ella y a sus tres hijas al suelo. No contentos con la requisa, al terminar se dedicaron a saquear los bienes de la familia, en un procedimiento cada vez más habitual y expedito de cobrarse lo que el gobierno regateaba en pagar.

El “valiente que macheteó a Pinaud”, como anunció Esquivel al solicitarle un paso al frente a la tropa, recibió como premio un ascenso y Pinaud el calabozo de castigo. Pinaud y Tinoco no se verían nunca más, al menos en este mundo. Como siempre que se producían excesos, como así los llamaba, con antiguos amigos caídos en desgracia, Tinoco se lavó las manos en agua de Pilatos y pretextó que ignoraba el decomiso ordenado por Esquivel.

El machetazo y la humillación de su familia sellaron el dolor que hasta entonces tuvo Pinaud por haber roto con los Tinoco de forma intempestiva. Si después del asesinato de Fernández Güell se puso del lado de la oposición no fue por odio contra sus benefactores sino porque se resistió a utilizar métodos de tortura contra los presos políticos, lo que le valió su expulsión de la jefatura de la Policía, y porque se sentía corresponsable de la tiranía que los Tinoco tramaron con su ayuda.

Aunque después supo que todo había sido orquestado de antemano, fue una intriga palaciega contra el coronel Pinaud lo que condujo al primer distanciamiento entre Pelico y González Flores, antes del golpe militar.

—Tenés que escoger entre los enemigos de Pinaud y yo —le dijo Tinoco entre lágrimas melodramáticas al presidente González Flores el 26 de enero de 1917 en su despacho del Castillo Azul.

González Flores había resuelto ese día destituir a Pinaud como comandante, cuando lo encontró responsable del robo de armamento en la Segunda Sección de Policía, y Tinoco lo puso entre la espada y la pared. Al día siguiente se produjo el golpe de Estado, que tuvo a Pinaud como uno de sus principales protagonistas. Don Chindo, el hijo del legendario general Tomás Guardia, y Pinaud tomaron el cuartel de Artillería y se lo entregaron a Tinoco.

Un año después, el 23 de enero de 1918, el país se levantó con aire festivo. A las cinco de la mañana una salva de 21 cañonazos inició la celebración en cada pueblo, que continuó con el desfile de las bandas militares, bailes de retreta, conciertos al aire libre y un campeonato de "match de foot-ball", el nuevo deporte traído de Inglaterra. La celebración concluyó con un desfile de jinetes y una serenata dedicada al presidente Tinoco al pie de la balaustrada del Castillo Azul.

El Macho Pinaud pidió a los asistentes un momento de silencio y reflexión antes de continuar con la cena.

—Alzo mi copa por el general don Federico Alberto Tinoco, el amigo de siempre y de todos, cuyo estoicismo e hidalguía encuentran parangón en aquellas pirámides inmortales que erigió un día el esfuerzo y el soplo de Dios en el corazón del desierto.

Aquellas palabras, pronunciadas al calor de la amistad y desoyendo la voz de su conciencia, que empezaba a resistirse a la creciente opresión militar, se las llevó el viento muy poco después cuando el cuartel Bella Vista, la Penitenciaría y las mazmorras de las comandancias de policía se llenaron de los rebeldes capturados tras el fracaso de la insurrección de Rogelio Fernández Güell, en febrero.

La reacción oficial ante la rebelión fue multiplicar los arrestos de los familiares, amigos y conocidos de Fernández Güell o de cualquiera que hubiera sido denunciado por los omnipresentes soplones y esbirros, no importa si realmente fueran o no sospechosos. La delación, como admitió Pinaud, se convirtió en una forma rentable de ganarse la vida y de paso ajustar cuentas pendientes de antiquísimos rencores.

Ese mes, el general Tinoco ocupó la Escuela Normal de Heredia, bajo el pretexto de impedir que Fernández Güell se refugiara en sus instalaciones, y amenazó con fusilar a los profesores que no le prestaran juramento de lealtad. Elaboró listas negras entre los maestros y despidió a los sospechosos sin consultarle al ministro de Educación Pública, Roberto Brenes Mesén.

Martínez recibía diariamente un reporte detallado de los acontecimientos que no deberían publicarse, que guardaba en su archivo de *La Información*, y temió que las cosas se salieran de control. El *dossier* proveniente del Castillo Azul, que le entregaba Enrique Clare en la mano, incluía una transcripción de los cables interceptados de la Legación Americana y de la correspondencia privada que se consideraba sediciosa. Por ese informe se enteró que Steward Johnson, el encargado de negocios de Estados Unidos, envió un cable el 26 de febrero al subsecretario de Estado Lansing detallándole la gravedad de la situación: "Costa Rica vive un reinado de terror. Varios de los guardias rurales arrestados fueron torturados hasta la muerte. Uno de ellos, sometido a martirio, llamó traidor a JJT [José Joaquín Tinoco] y fue rematado por él mismo en persona". Johnson se quejaba a menudo, en sus mensajes confidenciales, de la censura de la prensa, la violación de la correspondencia y de los esbirros: "El correo es violado sistemáticamente y las cartas se reciben abiertas. Los periódicos vuelven la cara hacia otra parte, sin protestar, el sistema de espionaje se ha extendido por todas las ciudades. El gobierno procedió al reclutamiento forzoso en los distritos rurales de 5 000 hombres, cuando en tiempos normales el ejército estaba formado por 500 soldados regulares".

El 1º de marzo, después de leer el reporte, Martínez no pudo dejar de esbozar una sonrisa al saber que Johnson se refería a él como "representante de la Prensa Asociada, cuando en verdad es un instrumento de Tinoco". Sin embargo, el resumen del diálogo entre Tinoco y una maestra de la Normal le hizo vislumbrar lo que sucedería un año más tarde con la insurrección del pueblo de San José. El poder de los Tinoco, como el de todo poder supremo, se basaba en una sana aplicación del miedo y a veces de lo que Johnson definió, con anglosajona exactitud, como "terror", siempre y cuando los supremos intereses de la patria guiaran el ejercicio doloroso pero necesario de la violencia.

—Sería terrible, casi una tragedia, que la plebe perdiera el miedo a sus altas autoridades. ¿Qué sería del mundo si tal cosa sucediera? ¿Quién nos regiría? ¿A quién le temerían los pueblos? —le dijo Martínez a Paco Soler, otro tinoquista enrolado en la planilla de *La Información*.

El informe del Castillo Azul ofrecía una transcripción sucinta del intercambio dialéctico entre don Joaquín Tinoco y la maestra de la Escuela Normal.

—Quiero hablar con García Monge. Voy a pernoctar con mis hombres en la Escuela Normal y necesito cuartos, alimentación y avituallamiento para la tropa. No quiero estudiantes ni profesores husmeando, apenas los que hagan falta para atender al ejército.

—Don Joaquín está dando clase y no puedo molestarlo.

—Pues interrúmpalo, entonces. Éste es un mensaje del ministro de Guerra.

—En ningún caso puede ser interrumpido cuando está dando clase.

—Vamos camino a Heredia persiguiendo a Fernández Güell. Dígale que tome las previsiones necesarias para acuartelarnos en la Normal.

—Lo siento, no puedo darle el mensaje. Está dando clase.

—¿Usted sabe con quién está hablando?

—Sí, con don Joaquín Tinoco, el ministro de Guerra. Usted está hablando con Corina Rodríguez y yo no atiendo órdenes del ministro de Guerra sino del ministro de Educación.

A Martínez le causó gracia la valentía un tanto suicida de aquella mujer anónima. Conocía bien al ministro de Educación, Brenes Mesén, y su cercanía con los Tinoco, y lo llamó para confirmar la versión de los hechos. Brenes Mesén replicó que estaba a punto de renunciar y de dejar el país. Temía por su seguridad personal. La noticia le sorprendió porque Brenes Mesén había arriesgado su prestigio con el golpe militar de 1917, 14 meses antes, dándole la espalda a su íntimo amigo González Flores, al aceptar el Ministerio de Educación de Tinoco. En 1914, cuando ocupaba el cargo de ministro plenipotenciario de Costa Rica en Washington, actuó como intermediario entre el empresario Lincoln Valentine y Diego Povedano, presidente de la Compañía Nacional Petrolera, la cual terminó siendo absorbida por la Costa Rica Oil Corporation de Valentine. Brenes Mesén, de quien Valentine desconfiaba por su "too much teosophy", puso en contacto al petrolero con Povedano, W. J. Field, Tinoco y otros miembros connotados de la Sociedad Teosófica, a cambio de una generosa contribución para la logia.

La actitud de Brenes Mesén sorprendió a Martínez porque lo consideraba un incondicional de Pelico y de su esposa, Mimita Fernández de Tinoco, y los veía a todos envueltos en un halo de teosófica beatitud.

La suerte de Fernández Güell y de sus futuros compañeros de infortunio se había sellado desde el 10 de noviembre de 1917 cuando su propio cuñado, el coronel Samuel Santos, jefe de la Guardia Rural, ordenó su captura "a como haya lugar, esto sin temor a funestas consecuencias, de las cuales ellos serán los responsables en su afán antipatriótico de consumar la ruina de la nacionalidad costarricense".

En enero de 1918 Fernández Güell soportó 22 días de ataques de asma en la finca de Ricardo *Chayo* Rivera, en San Antonio de Desamparados, a orillas del río Tiribí, sin poder dormir ni casi respirar, mientras deliraba afiebrado contemplando un ejército imaginario que nunca iba a volverse realidad. En la fase más aguda del espasmo no resistía ni siquiera el pucho de café cargado que le administraba Elisa, la esposa de Rivera, y su hija Agripina. Chayo, quien lo acompañaría hasta la emboscada final, descendió tres veces de la finca disfrazado de viejo y se arriesgó a adentrarse hasta Aserrí a buscar raicilla o ipecacuana para las infusiones, a falta de teofilina o de opio, con la esperanza de que pudiera aliviarse. Y tres veces Rivera fue retenido por las milicias de Tinoco que merodeaban de Vuelta de

Jorco a San Cristóbal detrás de los revolucionarios sin ser reconocido. Fernández Güell se desesperaba por el asma y por la ansiedad de la espera.

El 22 de febrero Fernández Güell y una diminuta tropa de fieles se lanzó al asalto de Atenas, Río Grande, El Pozón y Orotina, confiados en un levantamiento general del país que se extendiera hasta el puerto de Puntarenas. A este movimiento se sumarían otros en San Ramón, Cartago, Turrialba y Limón, que aislarían el país al cortar las líneas de telégrafo, las vías del ferrocarril y la comunicación con el exterior. Todo fracasó. La reacción popular nunca se produjo y las promesas de armas, municiones y hombres se redujeron al ahogo de sentirse encerrados por la falta de aire y libertad.

Fernández Güell y el último bastión de combatientes que no fue capturado, Joaquín Porras, Jeremías Garbanzo, Salvador Jiménez y Chayo Rivera, escaparon como pudieron del cerco tendido en el valle central con la esperanza de dirigirse a través de las montañas al sur, al exilio panameño, donde los esperaría Jorge Volio y un pequeño destacamento de antitinoquistas entrenados en Chiriquí.

Al llegar a El General, el grupo liberó a otro revolucionario, Carlos Sancho, preso en la cárcel local, y todos se encaminaron al poblado de Buenos Aires con 11 agentes de la Segunda Sección de Policía, enviados de San José, y 20 reclutas del Turco Ibarra, el presidente municipal, respirándoles en la nuca. El 15 de marzo se reunió en Buenos Aires una fuerza de 50 hombres para darles cacería. Fernández Güell y sus hombres intentaron cruzar la llanura del río Ceibo, un laberinto de parcelas alambradas y caminos recónditos, y como no pudieron lograrlo salieron al descampado, donde ningún baqueano de la zona aceptó conducirlos a la frontera con Panamá, y los avistó el indio Nazario Vidal, quien previno a Araya.

El tiroteo empezó a las ocho de la mañana y no tardó mucho. Sin refugio ni vías de escape fueron emboscados y cazados uno a uno en el bajo del río Ceibo. Porras fue el primero y expiró en manos del padre Federico Mauback, después de confesarlo a él y a Salvador Jiménez. Camilón Quirós, quien comandaba uno de los pelotones, descubrió que Sancho, Garbanzo y Rivera intentaban alcanzar el río. Los conminó a rendirse y una vez desarmados y con las manos en alto los fusiló de inmediato, sin siquiera preguntar sus nombres. La soldadesca que los desnudó más tarde, desvalijándolos de cualquier artículo de valor, le entregó los documentos a Quirós para que fueran identificados por el coronel Santos y por Tinoco. Jiménez, aun cuando estaba herido, se salvó porque a su lado Patrocinio Araya visualizó a Fernández Güell, un trofeo mucho más preciado que colgar como medalla en su pecho.

Fernández Güell apenas pudo arrastrarse entre los arbustos, a 10 metros del camino, por haber sido alcanzado en la rodilla izquierda. Sin poder escaparse, se puso al alcance de tiro del revólver Colt de Araya, un regalo especial de su comandante para cuando la ocasión le resultara propicia. “No me gustan las pistolas semiautomáticas sino los revólveres", declaró después con mirada vidriosa y sonrisa desdentada ante la comisión del Congreso.

Fernández Güell vestía "ropa exterior sencilla, una camisa con pechera a rayas delgadas de azul y blanco, botas de ciudad a dos colores e indumentaria interior toda fina y marcada delicadamente con las dos primeras iniciales de su nombre. Quisimos adquirir para la familia alguna prenda de recuerdo del extinto y sólo encontramos en el bolsillo un lapicito amarillo. Ya había sido despojado de todo lo valioso, como todos sus compañeros, que tenían algunos bolsillos vueltos al revés", anotó con cuidado el maestro Marcelino García Flamenco en el periódico *The Panama Star and Herald*.

—Ya caíste en mis manos, hijueputa —le gritó Patrocinio Araya cuando lo tuvo bajo el cañón.

El teniente coronel Araya, convertido esa mañana en "el general Araya" por la tropa entusiasta, se ufanó de haberle metido cinco tiros a quemarropa. Uno en la garganta, que lo postró a tierra, casi sin vida, dos en el cuello y dos más de remate "en la mera jupa, don Quique", a tan poca distancia que le destrozó el cráneo. Una vez muerto, se arrodilló junto al cadáver y le dio dos palmadas en la espalda, para expresar su satisfacción. Lo sacudió de la cabellera torciéndole el cuello hasta sostenerle la mirada, le sonrió complacido a un cadáver que ya no podía verlo y le cercenó una porción de cabello con el machete, como le había prometido a Clare. Guardó el mechón tinto en sangre —que pasó a la historia como el crespo de Quique Clare— en una bolsa de yute y en la alforja del caballo mientras Camilón pidió que tocaran una cumbia en celebración del triunfo. Eusebio Ceciliano aportó las tamboras y los reclutas que se sabían la seguidilla, porque eran del pueblo, dieron vueltas palmeando y bailando al son de "El mogollón" con aviesa felicidad. El Cholo Figueroa, sin dejar de seguir el ritmo, propuso que los metieran en una zanja al fondo del cementerio de Buenos Aires, donde entierran a los *moros* sin identificar, para que se los tragara la tierra y el olvido.

Araya se apartó del grupo y se apresuró a dictarle el parte policial al "maistro" del pueblo, el salvadoreño Marcelino García Flamenco —quien también pasaría a la historia—, explicándole que era casi analfabeta y que no escribía bien. La mirada horrorizada del joven instructor de primeras letras lo llevó a justificar sus actos.

—Sí, yo lo maté con mi propio puño. Estoy satisfecho.

—¿Con el Máuser?

—No, con mi revólver.

—¿Y por qué, si ya se había dado por vencido, y no había necesidad?

—Yo a esa gente no podía llevarla viva, maistro, no ve que tenía órdenes expresas.

La noticia del asesinato tuvo un impacto estremecedor en San José y extinguió cualquier conato de rebelión durante más de un año, resquebrajando las últimas esperanzas sobre la verdadera naturaleza de los Tinoco. Paco Soler le dijo a Martínez: "Fernández Güell es el alma gemela de su antiguo correligionario Madero, el apóstol de la Revolución mexicana. Quiso compartir con él tanto la pureza de sus ideas como su acendrada ingenuidad y destino de mártir". El Congreso, tal vez para desmentir el aserto de que eran "una gavilla de servilones desvergonzados", propuso una indagación que llamó a declarar al revolucionario superviviente, Salvador Jiménez. La pesquisa se entrabó por las amenazas de Patrocinio Araya, quien le advirtió a uno de los investigadores, Fabio Baudrit, que le pegaría un tiro si se atrevía a usar las declaraciones de Jiménez en su contra. En enero de 1919 el expediente desapareció del Congreso y quienes aún se atrevían a preguntar por Fernández Güell estaban en la cárcel o en el transcurso del año terminarían muertos.

El crespo

Buenos Aires, 15 de marzo de 1918

General Joaquín Tinoco
Ministro de Guerra

Mi muy estimado General:

Hoy viernes 15 de marzo, a las 8 de la mañana, tuve la grata satisfacción de cumplir sus órdenes al pie de la letra.

Rogelio Fernández Güell ya no vive y lo siguieron a la tumba Joaquín Porras, el matador del General Quesada; Ricardo Rivera, el vaqueano Jeremías Garbanzo y Carlos Sancho. Tengo herido a Salvador Jiménez y preso y sano a Aureliano Gutiérrez, vaqueano que condujo a los primeros hasta El General.

Puede decir al amigo Enrique Clare que cuente con el crespo que me encargó de Rogelio. Estoy ansioso de dar a Ud. cuenta minuciosa de mi feliz comisión, en la cual no sufrió lo menos ninguno de los míos. Mi querido General: mis muchachos están muy maltratados para regresar por el Cerro de la Muerte y espero de su bondad que me ponga cuanto antes una gasolina en El Pozo. Siempre su fiel amigo,

(f) PATROCINIO ARAYA

YO, CAMILO QUIRÓS*

Yo, Camilo Quirós Guzmán, mayor de edad, viudo agricultor y vecino de San José declaro bajo juramento que diré verdad acerca de todo lo que se me pregunte relativo a la parte que tomé en la desgraciada expedición a Buenos Aires que terminó con la trágica muerte de don Rogelio Fernández Güell.

Estando de servicio en la Segunda Sección de Policía de San José, se me ordenó salir en comisión, sin decirme a donde, al mando de Patrocinio Araya, quien llevaba como segundo a Manuel Rodríguez (Yayo), Teniente de Policía de aquella Sección. Al llegar a Desamparados de San José le pregunté al Coronel Araya que a donde íbamos y éste me contestó que hasta Chiriquí, si fuera necesario, y en persecución de Rogelio Fernández Güell y demás revolucionarios.

A las dos de la mañana llegamos a San Marcos de Tarrazú, sin comer, muertos de cansancio y ya habíamos desensillado nuestras cabalgaduras y estábamos descansando, cuando Patrocinio Araya, que salía del telégrafo nos dijo: "Arriba, muchachos; me avisan que los revolucionarios pasaron por un

* Publicado en el periódico *El Renacimiento*, Cartago, sábado 18 de octubre de 1919.

camino más arriba, nos llevan doce horas y hay que alcanzarlos".

Montamos y llegamos a Santa María de Dota a las cinco de la mañana. Allí medio almorzamos, cambiamos bestias y salimos hacia Copey, en compañía del Agente de Policía de Santa María de Dota.

Íbamos doce: el Jefe, el Teniente y 10 policiales, de los cuales el único que llevaba dinero era Patrocinio, quien me dio cinco colones para dividirnos entre los 10 y me manifestó que los Tinoco no les habían dado dinero para los gastos. Como a las diez de la mañana llegamos al Copey, en donde encontramos ya preparados unos almuerzos, los cuales no pudimos aprovechar porque no había en qué envolverlos y Patrocinio nos dijo que no nos podíamos atrasar.

La noche de ese día nos cogió en un lugar llamado "Las Vueltas", donde dormimos en un charral. Salimos al día siguiente, subimos el Cerro de la Muerte, donde quedaron tres policiales agotados a quienes desarmó el Coronel y entregó las armas a tres particulares que nos acompañaban; ese mismo día seguimos caminando hasta llegar a una casa llamada "Del Gobierno", donde encontramos un poco de paja que al parecer había servido de cama a los revolucionarios. Estando en dicha casa oímos gritos y como uno de nosotros le dijera a Patrocinio que era una barbaridad haber dejado tres compañeros abandonados, contestó Araya: "En expedición el que se quedaba, se quedaba". Momentos después llegaron los policías a donde nosotros estábamos, lo cual me alegró mucho, pues si se hubieran quedado en el Cerro, su muerte hubiera sido segura. Los policías que se quedaron se llamaban Rafael Castillo, Manuel Morales y otro cuyo nombre no recuerdo. Como los tres muchachos a que me he referido estaban resentidos por la desarmada y el abandono, Morales se quejó al Coronel y éste le dijo que si tenía algo que reclamar se entendiera con él hombre a hombre; en este acto intervine yo y le dije: "Vea, mi Coronel: en esta expedición no es correcto tratar mal a un subalterno y si éste falta, usted puede castigarlo al llegar a su Cuartel".

Al día siguiente nos levantamos, comimos un pedazo de dulce que llevábamos y tomamos un trago de agua; el Coronel envió un vaqueano al General para que nos tuvieran lista la comida.

A las nueve y media de la noche llegamos al General, dormimos allí y salimos al día siguiente a las cinco de la mañana y caminamos hasta encontrar al primer brazo del río de Buenos Aires, el cual pasamos agarrados a las colas de los caballos y gracias a un cholito chiricano que habíamos encontrado antes de llegar al General y a quien Patrocinio ofreció mil colones para que nos sirviera de vaqueano; debo agregar que el cholito dijo a Patrocinio que el día anterior él había visto pasar a los revolucionarios, que éstos nos llevaban doce horas de camino y que sólo que hicieran una parada en Buenos Aires podríamos alcanzarlos. Y voy a explicarles cómo pudimos pasarles adelante: como el vaqueano de los revolucionarios sólo lo era del Copey al General al encontrar el primer brazo del río Buenos Aires, en vez de atravesarlo los echó por un camino a la derecha que va a dar al Panteón de Buenos Aires, lugar donde durmieron Rogelio y compañeros.

Como nosotros atravesamos los dos brazos del río Buenos Aires pudimos llegar a la plaza del mismo nombre faltando un cuarto para las diez de la noche. Allí preguntamos por la Jefatura y un señor llamado Tito González nos dijo que el Jefe Político hacía días se había marchado a Boca de Limón a encontrarse con las tropas al mando del Coronel Guier, que él, don Tito, era el único policial que quedaba. Llegamos a la Jefatura, desensillamos y nos fuimos en busca de qué comer y llegamos a casa del turco Antonio Ibarra, quien nos ofreció sus servicios con la condición de que lo armáramos.

Después que hubimos comido algo nos fuimos a conversar a la Plaza de Buenos Aires donde propuso Yayo Rodríguez a Patrocinio que se hiciera servicio de campaña porque de seguro los revolucionarios se nos iban a zafar en el peso de la noche y como nosotros estábamos muertos de cansancio, Patrocinio armó varios vecinos y el citado Yayo me ordenó a mí que fuera en su compañía y de otros policiales, a destruir el puente del río que pasa como a doscientos metros de la Alcaldía de Buenos Aires; una vez que con mil dificultades hubimos desarmado este puente, así como otro que se encuentra como a seiscientas varas, acampamos en este último en compañía de Yayo hasta las cinco de la mañana, hora en que nos abandonó y luego, una hora después, llegué yo a la Plaza de Buenos Aires.

De allí me dirigí a la casa del turco a tomar una taza de café y luego ví venir hacia mí un cholo gordo, pequeño, en mangas de camisa, quien montaba a pelo un caballo y me dijo que si yo era el Jefe de la tropa y como yo le preguntara qué se le ofrecía me dijo que frente a su casa habían pasado unos señores que venían bien armados y alegres y que él creía eran las gentes que nosotros esperábamos; que venía uno alto grueso, gato.

Me acerqué al Coronel y le dije que atendiera lo que le iba a decir aquel señor, pues el dato nos podía ser *útil*, y una vez que Patrocinio lo hubo oído, me ordenó tocar reconcentración. Enseguida se presentó el turco Ibarra y al saber de lo que se trataba, ofreció sus servicios, pidió que lo armaran y salió con unos policiales y particulares, todos armados.

Momentos después oí las primeras detonaciones y me dirigí con Patrocinio y los otros policiales al lugar de donde venían los disparos. Al llegar a una ladera me ordenó Patrocinio que tomara el ala derecha y él siguió con los demás policías hacia el frente donde seguían oyéndose detonaciones; llegué hasta la orilla de un río y allí esperé; momentos después ví tres de los revolucionarios que venían corriendo y se tiraron al río; pensé y pude haberlos tirado pero me dieron lástima y esperé que estuvieran al otro lado del río para gritarles: "Muchachos, se rinden o se mueren". Entonces Ricardo Rivera, me reconoció y dijo: "Camilo, nos rendimos pero no nos maten" y yo le contesté: "De parte mía yo no los mato, pero es mejor que se rindan antes que se mueran". Rivera entonces me dijo: "Sí nos rendimos, te conozco y sé que sos disciplinado". Y como yo les pidiera que me entregaran las armas, me fue a entregar Ricardo su winchester con 18 tiros para que lo agarrara por el cañón y entonces yo le dije: "démele vuelta y me lo entrega por la culata"; y en la misma forma me lo entregaron los otros dos: *Carlos Sancho* y *Jeremías Garbanzo.* Con los brazos ocupados por los rifles y los prisioneros a pocos pasos de mí, se presento Elías Arias, quien según creo es de Puriscal y era el compañero de Patrocinio y le dije: "Aquí tengo estos muchachos pero están rendidos", a lo cual me contestó: "Si están rendidos, está bueno, pero tengo que tirarlos, ésta es la orden que tengo", pero no me dijo de quién, si de Patrocinio o del General don Joaquín Tinoco, y alzando su rifle mató primero a Carlos Sancho, luego a Ricardo y después a Garbanzo. Hago constar que los mató a boca de jarro, que Rivera le dijo: "Me has matado" y Arias le contestó: "Ésta es la orden que tengo"; yo me indigné y dije: "Al rendido no se mata".

Luego pité y llegaron Patrocinio, el cura de Buenos Aires y la demás tropa y en presencia de todos le dije a Patrocinio: "Coronel, aquí tenía estos tres muchachos rendidos para entregárselos vivos a Ud., pero este hombre (y señalé a Elías Arias) me los ha matado". Arias contestó: "Es cierto, mi Coronel, estaban rendidos y yo los maté".

Después nos dirigimos hacia la Plaza, pero antes pregunté a Yayo Rodríguez que dónde estaba don Rogelio, pues yo quería conocerlo y en efecto vi su cadáver: tenía varias heridas, una como de revólver, a unos dos centímetros y hacia la raíz de la oreja derecha; un poco más allá estaba Porras, todavía vivo, con la cara destrozada, me acerqué y creo que me reconoció, pero con mucha dificultad pues tenía la boca y parte de las mandíbulas destrozadas, me dijo: "Mátame, mátame" y yo volviéndome hacia el cura, le dije: "Por qué no confiesa este hombre que va a morir", a lo que me contestó: "Espéreme".

Un rato despues me encontré en el Cementerio de Buenos Aires con el maestro de Escuela, quien después supe que se llamaba Marcelino García Flamenco, que cavaba una sepultura y entonces dirigiéndome a él le dije: "Señor maestro, y Ud. haciendo ese trabajo?" y me contestó: "Será prohibido?". "No señor, Ud. tiene todo derecho de hacer todo el bien que pueda a sus amigos, como también puede hablar a favor de ellos". Lo últimamente relatado lo presenció y oyó Patrocinio Araya.

Esto es todo lo que vi y tengo que decir en descargo mío; repito que en nada de lo relatado he faltado a la verdad y que he hecho la anterior manifestación con el objeto de sincerarme del tremendo cargo que sobre mí se lanza; yo no soy un asesino; lo por mí asegurado puede ser controlado con las declaraciones que hayan dado y que yo no conozco, los señores cura de Buenos Aires y maestro García Flamenco.

Quiero que conste que he declarado voluntariamente, sin que nadie me haya obligado ni amenazado, en la ciudad de Alajuela en la noche del cinco de Setiembre de mil novecientos diecinueve y en presencia de los señores don Hilario Bolaños Alfaro, don Ezequiel Murillo Alfaro y don Ramón

Aguilar Soto, y firmó con dichos señores y agregó que no había hecho eso antes por temor a que los señores Tinoco me castigaran. - Camilo Quirós Guzmán. - Ezequiel Murillo. - Hilario Bolaños. - R. Aguilar Soto.

Camilo Quirós

NOTA: - Hago constar: que si hasta hoy no se publica lo anterior ha sido por motivos ajenos a mi voluntad.

Alajuela, 3 de octubre de 1919.

Nochebuena en Granada

El general Jorge Volio recordaría por siempre el olor a huevos podridos y azufre sublimado que se dispersó por las habitaciones de la casona de los Urtecho antes de que su hermano Alfredo se hundiera en la fiebre y fuera trasladado al Hospital San Juan de Dios. En la madrugada del 21 de diciembre, para evadir el hostigamiento del calor, una procesión de carretas con marquetas de hielo se enrumbó hacia la ciudad de Granada desde la fábrica del alemán Geyer, a orillas del lago de Nicaragua. Los bloques rectangulares llegaron a la plaza y se distribuyeron en carretillos que dejaron un lánguido reguero de nieve hasta el dormitorio donde Alfredo Volio convulsionaba en una fiebre biliosa.

La última imagen que el general Volio guardó de su hermano fue el rostro congestionado asomándose al borde del tonel en el que fue sumergido por órdenes del doctor Juan José Martínez, para atemperar la combustión interna que lo consumía vivo. El agua helada y los trozos de hielo desprendidos a golpes de piqueta se esparcieron por los tablones de caobilla de la residencia, situada entre El Arsenal y el convento de San Francisco, donde la familia granadina le dio cabida al comandante de la rebelión contra Tinoco por el parentesco que los unía a los Gutiérrez de Cartago, abrigándolo contra sus dos peores enemigos: el tirano costarricense y su encarnizada lucha contra el paludismo.

El encono entre dos de las familias más encumbradas de Cartago, los Volios y los Tinocos, se remontaba a finales del siglo XIX, cuando una agria disputa por tierras los distanció. Desde entonces, los Tinoco le reclamaron a los Volio una deuda de honor que debía pagarse con sangre. Un año antes, en diciembre de 1917, Joaquín Tinoco y Patrocinio Araya persiguieron a Alfredo Volio a caballo hasta la entrada de la hacienda Llano Grande, en las faldas del volcán Irazú. En medio de la noche cerrada y de la balacera, Volio, quien iba solo y desarmado, se lanzó del caballo y rodó por el gélido descampado haciéndose el muerto. Araya llegó hasta él y al levantar la pistola para rematarlo Tinoco lo contuvo, en una decisión que lamentaría después. "Dejalo así. Hay que respetar a los muertos", le dijo. Una semana más tarde, el 13 de diciembre, Alfredo y Jorge burlaron el cerco policial de Cartago metidos en los sacos de café de una carreta, junto a otros ocho rebeldes, y escaparon a Panamá y luego a Nicaragua.

La inesperada sudoración de la que se quejó Volio en Granada no tardó en convertirse en fiebre y obligó a que lo trasladaran a la pensión del Hospital San Juan de Dios, por orden del cirujano mayor, el doctor Alejandro César. El 17 de diciembre llegó a Granada su hermano Jorge, a quien le pisaban los talones los espías nicaragüenses de Tinoco.

Cuando por fin los hermanos se encontraron, el doctor Antonio Giustiniani, quien se había sumado a la revolución, abrazó al recién llegado con auténtico optimismo.

—Esto no es nada. En unos días Alfredo va a estar bien y caminará la próxima semana. Tenemos la victoria asegurada —auguró, sin definir si se refería a la fiebre remitente o a la campaña contra Tinoco.

Jorge Volio, acostumbrado a los fragores de la guerra que había peleado en Nicaragua contra los yanquis invasores en 1912, guardó silencio. Se pasó secándole el sudor a su hermano con una gasa humedecida en alcohol alcanforado y sufrió en carne propia el agravamiento de su estado. Nueve días después agonizó, a pesar de las atenciones constantes de los médicos César, Chamorro y Ubago, y murió en la madrugada del 26 de diciembre. Dos meses antes Alfredo Volio había sido proclamado comandante en jefe de la revolución, sin que ejerciera nunca el mando.

En su diario, Jorge Volio escribió: "Temprano de la mañana voy a ver a Alfredo con el Dr. Giustiniani. Está muy mal, hay movimiento de doctores y sé la horrible verdad de que se teme que sea fiebre amarilla. Me quedo de pie en el hospital a verlo y cuidarlo. En la tarde me dice Alfredo: 'Comenzaste muy maneado, pero ya haces todo muy bien, un enfermero admirable'. Es horrible, horrible, horrible, se teme que muera esta noche; Manuel me dice que se lo han dicho los médicos. Ya casi loco me aferro al milagro...

"Sentimientos de toda clase en esta pavorosa Nochebuena. Contento de que la hermana le hablara de confesión a Alfredo, lo que él me dice. Velo toda la noche. Amanece.

"Miércoles 25. Los médicos están asombrados de que viva y dan esperanzas; sólo él no se hace ilusiones. Jamás he visto un valor como el suyo. Encargo para Celina. Sufrimiento indecible. Comienza la lucha cuerpo a cuerpo con la muerte; me aferro al milagro que no llega nunca... Horror de esta noche. Nunca he sentido lo que ahora experimento en dolor, y eso que la vida me ha escogido a mí para hacerme probar y paladear sus más crueles cálices. Alfredo pasa de la media noche; yo tengo esperanzas vagas.

"Jueves 26 de diciembre. A las cinco de la mañana menos dos minutos expiró Alfredo en mis brazos, con una entereza extraordinaria. Grande y sublime en todo".

El ataúd de pino en el que se le enterró, labrado con las prisas navideñas, se cubrió con una bandera de Costa Rica despojada de lujos y ornamentos. No había nada que celebrar. Se le llevó a la cripta de piedra canteada de la familia Urtecho, donde se realizó la misa *corpore insepulto* bajo el clamor destemplado de las campanas y las plegarias de los nicaragüenses afectos al Partido Liberal.

Manuel Castro Quesada, otro de los revolucionarios, de sangre caliente y fogoso, como el general Volio, sugirió traer tierra costarricense de Peñas

Blancas y enterrarlo en ella. Los demás se opusieron. No había tiempo ni voluntad ni nada.

Durante la última palada de tierra, la más dolorosa, previa a clausurar el mausoleo, Jorge Volio no quiso escuchar una voz que se desprendió de las otras y que se abrió paso en la brasa ardiente de sus rencores como una serpiente y le susurró al oído: "Tu hermano fue envenenado. Es la venganza de los Tinoco".

Cinco meses después, tras cuatro horas de fuego de metralla y decenas de muertos, el 26 de mayo de 1919, los revolucionarios pierden la batalla de El Jobo y la guerra. Jorge Volio escribió en su *Diario de campaña*: "Sábado 19 de julio. Cuando creíamos que ya no teníamos nada más que perder, recibimos la noticia del ultraje a García Flamenco".

Ultraje

Ambrosio Baquedano hablaba poco y dudaba menos. En ningún momento se lamentó de la bala que le desgració la cadera dejándolo malherido. Arrastró fuera del matorral al revolucionario que lo había herido y en vez de rematarlo de inmediato se ensañó con él dándole reata. Baquedano le pidió a Uzaga que le aplicara una compresa para no desangrarse y poder seguir adelante.

—¿Qué vas a hacer? —preguntó Uzaga, un cuatrero y asesino ascendido a coronel por Tinoco para combatir la invasión de las fuerzas rebeldes.

—Ya vas a ver —replicó con mirada insidiosa.

Uzaga registró las bolsas del pantalón del prisionero, un hombre blanco y alto de modos refinados que soportaba estoicamente los machetazos que le propinaba Baquedano en la cara, el pecho y las extremidades, mientras borbotones de sangre le brotaban de la pierna baleada. En ningún momento el hombre negó que fuera García Flamenco y aguardó a que le llegara una muerte que sabía segura. Otros prisioneros, entre ellos el hondureño Juan Lobo, se cerraron en banda y no dijeron nada. Uzaga y Baquedano secretearon un rato y se rieron en su cara.

La muerte llegaría, pero tardaría en llegar.

Baquedano tomó la soga que siempre llevaba amarrada a la cabeza de bola de la silla de montar, la desenredó con cuidado y ató con ella los dedos de los pies de García Flamenco a la cola del caballo. Al principio tanteó atravesar los tendones de los pies del revolucionario con un fierro, pero calculó que tardaría demasiado y que los rebeldes podían contraatacar en cualquier momento, poniéndolo en una situación comprometida.

Espoleó el caballo con un latigazo en la grupa que produjo un chasquido metálico. Uzaga disparó al aire y la bestia se desbocó enloquecida arrastrando a García Flamenco por 200 o 300 metros, hasta depositarlo en la plazoleta del Resguardo, lejos de la hondonada. La soldadesca aplaudió la carrera en la que se escuchaba el crujido del cráneo reventándose contra las piedras del camino, que quedaron pringadas de sangre y partículas de piel envueltas en jirones de ropa.

El pueblo estaba desierto ante el aviso de que el coronel Montoya atacaría el 19 de julio para arrebatarle el sitio al ejército revolucionario. No había nadie salvo perros famélicos que olfateaban algo que comer. A las 2:30 de la tarde una carga de caballería traspasó las líneas rebeldes y el general Segundo Chamorro salió corriendo con las ametralladoras que defendían la hondonada El Ariete, a la entrada de La Cruz. García Flamenco quedó indefenso en una trampa mortal.

Uzaga tiró la puerta de varias casas vacías, rebuscó en su interior y reapareció con una lata de hierro herrumbrado. La agitó en la mano y se la lanzó a

Baquedano. El prisionero quedó de rodillas frente a la tropa. Baquedano abrió la lata, vertió el contenido de pies a cabeza sobre García Flamenco, tironeándolo de los cabellos, y lo pateó una vez más. García Flamenco cayó de espaldas empapado. Baquedano lo volteó y lo miró con ferocidad. Uzaga le facilitó los fósforos.

En unos segundos el cuerpo de García Flamenco prendió en llamas, retorciéndose en espasmos de dolor. El hondureño Juan Lobo hizo amagos de escapar y fue retenido a la fuerza para que presenciara la escena. Más tarde atestiguó que las llamas crepitaron con un sonido inmisericorde sobre la carne desollada y los alaridos le destrozaron los nervios. Mientras ardía, Uzaga y Baquedano se turnaron para echarle puchos de canfín en la boca hasta vaciar la lata, quejándose de que no encontraron más combustible que arrojarle.

Un inconfundible olor a carne humana quemada inundó el páramo.

Uzaga insistió en que un cuerpo tarda en arder y que era mejor alejarse de La Cruz lo más pronto posible. Reunieron a la tropa en el centro de la plaza, espolearon a los caballos y se largaron.

Ese mismo día, antes del atardecer, las tropas de Lorenzo Cambronero encontraron los restos semicarbonizados de un cadáver siendo devorado por perros y cerdos hambrientos. Cambronero lo reconoció por los zapatos y algunas ropas que se mantenían intactas y pidió que lo enterraran.

"Horror. Horror. Horror", escribió Jorge Volio en su *Diario de campaña*. "El ultraje de García Flamenco es mucho peor que la muerte de Héctor que rememoro con indecible desolación en *La Ilíada*: '... y para tratar ignominiosamente al divino Héctor, le horadó los tendones de detrás de ambos pies desde el tobillo hasta el talón; introdujo correas de piel de buey, y le ató al carro, de modo que la cabeza fuese arrastrando... subió y picó a los caballos para que arrancaran, y éstos volaron gozosos. Gran polvareda levantaba el cadáver mientras era arrastrado; la negra cabellera se esparcía por el suelo, y la cabeza, antes tan graciosa, se hundía toda en el polvo...' Héctor ya estaba muerto. No padeció lo que sufrió García Flamenco".

Última sesión con Ofelia Corrales

El general de división José Joaquín Tinoco escudriñó la imagen en el horizonte tormentoso que contempló desde el cuartel Bella Vista y al sentirse abandonado por el augurio decidió acudir donde Ofelia Corrales, como había hecho cada tarde desde el eclipse total de sol del 29 de mayo, cuando la oscuridad se lo tragó todo durante seis minutos y 51 segundos. Tal vez aquella ánima de voz socarrona, don Miguelito, estuviera esperándolo para darle una respuesta a su turbación. Cuatro horas más tarde, empero, sin que nada ni nadie pudiera interponerse entre él y el destino, Joaquín Tinoco estaba muerto.

En el resplandor movedizo de la penumbra de la casa de Ofelia Corrales las llamas cobraron vida y jugaron a perseguirse, movidas por un viento soterrado que azotó las ventanas y cerró las puertas de un golpe, con la sorda persistencia de un espectro. El general admiró extasiado el inicio de la sesión en el espejo negro de los ojos de Ofelia —Ofelín para Mimita Tinoco y los amigos del Círculo Espiritista—, en la mesa circular tendida con el largo mantel blanco, en el hilo de luz que se fue adelgazando hasta volverse un espejismo. Como siempre le sucedía, sintió que la atmósfera se tornaba gélida y contempló una sombra oscura al lado de Ofelia. Observó unas manos disponer de objetos invisibles con gestos decididos hasta que el mundo volvió nuevamente a su sitio, como si nunca se hubiera alterado, en el perfecto orden en el que los espíritus gobiernan por completo el universo.

El espejismo se disolvió en un artificio al que decidió aferrarse, las voces de don Miguelito y Ofelia entreveradas en una misma voz y en dos figuras separadas, una espectral y la otra humana. Perdió la conciencia del tiempo, que se desprendió de cualquier consideración cronológica, desapareció el antes, el ahora y el después, y todo fue ahora, ahora por siempre, como en el tiempo de los antiguos, y lo imposible volvió a ser posible.

Después de la muerte de don Buenaventura Corrales, el padre de la famosa médium, en 1915, no volvió a materializarse Mary Brown, la doble de Ofelia, una mujer etérea de voz melodiosa capaz de expresarse en cinco formas psíquicas diferentes, cada una con sus propios rasgos individuales y expresiones idiomáticas, y que se aparecía cubierta de velos. Ofelia dejó de convocar a entidades que se desdoblaban en varias personalidades al mismo tiempo y que levitaban y atravesaban paredes, como lo hizo en su primera juventud, siendo apenas una adolescente, y abandonó la telequinesis y la escritura automática. Restringió sus poderes por una decisión volitiva, siguiendo una advertencia que le transmitió su padre en su lecho de muerte. A pesar de eso, los Tinoco le rogaron que continuara las sesiones del Círculo Espiritista en el foyer del Teatro Nacional y las invocaciones privadas en su casa, en calle Blancos. El lugar de Mary Brown fue ocupado entonces por un nuevo genio psíquico, don Miguelito Ruiz, que le exigía a Ofelia un titánico esfuerzo para canalizar a un hombre mayor que se burlaba y reía con expresión nasal y fuerte acento andaluz. Don Miguelito era un tanto insolente y chillón al hablar, lo que ponía los nervios de punta a los asistentes, a excepción del general Tinoco, quien parecía disfrutar de sus comentarios mordaces y risa sarcástica.

Desde el duelo que mantuvo con Melico Argüello, el 9 de mayo de 1914, Joaquín Tinoco convocó a una sesión con Ofelia por cada acontecimiento importante de su vida, incluso varias veces al mes. A partir de 1918 las sesiones se incrementaron a una vez por semana y luego se sucedieron todos los días. La noche del eclipse solar del 29 de mayo de 1919, en que el general se sintió amenazado por primera vez en su vida, don Miguelito le advirtió decidido: "La muerte vendrá a buscarte vestido con ropajes de mujer".

Tinoco no era religioso, no le temía a nada ni a nadie en el mundo ni en el inframundo, y con todo se tomaba muy en serio las amenazas de las viudas o de las mujeres ultrajadas. ¿Cómo las llamaría? ¿Las Furias? ¿Las Euménides?

Le pidió lápiz y papel a José Luna y garabateó con más prisa que rencor los cuatro nombres de las mujeres que sabía que se la tenían jurada, que confabulaban en su contra, y tomó previsiones para preservar su seguridad. En primer lugar colocó a la infortunada Clemencia Bonilla de Argüello, la viuda de Melico Argüello, que ya había atentado dos veces contra su vida, y que para su desdicha nunca aprendió a tirar bien con un arma de fuego. Luna le recordó que las "viejas iracundas" ya estaban bajo hostigamiento de Las Gatas y que no podrían escaparse fácilmente del círculo de vigilancia en que las mantenían encerradas.

Al terminar la lista tachó el nombre de la única mujer sobre la cual no cobraría revancha, doña Carmen Güell de Fernández. La madre de Rogelio Fernández no se metería en conspiraciones a pesar del odio que le profesaba por haber ordenado el asesinato de su hijo. Desde el día de la matanza, el 15 de marzo de 1918, o cuando la noticia envenenó la tranquila monotonía de la ciudad de San José, doña Carmen no se quitó el luto ni la expresión demudada en el rostro y eso le merecía respeto. Dos nombres más sobresalieron sobre el cuaderno de papel Bristol: Andrée Adam Brière de Zelaya, que todos los días incordiaba al cónsul francés reclamando la liberación de Ramón Zelaya, el marido condenado a las tumbas subterráneas de la Penitenciaría Central, y la abominable cubana Amparo López-Calleja. Ella, Raventós y Giustiniani se burlaban de él delante de sus narices, como si no lo supiera por sus esbirros y espías. Tres extranjeros a quienes debería enviar al paredón, como merecen los conspiradores, financiaban la rebelión con su propia plata, en vez de contribuir al progreso de la patria que los había acogido en su sagrado seno. Si se mostró magnánimo, al expulsar a Giustiniani y enviarle advertencias a Raventós y a doña Amparo, fue para evitar el escándalo, pero ya habían colmado la paciencia del secretario de Guerra y Marina.

A diferencia de aquellos vendepatrias, tuvo que admitir que la viuda de Melico Argüello se había ganado su admiración. Tal vez por orgullo o por superstición no le contó a nadie que Mechitos de Argüello prometió matarlo aun cuando los intentos por acabar con su vida no hacían sino poner a prueba su legendario halo de invencibilidad. A la única persona que no le hizo gracia que una viuda neurasténica anduviera por ahí regando contra él un oráculo de condenación fue a su esposa Merceditas, nerviosa como todas las Lara e incapaz de conservar la cabeza fría. A Tinoco, por el contrario, le cuadraba sentirse en el filo de la navaja, tentado a cada instante por el destino.

Una deuda de honor era sagrada y el honor debía restituirse con la sangre vertida. Para él, "el duelo contiene los tres elementos de la belleza: la línea, el ritmo y la emoción. Y es, sobre todo, ante todo, el único baluarte contra el insulto que ensucia, contra la injuria que humilla, contra la calumnia que mata. El que insulta y no se bate es un cobarde", según las palabras del Príncipe de los Cronistas, el guatemalteco Enrique Gómez Carrillo, que había hecho suyas. Lo que Mechitos de Argüello no le perdonaba es que, dadas sus condiciones excepcionales de tirador, Tinoco estaba mejor preparado que nadie en el mundo para batirse.

El 28 de junio de 1914, al salir a pie de la Segunda Sección de Policía, en la avenida 3, una mujer descargó una pistola contra él desde el balcón de la casa diagonal al edificio de Correos. La mujer tiró a bocajarro sin calcular la trayectoria como un acto impulsivo y desesperado y ni uno solo de los proyectiles logró alcanzarlo. Los soldados que acudieron corriendo de la plaza de la Artillería penetraron en la vivienda, desarmaron a la mujer y lucharon denodadamente con ella para que no se lanzara a la calle a perseguir al general. Tinoco no sintió miedo al descubrir a la viuda Argüello en el rostro desfigurado por la ira sino lástima y perplejidad. Mechitos apenas farfullaba arrebatada por la indignación y una cólera que inyectó de sangre sus facciones proporcionadas. Tinoco les pidió a los gendarmes que la soltaran y la viuda Argüello permaneció desolada en la acera sin querer reingresar en el edificio.

Un año después, mientras cabalgaba detrás de la iglesia de La Soledad, Tinoco se cruzó con una volanta que circulaba en sentido contrario por la calle 11 y de la que emergió un revólver apuntándolo a la cara. El general escuchó casi con delectación cómo la mano de la fortuna se interpuso entre él y una muerte segura en el momento en que la bala se encasquilló en la recámara del arma. La viuda Argüello presionó de nuevo el disparador y le vació el cargador. Cinco tiros salieron despedidos del cañón, uno tras otro, y ni uno lo rozó. Nada. Ileso. Inmortal. La muerte, se dijo, parecía aplazada por siempre y para siempre. Desmontó y con una caravana majestuosa, que tuvo tanto de conmovida admiración como de irónica galantería, le rindió el sombrero a la viuda Argüello.

El ente psíquico, don Miguelito, revivió en la última sesión con Ofelia Corrales los detalles del sonado duelo de 1914 y por primera vez en su vida José Joaquín Tinoco temió que su destino estuviera indisolublemente ligado al de Melico Argüello.

Los últimos resplandores del atardecer iluminaron los botones dorados de su uniforme con un raro estremecimiento. En unos minutos sería de noche y sonarían las campanas del Carmen. Ofelia Corrales descorrió las cortinas y la luz evanescente se filtró por las ventanas inundando la sala con una atmósfera impregnada de irrealidad en la que Tinoco se sintió flotar, desprovisto de todo peso y gravedad, elevándose sobre sí mismo como si fuera otro cuerpo.

Regresó a su casa en el barrio de Amón, en compañía de Porfirio Molina, preparado para asumir la última parte de la tarde, y en la puerta lo recibieron Quique Clare y otros amigos, con quienes despachó rápidamente. Estaba exhausto. Merceditas lo condujo hasta el aguamanil para que se lavara las manos, antes de salir a comer, pero decidió tomar una pequeña siesta como si la sesión con Ofelia Corrales lo hubiera dejado vacío. A pesar del sueño ligero, que duró apenas unos momentos, porque se preciaba de dormir poco, de no necesitar más de 10 o 15 minutos para reponerse, para recuperar toda la energía, se sorprendió al escuchar el ruido de una mascarada que atravesó la avenida 9 con una banda cimarrona. Al abrir los ojos, empero, y descubrirse cubierto de sudor, oteó la habitación silenciosa y Merceditas le confirmó que nada ni nadie había perturbado su reposo. Volvió a cerrar los ojos como si pudiera abrirlos en otro lugar y se sintió presa de pronto de esa desolación que lo había atrapado después de que cobró plena conciencia de su mortalidad. Pasaron aún unos minutos antes de que la desfalleciente luz de la tarde habilitada por la *bay window* fuera ocultando poco a poco la estancia hasta convertirla en noche. La oscuridad desleída apenas por algunos filamentos luminosos que emanaban del sótano o debajo de la puerta del vestidor dejó entrever los ojos flamígeros de un perro negro. No se sobresaltó porque lo visitaba a menudo y no le producía temor. El general Tinoco había vencido el espanto y estaba dispuesto a traspasar el umbral de lo desconocido tomado de la mano de la muerte, si era necesario, para demostrar que no había nacido un hombre o un espectro que pudiera causarle miedo. Las campanas del Carmen por fin resonaron y decidió encender la luz. La visión desapareció y se ajustó el quepis nuevo, los pantalones blancos de gala y la tajona o fuste de cuero de Araujo.

Los domingos, si no había parada militar en el Campo de Marte, acostumbraba vestir de civil, traje beige claro y sombrero de jipijapa tipo Montecristi, en las mañanas y las tardes, y traje entero oscuro y sombrero de fieltro Borsalino, en las noches. Ese domingo no era un domingo cualquiera y desde mediodía, en el banquete de despedida que ofrecieron Pelico y Mimita en el Castillo Azul, vistió el recién estrenado uniforme de general de división.

Cacha negra

Melico Argüello trató de descifrar lo que intentaron decirle las rugosas vetas de color celeste entre el cerro Cedral y el Pico Blanco, en los montes de Escazú, un segundo antes de caer con el cerebelo despedazado por el tiro de Tinoco. El general Villegas y Hermógenes Rodríguez, que habían acordado el duelo en su nombre, quedaron estupefactos mientras el doctor Uribe Restrepo corrió a su lado y certificó la muerte instantánea por un orificio de entrada ubicado encima de la oreja derecha.

Juan Argüello de Vars permaneció afuera de la finca de Pepe Feo, donde se celebraba el lance, fumando sin cesar puritos salvadoreños Iztepeque para distraer los nervios. Escuchó la primera detonación simultánea y rogó que no hubiera nada que lamentar antes de las dos secuencias de tiros que faltaban para completar las tres rondas pactadas por los padrinos el día anterior. Durante una semana intentó sin éxito persuadir a su hermano de salvar la vida antes que el honor.

El duelo se había fijado a tres series de disparos con pistolas calibre 38 marca Colt y balas Smith & Wesson, para el sábado 9 de mayo de 1914 a las 10:30 de la mañana. Una vez transcurridos los 20 pasos, a la voz de mando los contendientes se volverían y se dispararían uno contra el otro, como era lo usual.

Un peón le confirmó a Argüello lo que su corazón intuía, que los tiros iniciales no habían herido a ninguno de los dos. Antes del segundo disparo llegó un grupo de policías alertados por los rumores de un desafío en la esquina suroeste del llano de Mata Redonda, después de las caballerizas de Ezequiel Villalobos, sobre la Carretera Nacional a Escazú. Fue entonces cuando se estremeció con la segunda detonación. Los policías corrieron a la finca y se cruzaron con los peones que salían alarmados. Uno de ellos le contó lo que había visto: "Cayó el más gordo".

El mundo se le vino al suelo. Atravesó el camino de lajas de granito y a la distancia alcanzó a distinguir a sus sobrinos, Manuelillo y Calalo, abrazados al cadáver. Lloraban desconsolados con una carta en la mano en la que Argüello los conminaba a que no buscaran venganza. El doctor Eduardo Uribe se incorporó al verlo y detalló lo sucedido. En la segunda ronda de disparos el tiro alcanzó de lleno la cabeza y en un mismo movimiento Melico cerró los brazos, dejó caer la pistola, dio media vuelta y se desplomó exánime, siguiendo el ritmo premeditado de la muerte.

Tinoco pasó a su lado custodiado por dos gendarmes, rumbo a la Primera Sección de Policía. Juan Argüello de Vars le sostuvo la mirada con un gesto final de resignación y espanto.

—Traté de darle a las piernas. Melico se me adelantaba con el cuerpo a la derecha y bajaba la cabeza —fue cuanto alcanzó a decir y siguió caminando.

Tinoco y el empresario Max Fischel se disputaban una finca que ambos habían denunciado en Golfo Dulce y Manuel Argüello de Vars, abogado de Fischel, se reunió con el militar para alcanzar un acuerdo que fuera provechoso para las partes. Le fue imposible. Tinoco lo insultó y amenazó con abofetearlo si no le concedía la propiedad. Unos días antes había golpeado en la avenida Central al ingeniero Francisco Alpízar por el mismo motivo y no consentiría en dar marcha atrás con tal de alcanzar el objetivo de apoderarse del terreno que consideraba suyo. La reacción de Argüello, a pesar de estar en desventaja, fue enviarle sus padrinos al día siguiente.

Presos del abatimiento, el general Rafael Villegas y Hermógenes Rodríguez tardaron en facilitarle a Juan Argüello el acta en que se asentaron los detalles del lance de honor, las condiciones de la muerte de su hermano y la entrega de sus restos a la ambulancia de la policía. "Lo tiramos a la suerte", le dijo Villegas, y a Melico le tocó disparar al sur, hacia los cerros azules de Escazú, y la pistola de cacha negra.

III

El relato de Pinaud

El recuento de los hechos

Casi a las seis de la tarde volvió de la última sesión con Ofelia Corrales, acompañado de su amigo Porfirio Molina. La noche estaba húmeda y desde el Torres se elevó un ligero rumor de aguas revueltas y a la lejanía el golpeteo rítmico de las carretas. A pesar del escalofrío que lo sacudió al recomponer su rostro en el vidrio biselado de la puerta, que separaba la cocina de la cochera, se repitió una vez más que no le temía a nadie, que no había nacido un hombre a quien pudiera temer. Para apuntalar la confianza palpó con delectación la cacha fría y precisa del revólver que portaba bajo la guerrera y se alisó el lado derecho del pantalón hasta ocultar por completo la caña de la bota, donde guardaba una diminuta Remington 95 dentro de la media. Sorbió de un solo trago el Hennessy que había entibiado entre los dedos y se aprestó a enfrentar el destino.

A las 6:25 p.m. se preparó el cambio de guardia en la Penitenciaría Central y como todos los domingos los carretones se dispusieron a pernoctar en el Paso de la Vaca hasta la mañana siguiente, cubiertos de sacos de gangoche, cuando iniciarían el lento trajinar hasta el Mercado de Carretas. A la misma hora, el capitán Monroe del carguero Metapán, de la United Fruit Company, se comunicó en inglés con el comandante de puerto, Antonio Castro Cervantes, y le reiteró que al día siguiente esperaba la llegada del presidente y de su familia para dar el zarpe y llevarlo a Jamaica.

Un poco antes de las siete las luces de la calle 3 seguían apagadas y la visibilidad era escasa a pesar de la luna llena. Un remanente a azufre invadía la atmósfera por las erupciones volcánicas que arreciaban desde enero de 1918. La expectación era enorme. Al día siguiente los Tinoco abandonarían Costa Rica sin haber resuelto la incógnita de la sucesión presidencial, aunque todos daban por un hecho que el primer designado, Juan Bautista Quirós, asumiría el cargo de forma permanente hasta 1923 para evitar el desembarco de las tropas yanquis y un conflicto mayor con Nicaragua.

Cuando la iglesia del Carmen marcó las siete de la tarde, por lo que serían las 6:45 o 6:50 en un reloj que calculara con exactitud el tiempo, según el parte policial, el general Tinoco recibió una llamada telefónica del ministro de Hacienda, Franklin Jiménez, y abandonó intempestivamente su casa de habitación. Ante las protestas de su hijo Joaquín, que lo retuvo de la mano en la puerta de la cochera rogándole que esperara a Morúa, el general llamó a su asistente y le indicó: "Quédese con Quincho, Luna". Morúa, su chofer de confianza, volvería en cualquier momento con la intención de llevarlo a la casa de Juan Bautista Quirós, donde se encontrarían con Jiménez a planear los últimos detalles de la comitiva presidencial que abandonaría el país en unas horas.

Sin dejar de darle la mano a su hijo, que le llegaba a la cintura y a la banda militar cruzada sobre el pecho, Tinoco le indicó al Tuerto Valverde y a Pico de Lora que lo siguieran a corta distancia. Desde el levantamiento de Fernández Güell, las manzanas del barrio de Amón cercanas a la casa de los Tinoco Lara estaban resguardadas día y noche por un policía de ronda que cada 15 minutos pasaba por la avenida 9. El mes de julio la tensión en el país había cedido ante el rumor de que los Tinoco dejarían el poder y en agosto el rumor se convirtió en la certeza de que se iban del país el lunes 11. Ese domingo, por lo tanto, Tinoco redujo drásticamente su seguridad personal para instalar las tropas en la Estación del Atlántico, al día siguiente, y en un convoy militar que se adelantaría a su llegada al puerto de Limón, para anticipar cualquier incidente en el camino.

El niño insistió en que no lo dejaran solo y se resistió a soltar la mano del general.

—Voy a adelantarme a encontrar a Morúa —dijo Tinoco de forma enérgica al tomar la acera oeste de la calle 3.

Miró a su hijo por última vez y continuó hacia la avenida 7. El niño quiso soltarse de la mano del capitán José Luna, quien lo retuvo, e interpretó una rabieta que no le dio resultado.

—Voy a pedirle al coronel Esquivel que lo meta en la cárcel porque no me hizo caso —reclamó ante la sonrisa de Luna.

El Tuerto Valverde bajó 50 metros hasta colocarse en la esquina de la avenida 9, donde lo esperaba Berrocal, el temible Pico de Lora, y ambos se aprestaron a seguir al general Tinoco por la pendiente de la calle 3. A mitad de la cuadra, Tinoco le cedió el paso a su vecino Porfirio Morera, quien llevaba a su hijo menor en brazos y a otro tomado de la mano. Por un instante bajó a la cuneta encharcada y sin pavimentar y siguió caminando. En la esquina que hace escuadra entre la avenida 9 y la calle 3 esperaban reclinados contra la pared blanqueada y desconchada de la Cafetería Española un adolescente, Nogui Fernández, Custodio Lizano, conocido como Burgos, y el asesino, a quien el coronel José María Pinaud llamó "el hombre del sombrero negro".

El asesino, según lo relató Fernández a Pinaud en mayo de 1920, se asomó por la puerta principal de la Cafetería Española, situada en el vértice esquinero, y se percató de que Tinoco avanzaba lentamente a su encuentro. Se deslizó por el interior del establecimiento y se colocó en la sombra del cajón de puerta sobre la avenida. Tinoco alcanzó la esquina sin sospechar nada y cuando estaba a punto de cruzar la calzada el asesino salió de su escondite y se situó detrás de Burgos. "Todo ocurrió muy rápido, de modo casi imperceptible para el ojo humano", le dijo Fernández, "y lo único que puedo hacer es una reconstrucción de los hechos". Deslizó su mano derecha sobre el hombro de Burgos, usándolo para calcular a la perfección la trayectoria del disparo, y al tener a Tinoco a tiro a menos de metro y medio exclamó:

y disparó.

Disparó una sola vez.

Apuntó al ojo.

Corrigió en una fracción de segundo el recorrido.

Quizá por los nervios.

O por haber entrevisto a los guardaespaldas que se acercaban.

Y disparó.

La bala ingresó a unos milímetros del ojo derecho.

Disparó de nuevo.

Esta vez falló.

Aún con el niño en brazos, Morera rebuscó en el pantalón el juego de llaves y en el momento en que le dio la vuelta a la cerradura para entrar en la casa escuchó dos detonaciones y divisó al general Tinoco caer fulminado en mitad de la avenida, a 40 metros de donde él estaba. Un segundo después se estremeció por el fogonazo del tercer disparo, que relampagueó en la oscuridad. Contempló en cámara lenta al Tuerto Valverde y a Pico de Lora correr desesperados desde la esquina de la avenida 9 al tiempo que un hombre, a quien reconoció como José Agustín Villalobos, giró en un movimiento de tornillo hacia la pulpería La Marinita, del otro lado de la calle. El hombre dio media vuelta y se precipitó en carrera hacia el este, tomando la dirección del parque de la Fábrica, con el sombrero en la mano.

Inmovilizado por lo que acababa de suceder, Morera no atina a decidir qué hacer con los niños cuando lo aborda Merceditas de Tinoco. Los esbirros y gendarmes, alertados por el tiroteo, pasan como una tromba al lado de ambos y dos de ellos inician una persecución sobre la avenida 9 que resultará infructuosa. Merceditas le suplica que la acompañe hasta la esquina para saber qué sucede, porque ella no ha visto nada, y él accede después de dejar a sus hijos con su esposa. Avanzan sobre la acera y en la penumbra descubren la escena.

Morera dará la primera descripción fidedigna de la disposición del cuerpo de Tinoco: "Don Joaquín estaba tendido en el suelo, muerto ya, con una pierna sobre la otra, la guerrera desabrochada y la mano derecha sobre la cintura".

Nogui Fernández, entonces un adolescente, declaró que el asesino disparó una vez y el balazo percutió con violencia en el rostro de Tinoco, quien antes de desplomarse se tambaleó por un instante. El asesino saltó al centro de la avenida, apuntó de nuevo y disparó por segunda vez. No dio en el blanco. Tinoco cayó de lado, con el rostro hundido en un charco de sangre. El asesino se cercioró de que hubiera muerto y al oír las pisadas apresuradas de los esbirros se lanzó a correr.

Unos metros más adelante, casi en mitad de la cuadra, volvió a disparar. Ése fue el tercer disparo. Después hizo otro, que no todos los testigos alcanzaron a escuchar.

Tinoco trató de reaccionar en el momento en que se vio amenazado por la pistola que lo apuntaba y la inminente salida del proyectil. Fernández declaró que "hizo el intento por desabrocharse la guerrera y sacar su revólver, con la mano derecha".

Ése fue el segundo en que Joaquín Tinoco fue mortal.

El parte policiaco, porque el doctor Barrionuevo no pudo realizar una autopsia formal, consignó que "el plomo salió por la parte posterior de la cabeza destrozada. La materia gris quedó sobre el polvo de la calle".

Luna, Valverde y Berrocal permanecieron junto al cadáver mientras dos esbirros más, Juan Muñoz y Francisco Solórzano, corrieron tras el asesino, quien disparó de nuevo para disuadirlos. Aunque lo observaron con detalle, sin lograr identificarlo, y abrieron fuego a discreción en tres ocasiones, la cacería se detuvo porque un vecino, Alberto Aragón, recogió a su hijo en medio de la balacera. Los indicios del hombre del sombrero negro se perdieron en la noche para los perseguidores. Pero no para la historia.

Aragón, que rescata a su hijo, declara tres días después en la última edición de *El Noticiero*, que deja de publicarse en cuanto Pelico Tinoco abandona el país. Cuenta que a las siete de la noche su hijo jugaba en medio de la avenida 9 y "oí una detonación seca, como la de un tiro de revólver. En el acto me asomé por la ventana y en la semioscuridad pude observar que una persona caía derribada en la esquina de la Cafetería Española".

No escuchó el segundo balazo contra Tinoco aunque se percató de que su hijo corría peligro porque el asesino avanzaba hacia ellos por la acera del frente perseguido por los dos detectives. Buscó al niño, lo metió en brazos al interior de la casa y volvió a la calle en el momento en que el asesino disparó a los perseguidores. "Yo traté de intimidarle", declara luego, "y el sujeto me amenazó con el revólver, por lo cual no pude enfrentármele".

La reconstrucción del encuentro entre Aragón y el asesino dio motivo a múltiples interpretaciones y en algunas se incluyen las presuntas palabras del atacante, "¡Apártese!" o "¡Quítese, don Alberto, o lo mato!", pretendiendo insinuar que ambos se conocían previamente. Sin embargo, son especulaciones ya que en ningún momento Aragón registra dicha exclamación.

Una vez a salvo, Aragón se encamina a la esquina de la Cafetería Española, reconoce el cadáver y apostilla: "Traté de incorporarlo, pero comprendiendo que estaba muerto, lo dejé en el mismo sitio. Tenía la cara y la cabeza cubierta de sangre. El kepis y la tahona también lo estaban; recogí estos objetos y los llevé a casa". "Años después visité a Aragón", escribió Pinaud, "y en la sala de la casa permanecían el quepis y la tahona de cuero, como reliquias inalterables de un rey muerto".

Muñoz y Solórzano, los dos sicarios que perseguían al asesino, se detuvieron ante la casa de Aragón y contemplaron una sombra que se difuminaba en un zigzag atropellado sobre la avenida. No prosiguieron la cacería quizá porque prefirieron regresar con Berrocal y Valverde y reunir más fuerzas para organizar una batida que le cerrara las vías de escape al barrio de Otoya y Aranjuez, por donde presumían que pretendía escaparse, o por los múltiples trillos y pozas en el río Torres que conducen del barrio de Amón a la carretera de Guadalupe y calle Blancos.

Aragón tampoco pudo reconocer al asesino. Consignó que llevaba "el revólver en la mano y el sombrero en la otra" y que "era de mediana estatura, moreno al parecer, pues en la semioscuridad sólo se distinguía su silueta", igual como harán otros testigos que declaran entre mayo y julio de 1920. En la entrevista para *El Noticiero*, Aragón observa que el homicida cruza la calzada en diagonal y dobla en la esquina siguiente, en la calle 5, donde se encuentra con un cartero que extrae la correspondencia de un buzón. El cartero, aunque ignorante del incidente, se siente amenazado por la aparición repentina de un hombre con pistola y se esconde en un cajón de puerta.

El asesino se evade entonces al norte, hacia el Frontón Bety Jai, donde se juega pelota vasca, o desciende a la avenida 11 y al meandro de callejuelas en espiral, de difícil escapatoria, que rodean el cañón del río Torres. En esos 100 metros de feroz huida, que deciden su suerte, también lo aperciben dos vecinas más, Lía Soto Carvajal y María Isabel Carvajal, pero Güell escribe que no las llama a declarar en 1920 porque "las dos mujeres, ambas maestras, una de ellas conocida como Carmen Lira, participante de las protestas contra el régimen de los señores Tinoco en junio de 1919, se hallan ausentes del territorio nacional".

Del Frontón Bety Jai, en el cruce entre avenida 9 y calle 5, el vestigio del hombre se esfuma y reaparece más de medio año después en las manifestaciones de tres vecinos del barrio de Amón, Célimo Páez, su esposa Angelina y Jorge Pinto, quienes lo ubican entre las siete y las ocho de la noche frente a la casa del doctor Pánfilo Valverde, en calle 9, a tres cuadras largas del lugar de los hechos. La calle no tiene otra salida que el solar de Valverde, que colinda con los acantilados del río Torres y el parque Bolívar. Por lo tanto, a primera vista el terreno parece "una verdadera trampa sin salida". Los tres lo identifican como José Agustín Villalobos a pesar de no haberlo conocido antes, del nerviosismo que causa toparse de frente con un desconocido que en el colmo de la excitación corre con un revólver en la mano y la oscuridad predominante, que borra y distorsiona las formas y la memoria.

Las declaraciones fueron recogidas por los detectives José Feith, José María Castillo y Rafael Padilla en un informe que preparó el coronel Güell para el presidente saliente Francisco Aguilar Barquero, en mayo de 1920, y que a su vez recogió José María Pinaud, quien asumió el cargo de director del Cuerpo de Detectives ese mismo mes, en la administración de Julio Acosta.

La localización del hombre del sombrero negro en el solar del doctor Valverde no parece casual. Aun cuando éstos y otros testimonios insisten en incriminar a Villalobos sin asomo de duda, también atraen la atención hacia otro sospechoso, mucho más conspicuo. Valverde es el suegro de Julio Esquivel, el inestable amigo del general Tinoco, "siempre a punto de estallar como un cartucho de dinamita, sacando su revólver a la menor oportunidad contra cualquiera para luego retractarse bañándose en lágrimas de arrepentimiento", como lo describe su hermano Jaime. Una semana después del homicidio, Esquivel se convierte en uxoricida, en palabras de Pinaud. En un ataque de celos, precedido por 13 años infernales para la esposa, Adelia Valverde, Esquivel asesina a su mujer delante de los tres hijos de ambos, disparándole a sangre fría dos tiros, uno en la garganta y otro en la cabeza.

Los Páez y don Chocho Pinto vieron al hombre del sombrero negro saltar la verja sur de la casa del doctor Valverde "con alguna agilidad y ligereza admirable" y por ese motivo se aprestan "a dar cuenta al doctor, creyendo que se trataba de algún ladrón que huía o intentaba asaltar su casa, en horas en que él comía, pero con asombro vimos, cuando se le fue a buscar, que había desaparecido, entre tapias, por el Parque de Bolívar". La facilidad con la que el desconocido actuó dentro de la propiedad de Valverde, para no despertar la ira de sus perros, los enfermizos ataques de celos de Esquivel y reiteradas amenazas de muerte contra su mujer y la fama de "donjuanesco galán" de Tinoco hicieron que las conjeturas se inclinaran hacia Esquivel. Sin embargo, nadie identificó a Esquivel en la escena de los hechos aun cuando la investigación de Pinaud arrojó "una motivación radical, absoluta, para cometer el homicidio, tratándose de un hombre perturbado como él".

En el instante del magnicidio, en la esquina de la Cafetería Española, Nogui Fernández y Custodio Lizano, los únicos testigos directos del hecho, aprovecharon la confusión para escapar corriendo de la escena y así lo admitieron al día siguiente. Nogui vivía con su familia a mitad de la misma cuadra y declaró ante el Juez Primero del Crimen que nunca en su vida había visto al asesino y fue liberado de inmediato. Un año después le confesó al coronel Pinaud que por instrucciones de su padre, Lucas Fernández, uno de los constructores del Teatro Nacional, dijo que no reconoció al asesino aunque lo había visto "un par de veces antes", detenido en la misma esquina. Pinaud insistió y la única respuesta que obtuvo es que tenía los labios sellados por la promesa hecha a su padre.

Lizano, a quien todos llamaban Burgos, pasó la noche escondido en los lavaderos del Padre Umaña, a unas cuadras del lugar del suceso, donde desde niño se ganaba la vida lavando ropa. Después de rendir testimonio fue arrestado en la Penitenciaría Central y permaneció en el panóptico, a pesar de los recursos de hábeas corpus que se interpusieron a su favor, durante la efímera administración del general Juan Bautista Quirós. Salió de prisión en septiembre de 1919, cuando llegó a la presidencia Francisco Aguilar Barquero.

Fernández, Burgos y Aragón se negaron a reconocer a Villalobos como el hombre del sombrero negro que se encontraba en la esquina de la

Cafetería Española. Fernández lo había visto antes, en los alrededores e incluso en el mismo lugar, en varias oportunidades, pero no el 10 de agosto. El único que sí lo hizo, y que además lo conocía de antemano, con suficiente solvencia, fue Porfirio Morera. Bajo juramento atestiguó que "al pasar por la propia esquina del acontecimiento, vi a una persona recostada al riel o poste que está en dicha esquina noroeste del lugar; el individuo estaba de pie y con el ala de su sombrero agachada. Yo le miré y lo reconocí enseguida: era José Agustín Villalobos, a quien conocía desde muchos años, asimismo que a su familia. Yo saludé a Agustín, diciéndole solamente 'aló', y él nada me contestó, simplemente me miró y se sonrió, levantando ligeramente la cabeza".

Más adelante, en la misma declaración, confirma que después de escuchar dos tiros observa "hacia la esquina de la cafetería donde estaba Agustín, y vi caer a tierra al señor Tinoco: en ese mismo instante otra detonación y vi el fogonazo de ese tercer disparo, y advertí que lo hacía desde la calle, yendo de reculada un individuo que reconocí ser el mismo Agustín". Empero, escribió Pinaud, Morera no vio el arma en la mano de Villalobos ni observó que la accionara. Los únicos que pudieron haberlo visto fueron Fernández y Burgos, quienes no lo conocían con anticipación, y que por tanto eran incapaces de identificar al hombre en la esquina con Villalobos. O al menos eso aseguraron. Nueve meses después, cuando Pinaud los confrontó con la fotografía de Villalobos y sus señas personales

—"1.72 cm, complexión gruesa, rubio, ojos castaños, lampiño"—, tampoco lo reconocieron.

Pinaud no llamó a declarar al expresidente Juan Bautista Quirós, como tampoco a su hijo Beto, uno de los primeros que llegó junto al cadáver y sufrió una conmoción al verlo. Franklin Jiménez, la última persona que habló con Tinoco antes de que saliera de su casa, vive exiliado en París con Pelico y Mimita y, por lo tanto, su testimonio es imposible de recabar.

En 1921 Pinaud le envía un citatorio a Enrique Clare a Panamá, quien espera que la turbulencia política se apague para regresar a Costa Rica, y para su sorpresa le responde. Clare niega enfáticamente que haya sido Julio Esquivel, "a quien ya no se le pueden sumar más desgracias en la vida después de la tragedia que vive él y su familia", le escribe, y se inclina por Villalobos como responsable del asesinato. Clare insiste en que fue él y no Jiménez la última persona con la que el general Tinoco mantuvo una conversación extensa: "Tratamos un asunto de índole económica, de urgente resolución, pero en el curso de la entrevista no logramos llegar a un resultado; en consecuencia, concertamos una segunda entrevista para esa misma noche. Joaquín estaba precisado de ir a la Dirección de Detectives y me pidió que lo acompañara, pero yo me excusé por estar urgido de llegar a comer a mi casa". Clare estaba casado con María Jiménez, hermana de don Lico Jiménez Ortiz, codueño del diario *La Información* y exministro de Hacienda de Tinoco, y las dos familias compartían el infortunio del destierro en la ciudad de Colón, Panamá.

Clare le cuenta al final de la carta: "Cuando fui a buscar a Joaquín, el domingo por la tarde, a 150 varas de distancia de su casa en el barrio de Amón y sentado a la orilla de la acera, pude observar la presencia de un sujeto que llevaba el revólver metido en la faja. Consideré que era uno de los guardias personales del Ministro de Guerra y no dije nada. Después reconocí en ese tipo misterioso a José Agustín Villalobos".

Las diferencias entre Villalobos y Esquivel como potenciales asesinos son notorias, pero las más significativas no eran individuales —la personalidad patriótica o fanática del primero, según quien lo mire; la personalidad trastornada del segundo— sino políticas. Villalobos estaba muerto, ya no podía defenderse ni condenarse a sí mismo y eran otros los que hablaban por él. Se había convertido sin querer en uno de los centros de la discordia entre los antiguos revolucionarios, que pretendían convertirlo en héroe, y los nuevos gobernantes, que no deseaban glorificar "a un homicida, aunque hubiera sido un tiranicida", como le escribió a Pinaud el ministro de Gobernación y Policía, Claudio González Rucavado.

Sin pelos en la lengua, como siempre lo hizo, Jorge Volio defendió el punto de vista adverso: "Las mismas religiones autorizan, implícitamente, la muerte violenta para el tirano. Así la Biblia bendice el nacimiento de David que libró al pueblo de Israel matando a Goliat; bendice a Judit porque habiendo asesinado a Holofernes libró a la ciudad de Betulia de la esclavitud".

Pinaud entendió que su tarea no era encontrar al asesino "ni mucho menos revolver el inmundo cieno acumulado en el fondo del río Torres". El mandatario Julio Acosta lo conminó con su beatífica retórica: "La serena mansedumbre para afianzar la armonía de la familia costarricense, turbada en ocasiones por los vaivenes de la política, impone la mayor prudencia y moderación". A partir de 1920 tanto el presidente transitorio Aguilar Barquero como Acosta, que ocuparía la jefatura de Estado hasta 1924, rechazaron cualquier vinculación pública con Villalobos y negaron haber escuchado de su boca los detalles del magnicidio. Aun así, el gobierno de Aguilar Barquero lo contrató como supervisor de granos en la región del Pacífico, antes de morir ahogado en Puntarenas, y varios testigos corroboraron que Acosta lo recibió al entrar a San José como general triunfante de una revolución fracasada.

El diputado José María Zeledón abogó por una pensión de guerra para la madre de Villalobos, doña Fidelina Barquero, por los actos heroicos de su hijo, y ante la dificultad de confesar lo inconfesable —e indemostrable— y la abierta oposición de Acosta "a recompensar a un asesino", el Congreso aprobó un estipendio de 50 colones a la señora por su contribución a la derrota de la dictadura.

Dies irae

Las jardinerías de San José abrieron a las ocho de la noche del domingo 10 de agosto y cuatro horas después ya habían agotado los arreglos florales disponibles. Los pedidos se extendieron a las ciudades de Heredia y Alajuela y a las fincas de Cartago y dejaron vacías las funerarias del país durante una semana. Las exequias del general José Joaquín Tinoco desbordaron de flores el salón de sesiones del Palacio Nacional, la nave mayor de la iglesia catedral y 15 landós de coronas que remataron el cortejo fúnebre.

Una vez que el nuevo ministro de Guerra, general de brigada Víctor Manuel Quirós, asumió el cargo, los repartidores de telegramas trabajaron hasta las dos de la madrugada entregando los comunicados a los designados a la presidencia, miembros de los supremos poderes, Cabildo Eclesiástico, cuerpo diplomático y oficiales de alta graduación del ejército invitados a los funerales de Estado, que se llevarían a cabo con los más altos honores militares a la mañana siguiente.

Antes de que diera el alba, el padre Rosendo Valenciano, los presbíteros de la iglesia del Carmen y 20 soldados instalaron en la nave mayor de la catedral el imponente catafalco romano de bronce

—el *castrum doloris* o castillo de lágrimas— del sepelio del obispo Thiel, que no había sido utilizado desde 1901.

A las seis de la mañana en punto, tal y como esperaba Valenciano con el corazón compungido y expectante, la ciudad se sacudió de su sueño intranquilo con 11 cañonazos ininterrumpidos disparados desde la plaza de la Artillería, como obligaba la ordenanza general, anunciándole al mundo la trágica muerte del general de división. A una señal convenida, Valenciano desplegó la inmensa tela tricolor del pabellón nacional encima del túmulo y esperó a que las horas pasaran con exasperante lentitud, en lo que sería el oficio de difuntos más importante de su vida.

El corneta llamó a formación. La fanfarria desgarró el aire con una clarinada luctuosa. Dos horas después 2 000 soldados provenientes de los cuarteles Principal, Bella Vista y de la Artillería tragaban ansia, de pie y sin nada en el estómago. Uno junto a otro, como si fueran un solo hombre, presentando armas, gritó Quirós: "Quiero una escolta de honor al paso del desfile desde la capilla ardiente del Palacio Nacional hasta la salida de la misa de réquiem en la iglesia catedral". Hombro con hombro, como uno solo, la despedida final al héroe de la patria, al amigo inmortal, al general Tinoco.

El cortejo mudo encabezado por dos troncos de caballos cubiertos por capotas moradas de la funeraria Campos y la cureña con la caja mortuoria atravesó las ocho cuadras que separan la residencia del Palacio Nacional. Hasta el último momento se dijo que Pelico no acudiría a la ceremonia por razones de seguridad. Apareció una vez que el féretro fue instalado en el centro del salón, rodeado de candelabros, guirnaldas y banderas de Costa Rica. Asumió su lugar en la mesa del directorio, a la derecha de José Astúa, el presidente del Congreso, y del lado contrario se sentó Julio Esquivel, el prosecretario e íntimo de Joaquín Tinoco, quien no dejó de temblar durante el velatorio.

Astúa abrió la sesión solemne de las dos cámaras y permitió que los diputados y senadores se turnaran en grupos de cuatro en la guardia de honor, moviéndose cada cinco minutos alrededor del féretro en el sentido de las manecillas del reloj. A las 9:45 pronunció el elogio fúnebre reservando los silencios necesarios para permitir que la emoción reinante en la sala se dilatara con cada una de sus palabras: "¡Arriba los muertos! ¡Vamos a vencer! ¡Arriba los muertos!, como dijo el valeroso teniente Pericard el 8 de abril de 1915 en la batalla de Bols-brulé, reviviendo a sus compañeros moribundos, a pesar de estar herido de muerte, para repeler el ataque del ejército alemán. ¡Arriba los muertos!, nos dice el gran Joaquín Tinoco a todos los costarricenses. ¡De pie los muertos! ¡Despertad! Si ahora un solo extranjero siguiera atacando la integridad nacional, todo el pueblo estaría listo como un solo hombre para la defensa de Costa Rica y exclamaría como nuestro teniente Pericard, el gran general Tinoco. ¡Arriba los muertos! ¡Vamos a vencer! Su muerte no se olvidará. Joaquín Tinoco vive para Dios. Joaquín Tinoco vive para la historia".

El féretro salió del Palacio Nacional a espaldas de los diputados y bajo las notas de la *Marche funèbre* de Chopin y del "Dies Irae" del *Réquiem* de Mozart a cargo de la banda militar de Roberto Campabadal. La caja mortuoria cubierta de banderas ocupó el centro de la nave mayor en un largo desfile militar que tuvo como culminación la imagen compungida de los rostros de los coroneles Alfredo Mora y Pepe Feo, que portaron el bicornio y la espada del general caído en almohadillas de terciopelo.

Para marcar la trascendencia del momento, la orquesta de Alvise Castegnaro y un grupo de solistas interpretaron el canto gregoriano *In Paradisum*, el réquiem *Recordare*, la *Misa* de Campabadal y el himno latino *Dies Irae* o *Día de la ira*. Campabadal y sus 20 músicos se instalaron en el coro y al maestro le correspondió la ejecución del órgano, como había sido cuidadosamente ensayado desde las seis de la mañana.

Valenciano y el jefe de protocolo, Gonzalo Fernández Le Cappellain, el hermano de Mimita de Tinoco, separaron a los invitados especiales en dos grupos. Los presidentes de la República, del Congreso y de la Corte Suprema de Justicia, los ministros y representantes del cuerpo consular ocuparon su posición en el llamado lado del Evangelio, al costado del Sagrario, mientras que el lado de la Epístola, en dirección al Palacio Episcopal, fue para los diplomáticos, magistrados, diputados, senadores y gobernadores de las provincias.

El centro de la catedral, frente al inmenso catafalco, se reservó para el Estado Mayor del Ejército y la Casa Militar de la Presidencia, quienes se mantuvieron en guardia permanente en cada extremo del túmulo. El único que tuvo libertad de movimientos fue el fotógrafo Manuel Gómez Miralles y su equipo de ayudantes, que inmortalizaron el tránsito entre el día y la noche, como quería Tinoco.

A las 11 a.m. el final de las exequias fue señalado por el bis de la *Marche funèbre* de Chopin y las campanas repicando a muerto. El féretro salió alzado por una multitud de brazos de la catedral y depositado de vuelta en la cureña bajo el estruendo de las salvas de honor disparadas por las baterías de artillería ubicadas en el Parque Central.

El cortejo tomó la avenida 2 y al son del *Duelo de la Patria* de Rafael Chaves se inició la larga peregrinación hacia la morada eterna en el Cementerio General, en el siguiente orden y en estricto apego a la ordenanza del servicio de campaña: el general Fernando Cabezas y los coroneles Mora y Feo a caballo al frente de la tropa, el corneta, el abanderado, 2 000 soldados de infantería, las secciones de policía, la Casa Militar de la Presidencia, seis baterías de artillería, la cureña con la caja mortuoria cubierta por el pabellón nacional, el caballo del general José Joaquín Tinoco con su espada y uniforme de gala, la familia doliente, los representantes de los supremos poderes, el cuerpo diplomático y consular y el alto clero. Doce oficiales del Estado Mayor colocados en filas escoltaron a los ministros que portaban los listones de duelo.

En el Cementerio General se interpretó el Himno Nacional ante la multitud aglomerada frente a la bóveda de los Tinoco, y se le rindieron honores militares y las últimas salvas de honor. Una hora después los sepultureros y empleados de la funeraria Campos seguían recubriendo la tumba con las ofrendas florales recibidas, que tardaron pocos días en marchitarse.

El clavo de fuego

El martes 12 de agosto, a las seis de la mañana, nos fuimos a la Estación del Atlántico a tomar el tren a Limón. Salí de la casa del barrio de Amón, donde había vivido siempre, como si saliera de mi infancia y todo quedara atrás, en el pasado, dentro del cadáver de papá. Antes de entrar en el carro de Morúa me escapé y regresé corriendo a la casa. Quería despedirme una vez más. Recorrí por última vez el patio cuyo extremo llevaba a la acequia de ladrillo y a la alcantarilla que desaguaba al interior de las casas vecinas.

Me quedé unos segundos oyendo el hilo de agua subterránea que me trajo una vez más la voz de papá. He soñado con esa acequia y con esa voz ausente toda mi vida. Ese último día el patio estaba cubierto de papeles recién quemados, que humeaban y despedían un tufo a canfín, muebles viejos y cajas vacías de municiones que me hicieron llorar. Fue la única vez que lloré.

Al correr por la superficie irregular del patio me introduje un clavo en el pie. Recuerdo aún el ardor instantáneo en la planta como una quemadura de pólvora o el piquete de un alacrán y el terror al identificar una palabra que ya conocía, que había oído en alguna parte, tétanos, y que desde ese momento no pronuncié jamás por miedo a la enfermedad.

Me arranqué el clavo de la planta del pie y nunca más volví a ver atrás. Todo quedó en el pasado.

Presa del pánico, no del dolor, volví al carro con mamá, Roxana y Aziyadée sin decir nada, seguro de que había contraído un mal incurable. Al arrancarme el clavo me arranqué la infancia. Ése fue el testamento de mi padre sobre la piel. Una llaga invisible. La herida de la muerte de papá, la cicatriz que marcó mi vida cuando papá dejó de existir.

A veces he creído que me quedé encerrado en esa última vuelta por el patio de la casa del barrio de Amón, donde nunca más volví o no quise volver. Encerrado en un tiempo muerto. A veces he creído que también me mataron a mí cuando asesinaron a mi padre, pero entonces vuelvo a oír el hilo de su voz que reverbera en el agua de la acequia. No es su voz, es otra.

Sé que ya no puedo recuperar el sonido original y que no queda ningún lugar al que pueda regresar.

Grande finale

El martes 12 de agosto de 1919, a las 3 p.m., Pelico Tinoco aborda el vapor *Zacapa* rumbo a Kingston, acompañado de un numeroso séquito:

Mimita Fernández de Tinoco, su señora esposa;

Merceditas Lara de Tinoco, viuda de José Joaquín Tinoco, y sus tres hijos, Joaquín, Roxana y Aziyadée Tinoco Lara;

Teniente Sigifredo Tinoco Robles, hijo del general Joaquín Tinoco;

Diputado Jorge Lara Iraeta, hermano de Merceditas Lara, viuda de Tinoco;

Rodolfo Lara Iraeta, cónsul general en Liverpool con residencia en París;

José Antonio Lara Iraeta, administrador de la Fábrica Nacional de Licores;

Exministro Franklin Jiménez, cónsul general en Roma y secretario de la Legación de Costa Rica en España, y su señora esposa, doña Luisa Moreno de Jiménez;

General Roberto Tinoco, cónsul general en Marsella;

Coronel Guillermo Tinoco, administrador del Ferrocarril al Pacífico, diplomático asignado en Europa;

General Samuel Santos, cónsul general en Burdeos;

Coronel Jaime Esquivel Sáenz, comandante de la Tercera Sección de Policía, diplomático asignado en Europa;

Coronel Mariano Solórzano, cónsul general en Barcelona;

Rafael Calderón Muñoz, cónsul general en Bruselas;

Teniente coronel Miguel Ángel Guardia Tinoco, agregado en Roma y París;

Tomás Guardia Tinoco, agregado en Roma y París;

Viriato Figueredo Lora, cónsul general en Ginebra;

Teniente coronel Gonzalo Fernández Le Cappellain, edecán presidencial;

Enrique Clare y María Jiménez Ortiz de Clare;

Francisco *Paco* Soler, escritor y periodista;

Señorita Ofelia Corrales.

Para no ser atacada por las turbas, la egregia comitiva arribó a la Estación del Atlántico escoltada por la policía. El paso por la ciudad de Cartago, donde la familia presidencial ha sido injustamente desacreditada, fue vigilado por gendarmes colocados en fila a 100 varas de distancia entre sí, en la vecindad de las vías ferroviarias, para prevenir abucheos y deplorables manifestaciones del populacho. La comitiva se desplazó en tres trenes separados por media hora cada uno. El primer convoy llevó tropas y armamento pesado, antídoto para cualquier incidente pernicioso que contraviniese el orden público y el "espíritu ordenado y pacífico, de sangre gallega, de un tranquilo pueblo de agricultores", como escribió Rubén Darío sobre Costa Rica. En el segundo convoy viajaron los amigos del presidente y en el tercero la familia Tinoco.

A las 3 p.m., en reunión solemne de la Cámara de Diputados, se decretaron tres días de duelo nacional y la suspensión de sesiones en el Congreso hasta el lunes 18 de agosto. Dos días después el Parlamento aceptó la renuncia definitiva de Tinoco a la presidencia de la República y la designación del general Quirós.

A su llegada a Kingston don Federico Tinoco debió salir al paso de las acusaciones vertidas en un cable infamante de la Prensa Asociada, proveniente de Nueva York, el cual divulgó al mundo que en sus baúles cargados de dinero se encuentra una suma que asciende a varios millones de dólares. "Nada más falso. Esa es una bajeza cuando lo único que he hecho es consagrarme al servicio de la patria", declaró el ilustre expresidente antes de zarpar a Garston, Liverpool, en un vapor británico. Uno de sus íntimos amigos, preocupado por la dispersión de tales especies calumniosas, confirmó que los gastos de representación que lleva el señor Tinoco para suplir sus nuevas obligaciones en Europa no ascienden a más de $200 000.

Los puestos y los gastos de representación de los diplomáticos que acompañaron a Tinoco, que ascendían a $25 000, fueron revocados por el presidente Francisco Aguilar Barquero el 13 de septiembre.

Todos los caminos llevan al río Torres

Nueve meses después del asesinato el coronel José María Pinaud volvió a la Segunda Sección de Policía. La comandancia había sido despojada a conciencia por los esbirros en los últimos días de la dictadura y un característico hedor a mierda ascendía desde las mazmorras y las alcantarillas que desaguaban en el río Torres. Las catacumbas, calabozos y pudrideros subterráneos exhibían aún los signos del horror tinoquista y no le agradó regresar al lugar en el que fue torturado. Traspasó con repulsión las puertas metálicas, la jaula y el puesto de vigía donde encontró el libro de entradas y salidas cuya última anotación se detuvo el 30 de agosto del año anterior, a las 11 a.m.

Por el suelo sorteó retratos de Pelico pisoteados, ropa hecha jirones y papeles a medio quemar. Una de las órdenes intactas resumía en clave las instrucciones precisas para las Gatas, las esbirras que vigilaban a los opositores o les servían de acompañantes, dependiendo de la necesidad de cada uno y cada cual, y que reconoció como escrita de puño y letra del generalísimo José Joaquín Tinoco:

> P.R. para R.I. – J. Ch., para F.G. Buscar una amiga para A.A. – T.A. para C.G. – Conseguir

una sirvienta para Dr. Cle – A.M., para A.N. – Conseguir una española para Anastasio – R.V., para Fabio – J.M. para Dr. D. – M.C., para ?? [nombre borrado] – C. para Víctor

Habían desaparecido 30 vehículos pertenecientes al gobierno y la armería, como era de esperarse, también fue vaciada. Con el expolio de armas largas, casi todas revendidas a Miguel Borrás, el armero preferido de los Tinoco, los esbirros financiaron su fuga a Panamá después de la desbandada general que provocó la llegada al poder de Chico Aguilar Barquero.

Patrocinio Araya fue el primero en escapar, quizá presintiendo el desenlace fulminante de la dictadura y el rosario de muertos que cargaba a sus espaldas. Él, su hermano, al que llaman el Gato Araya, Arturo Villegas, Manuel Valladares y una fulana conocida como Amelia o Amalia María, llegaron el 23 de agosto a Bocas del Toro con intenciones de zarpar al día siguiente a Colón, en la lancha de la United Fruit Company. Se hospedaron en el hotel Panamá y el grupo despertó de inmediato la curiosidad de la población, que quiso conocer a "los asesinos del tico". El tico era el malogrado Fernández Güell, por supuesto. También se corrió la voz de que la mujer había matado a una gran dama cubana, amiga de José Martí. Se referían a doña Amparo López-Calleja y por fortuna fue un intento fallido, le relató Pepe Feith a Pinaud.

Los sicarios se encerraron en el segundo piso del hotel Panamá y no salieron ni a putas a pesar de los gritos de Yayo Rodríguez.

—Vení, malnacido. Asesiname a mí como asesinaste a don Rogelio, criminal de mierda —lo azuzó Rodríguez.

A las cinco de la tarde los esbirros salieron del hotel y se encontraron en el muelle de la compañía. Yayo era teniente de la Segunda Sección de Policía de San José y participó en la batida contra Fernández Güell en Buenos Aires de Puntarenas, bajo las órdenes de Araya. Sin embargo, se opuso al homicidio y desde entonces se la tenía jurada.

Se midieron en el atracadero y Yayo le rompió el hocico a Patrocinio a mano limpia. Villegas y Valladares, mientras tanto, sacaron sus armas y Yayo no se quedó atrás. Sacó la suya. Yayo los conocía bien y sabía de lo que eran capaces. No hay peor cuña que la del mismo palo. Volvió a gritarles: "Mátenme, cobardes. Criminales allá en Costa Rica, pero no aquí, en donde no tienen quien les acuerpe sus infamias".

Pero no hubo tiroteo.

—La próxima vez que te vea te voy a pegar un tiro —le dijo Patrocinio escupiendo dos dientes ensangrentados.

El alboroto fue grande. El pueblo de Bocas salió a disfrutar del linchamiento que pedían algunos. Pero tampoco hubo linchamiento.

La compañía informó que la lancha llegaría a las 12, ya para salir domingo, y los esbirros se regresaron al hotel a ver qué les deparaba la noche. Yayo no se separó de la plaza a la espera de que Patrocinio cumpliera su promesa. Dio vueltas, arrojó al suelo la cuecha de tabaco, rabiando su reconcomio entre gruñidos. "La ira santa, Macho", le dijo Feith a Pinaud. No hubo enfrentamiento. Patrocinio tenía miedo y no era para menos.

A las 12 salieron del hotel como habían llegado. Como sombras en la noche. Embarcaron y se fueron. El jefe de policía de Bocas telegrafió a la Dirección de Detectives de Colón y al presidente de Panamá avisándoles del cargamento de escoria que llevaba la lancha de la United. Cuando llegaron al puerto los estaban esperando. Hubo que contener a la gente para que no los colgaran de un almendro.

Muy poco se estuvieron en Panamá. Se fueron para Cuba donde nadie sabe quién es Patrocinio Araya ni sabe contar sus muertos, concluyó Feith.

Con el dinero obtenido gracias al robo de las comandancias y secciones de policía, los esbirros que siguen en el país contratan a uniformados para que los cuiden, se pasean a sus anchas por San José, cometen fechorías y se reúnen cada noche en la esquina de La Magnolia y de La Geisha a gritar vivas a Tinoco, explicó Feith. Pinaud contestó que con paciencia y prudencia el país volvería poco a poco a la normalidad sin venganzas, como deseaba el presidente Acosta.

En julio de 1920 Pinaud visitó al doctor Pánfilo Valverde en La Violeta, la vasta propiedad que se internaba en el río Torres en forma de península, por donde supuestamente había escapado el hombre del sombrero negro la noche del 10 de agosto. Valverde lo esperaba en la verja de entrada y recorrieron juntos 100 varas hasta la casona de la finca. El terreno se abismaba en una pronunciada pendiente que llevaba al playón arenoso y a los escarpados barrancos del otro lado del río, hasta la carretera de Guadalupe y los vericuetos de calle Blancos.

—Por aquí se escapó Villalobos. ¿No es cierto, Pinaud? —le dijo Valverde a rajatabla.

Valverde le entregó una bolsa de manta con "las pruebas", como las llamó. Pinaud examinó el zurrón sin encontrar la pistola, que era lo que esperaba. Y Valverde no sabía nada de ella.

Pepe Feith, Chema Castillo y Fellito Padilla se dispersaron por el solar colindante con la finca del presbítero Rafael Otón Castro y penetraron en la acequia conocida como "La Atarjea", siguiendo el trillo noreste que suponían que había tomado el asesino. La atarjea era un acueducto de ladrillo a cielo abierto construido por el beneficio Tournón, antes de que Amón Fasileau-Duplantier segmentara la hacienda de café para construir el barrio que lleva su nombre. Nacía al oeste del puente del ferrocarril, en barrio Otoya, corría a un lado de la plaza de la Fábrica Nacional de Licores y regresaba al río Torres. Abastecía el dínamo de la planta eléctrica de Amón, situada junto a la fábrica de hielo, lo que producía una caída de agua de 15 metros que se encauzaba de nuevo en la acequia.

Valverde confirmó que el 11 de agosto encontró cuatro indicios de la presencia del hombre del sombrero negro la noche del asesinato de Tinoco: una maceta quebrada, los cartuchos quemados de un revólver calibre 38, el rastro de sus huellas y el cedazo levantado por donde ingresó al parque Bolívar. En la declaración oficial fue preciso al asegurar que "amigo como soy de la investigación, yo efectué esa diligencia, dándome feliz resultado, pues se veía fácilmente donde el joven se detuvo frente a un palo de higuerón a botar los cartuchos quemados; donde subió por los paredones del parque Bolívar, levantó el alambre y dobló el cedazo, que aún se encontraba en ese estado cuando practiqué la diligencia apuntada".

Las "pruebas" del saco de manta eran, sin embargo, un tanto decepcionantes si se las comparaba con la elocuencia del relato del médico. Los fragmentos rotos de una maceta de barro, unos cartuchos viejos y un vaciado en yeso de las huellas no demostraban nada, salvo que pudiera cotejarlas con los zapatos auténticos de Villalobos. Quiso preguntarle al viejo doctor si pensaba que su yerno, Julio Esquivel, era en realidad el asesino de Tinoco, y no Villalobos, como todos insistían en creer, pero no quiso causarle esa pena. Valverde, a sus 70 años, atravesaba el calvario de enfrentarse con el abogado defensor del yerno para evitar que éste fuera declarado insano por psicosis hereditaria y, por lo tanto, exonerado de toda responsabilidad por el asesinato de su hija Adelia.

La acequia, como lo sabían muy bien los tres detectives, llevaba a las pozas Los Amigos, Las Margaritas, Las Presas y El Remolino, y el trillo para llegar hasta ellas era precisamente cruzando la propiedad de Valverde, como lo habían hecho muchas veces de niños. Dos horas después de rastrear la acequia con el agua hasta las rodillas emergieron con un arma calibre 38 en la mano.

Para su sorpresa, al revólver no se le habían limado los números de serie y exhibía con claridad las marcas de la Tercera Sección de Policía. Por lo tanto, quien arrojó el arma a la acequia era un policía o se la robó a uno. Padilla admitió entonces que no había sido la ruta seguida por el hombre del sombrero negro la clave para hallar la pistola sino la sesión de espiritismo del 10 de agosto en la casa del general Roberto Tinoco. Fellito había sido parte de la escolta de don Robertito, como le decían, y no se separó de él en toda la noche en que fue asesinado su primo José Joaquín.

La consulta a los espíritus se realizó casi a oscuras y Padilla se quedó afuera de la sala para impedir que nadie más saliera o entrara, ya fuera vivo o espíritu. No vio nada pero escuchó las variaciones tonales que asumía la voz de Ofelia Corrales y registró el momento en que mencionó que la verdad del asesinato estaba en una caja enterrada en el fondo del río Torres. ¿Qué quiso decir? Sin creer en brujerías, Fellito pensó con sorna en una cantina que él y otros policías frecuentaban en calle Blancos atendida por el alemán Lotz, y que algunos llamaban Hasta el Fondo y otros Corcor. Pensó en muchas cosas y supuso que el asesino o el hombre perseguido por los esbirros habría hecho lo que fuera para evitar lanzarse río arriba y sortear la temible poza del Mico, a 125 varas del puente de los Incurables, en la calle 23, porque se ahogaría debido a los remolinos tremendos que le habían costado la vida a decenas de desprevenidos, y decidió que el lugar elegido por el hombre del sombrero negro debía ser la atarjea, que presentaba un escape seguro por medio del trillo que atravesaba La Violeta de don Pánfilo, en un camino que él mismo había recorrido muchas veces para bañarse en las tranquilas y cristalinas pozas del Torres alejadas de los procelosos rápidos del Mico.

Antes de que Pinaud se marchara, don Pánfilo le rogó que interrogara a uno de los hijos de su íntimo amigo, el médico colombiano Roberto Cortés, quien sabía por boca de Villalobos los detalles del homicidio. Pinaud llamó entonces a declarar al joven abogado León Cortés, exgobernador de Alajuela, y después envió a sus hombres a que interrogaran a los amigos de Villalobos y al secretario de Estado Carlos María Jiménez.

Cortés conocía bien a la familia Villalobos, porque ésta había vivido en Alajuela durante mucho tiempo, aunque provenía de Santo Domingo de Heredia. Le contó a Pinaud que un mes antes del homicidio vio a Agustín Villalobos en El Coyol de Alajuela y le contó sus planes de asesinar a Tinoco como único recurso para acabar con la dictadura. La policía perseguía a Villalobos desde el 13 de junio de 1919, cuando estuvo a punto de asesinar a un gendarme durante el asalto a *La Información*.

Villalobos le relató a Cortés que ese día observó a un policía montado que perseguía a don Carlos

María Jiménez "con un revólver en una mano y una cutacha en la otra" para atropellarlo en la carrera y disolver la manifestación que se dirigía a *La Información*. Los testigos del hecho, Adolfo Sáenz, Jesús Pinto y Ramón Madrigal, aseguraron en una declaración posterior que "Villalobos se le lanzó al cuerpo con furia al policial, logrando tirarlo al suelo y recibiendo un golpe que le asestó con la cacha del revólver; ya en el suelo lo desarmó y golpeó de tal manera que aquél quedó exánime".

La multitud lo vitoreó y Pinto lo aclamó como "un héroe al que hay que ayudar". Villalobos reingresó en el taller de ebanistería, se probó el quepis delante de un espejo y con una amplia sonrisa le anunció a Sáenz que estaba dispuesto "a matar al verdadero tirano". Con el revólver que le arrebató al oficial añadió: "Éste será mi compañero en la vida y me servirá para matar a Joaquín Tinoco. El que intente quitármelo morirá con él". Acto seguido desplazó una lámina del cielo raso y ocultó en su interior la cruceta y el quepis y amartilló varias veces el arma para comprobar su funcionamiento.

Cortés y Villalobos hablaron durante una hora. El presunto asesino le dijo que "veía con profunda tristeza que un solo hombre, Joaquín Tinoco, fuera el alma del gobierno, se burlara de los costarricenses, los humillaba, los insultaba, los trataba de cobardes en toda ocasión, y nadie le saldría al paso. Que él quería ser el costarricense que vengara tales agravios, que, si bien comprendía que iba a morir en el lance, estaba resuelto a llevarlo a cabo".

Cortés vio en dos ocasiones más a Villalobos. El viernes 15 de agosto, cinco días después del crimen, se lo encontró en la calle de la Estación y Villalobos le dijo: "Ya ve que ejecuté mi plan y milagrosamente estoy vivo". Sin embargo, la conversación fue corta. Villalobos le reiteró que contaba con su absoluta discreción y no le ofreció más detalles del crimen que los que ya habían trascendido a la prensa o en los mentideros públicos. La última vez que se vieron realmente no se encontraron. El 2 de noviembre, en la celebración de los Fieles Difuntos, tres días antes de morir ahogado en Puntarenas, don Carlos María Jiménez y Villalobos salían del Cementerio General y Cortés ingresaba. Apenas tuvieron tiempo de saludarse con el sombrero. Cortés supuso que Villalobos trabajaba para Jiménez.

Ambos hechos fueron confirmados por Jiménez. Para agradecerle el gesto magnánimo de defenderlo el 13 de junio y "otras tareas revolucionarias", que no detalló, Jiménez lo recomendó ante el gobierno de Aguilar Barquero, en el cual don Carlos María se desempeñaba como secretario de Estado en los despachos de Gobernación y Policía. Villalobos fue nombrado inspector de granos en Puntarenas, donde encontró la muerte el 5 de noviembre del mismo año.

¿Villalobos asesinó a Tinoco? ¿Villalobos fue asesinado por esbirros leales a los Tinoco? Jiménez fue enfático al dar una respuesta que sorprendió a Pinaud: "José Agustín fue un muchacho muy bueno, valiente y honrado. No lo hizo por recibir ninguna recompensa sino por la restauración de la patria. Sabía que al matar a Joaquín Tinoco él también encontraría la muerte, como en efecto sucedió. Si lo hizo fue con la única esperanza de ver caer la tiranía y que, una vez que él faltara, la República velaría por su sagrada madre".

Pinaud se entrevistó con doña Fidelina Barquero de Villalobos y la señora le entregó una fotografía y una descripción precisa de su hijo: José Agustín, como su padre, apodado Macho o el Macho Villalobos por ella, rubio, 1.72 cm de estatura, ojos color del tiempo tirando a castaños, nariz recta y bien formada, boca pequeña, lampiño, grueso pero de andares bien proporcionados, de buen ver, porte elegante, formalito, alegre, siempre bien vestido. La fisonomía tampoco sirvió para identificar al hombre del sombrero negro. Ninguno de los nueve testigos que pudieron ser entrevistados y que lo observaron alejarse corriendo de la escena del crimen identificaron a Villalobos a partir de aquel retrato hecho de palabras o de su fotografía. La única excepción, de nuevo, fue Porfirio Morera, a quien no le hizo falta leer los rasgos físicos o ver su imagen para asegurar hasta el final de sus días que el hombre que mató a Joaquín Tinoco fue José Agustín Villalobos.

Doña Fidelina tampoco puso reparos en prestarle al detective Castillo un par de zapatos de su hijo. Los tenía uno de sus yernos, Selín Arias, como el resto de las ropas que habían pertenecido a José Agustín. Arias entregó los zapatos al día siguiente en la Segunda Sección de Policía y a pesar de todas las sospechas las pruebas no arrojaron resultados afirmativos. El molde en yeso tomado por don Pánfilo y los zapatos de cuero de Villalobos no correspondían. No eran el mismo calzado, lo cual no fue considerado concluyente por Pinaud. Las declaraciones de quienes vieron al hombre del sombrero negro saltar la verja de la finca de don Pánfilo Valverde especificaron que daba grandes zancadas con "zapatos fuertes, pues al correr metían fuerte ruido", "calzado sin hules y fuertes por el ruido que hacía al tocar el suelo". Es decir, justamente, para despistar, podía estar usando zapatos de otro tipo o de otro número, aunque es muy poco probable que se atreviera a darse a la fuga con zapatos que no fueran suyos porque no podría manejarlos, correría el riesgo de resbalarse o de que le produjeran un dolor insoportable, en el caso de que fueran nuevos. Como sabía muy bien cualquiera que utilizara zapatos en Costa Rica, los pares nuevos, aunque fueran de Araujo, resultaban una tortura china mientras se amansaban, lo cual ocurría al menos un mes después de que se estrenaban.

Así que la comparación con el molde de yeso no arrojó nada y tampoco tenía mucho sentido revelar una impresión digital de Villalobos, extraída de un artículo de su pertenencia, porque no habría modo de compararla con alguna huella del hombre del sombrero negro. El revólver 38 de reglamento no sólo permaneció casi 10 meses sumergido en la atarjea sino que ninguno de sus detectives tomó la precaución de tomarlo con un pañuelo o de envolverlo en un trapo para no borrar cualquier señal que le permitiera a Pinaud identificar al asesino.

A pesar de los resultados poco halagüeños, los cartuchos recolectados por el doctor Valverde y el arma encontrada en la atarjea coincidieron a la perfección. Eran balas Smith & Wesson del mismo calibre y características técnicas idénticas. Pero quizá lo más importante es que el tambor del revólver aún guardaba un tiro, lo que podría coincidir con el hecho de que la mayoría de los testigos declaró haber escuchado cuatro balazos: dos contra Tinoco, uno lo mató y el otro se desvió, y dos más al aire. Por lo tanto, debería haber quedado un tiro en la recámara. El tiro de gracia.

La noche del 10 de agosto Villalobos volvió a la casa empapado en sudor y al verlo su madre le preguntó: "Macho, ¿qué te pasa?".

Él le contestó: "Acabo de matar a Tinoco".

En el interrogatorio ante Pinaud, doña Fidelina aceptó contarlo todo.

—¿Qué pasó aquella noche después de enterarse de que su hijo había asesinado al general Tinoco?

—Idiay, imagínese, sufrí un ataque de nervios. Aquellos minutos fueron un mundo de angustia para mí.

—Doña Fidelina, ¿usted pensó que José Agustín fue visto por la policía y que iban en persecución contra él?

—En mi casa comprendimos que estábamos a punto de caer en manos de las gentes del gobierno, que se ensañarían seguramente contra nosotros. Me parecía ver llegar a la policía y quién sabe lo que le iba a suceder a mi muchacho. Fueron instantes en que no sabía qué hacer, me ofuscaba, iba de aquí para allá dentro de la casa.

—¿Y llegó la policía?

—No, pero llamaron a la puerta. Esperamos un golpe violento que la derribara y que fuera la policía. Gracias a Dios no fue así. Fue el amigo de mi hijo, Adolfo Sáenz. Estaba enterado de lo que acababa de ocurrir, pensó inmediatamente en José Agustín y llegó a preguntar por él. Cuando lo hicimos pasar malició algo por el hecho de verlo con la camisa empapada en sudor. Nos preguntó a nosotros y no le dijimos nada.

—¿Sáenz pasó toda la noche con ustedes?

—No. Nos dijo que acababan de matar al ministro de Guerra y que abajo, en San José, había expectación. Entonces invitó a José Agustín a que lo acompañara al centro. José Agustín no se negó. Se cambió rápidamente de ropa y reposando el ánimo se encaminó con Adolfo a San José a ver qué había pasado.

Sáenz le confirmó al detective Feith la versión de doña Fidelina aunque dijo haberse sorprendido porque la familia Villalobos ya estaba enterada del homicidio, cuando él llegó a comunicarles la noticia, poco después de las 7 p.m. En ningún momento Villalobos le confesó el crimen, ni aquel día ni después, a pesar de que el asesinato de Tinoco se le había vuelto una obsesión y de que esa misma noche José Agustín le pidió que no le preguntara nada al respecto, cuando paseaban bajo el puente del ferrocarril al Atlántico, porque el lugar estaba lleno de policías armados que buscaban incesantemente al homicida.

Al día siguiente Villalobos se negó a acompañarlo a presenciar los funerales de Estado de Tinoco, pero es cierto que apuntó con lápiz en una de las paredes del taller: *10 de agosto de 1919, fecha memorable*. Ese día por la tarde, en el taller, un muchacho llamado Roberto Fait comentó en voz alta ante los ebanistas que en Costa Rica nunca iban a encontrar al matador de Tinoco porque "la ciencia está muy atrasada. En otros países, después de muerta una persona de manera trágica, se le coloca un aparato en los ojos y se registra la última impresión que han recibido, por lo que es sencillo averiguar quién ha sido el ultimador". Villalobos se encontraba lejos de Fait pero aun así dio un salto y respondió con nerviosismo: "Pero eso no lo pueden hacer aquí, ¿verdad?".

En la misma declaración, Sáenz especificó que "José Agustín ya ni trabajaba en el taller, pues a cada rato que oía la sirena del auto de Joaquín, que distinguía con gran exactitud, salía a la puerta a ver si esa era la oportunidad de tirarlo. Por las tardes, después de la comida, siempre se iba por la casa de Joaquín o a sus inmediaciones". Esta parte del relato fue corroborada por Porfirio Morera y Nogui Fernández, quienes dijeron que varias veces vieron a Villalobos merodeando en la esquina de la Cafetería Española o en el barrio de Amón.

A principios del mes de agosto Villalobos siguió a Jaime Esquivel, el jefe de la Tercera Sección de Policía, durante varias cuadras en el barrio del Carmen seguro de que se trataba de Tinoco. No lo acompañó Sáenz sino otro de sus amigos, Miguel Ángel Granados, un fortachón a quien llamaban Maciste por su parecido con el héroe de las películas italianas. Cuando se aprestó a sacar el revólver y asesinarlo se dio cuenta de la confusión de identidades. Esquivel y Tinoco se vestían igual o, más bien, Esquivel trataba de imitar en todo a su jefe. Aunque en verdad guardaban una cierta semejanza física, Tinoco era mucho más guapo y distinguido. Julio Esquivel, por el contrario, el hermano de Jaime, mostraba una extraña perturbación en el rostro y en el último año, quizá por el sufrimiento interno que lo llevó a asesinar a su esposa Adelia, sufría una alteración completa de sus rasgos. La tez del rostro perdió el rubor natural y adquirió una palidez verdosa y enfermiza. Había perdido mucho peso y se presentaba en público descuidado y en un estado lamentable, casi cadavérico y distraído, como si no pudiera dormir, Pepe Feith le relató a Pinaud.

Chema Castillo interpeló a Selín Arias y el cuñado de Villalobos narró casi lo mismo que doña Fidelina Barquero: "Dos tiros al cuerpo y otros dos al aire en la huida" fue lo que le dijo aquella noche José Agustín. Sin embargo, según Arias, en la noche del 10 de agosto Villalobos aún llevaba el arma homicida. Inexplicablemente no se había desprendido de ella, quizá para defenderse en una eventual requisa policial, ni la había escondido. Tampoco explicó cómo había escapado de la escena del crimen, si lo hizo escabulléndose por los trillos del potrero de los Otoya, en Puerto Escondido, o atravesando de alguna forma el río Torres.

Después de meditar un rato su respuesta, Arias le dijo: "Alguien le ayudó y lo metió en un carro. Pero no sé cómo". Castillo entonces le pidió que declarara ante Pinaud en la Segunda Sección de Policía y Arias se negó rotundamente: "Les ayudaron varias gentes a escapar. Fue un plan muy elaborado del que no sabemos nada. José Agustín algo me contó, que eran 14 los conjurados. Yo no me creo que él se haya ahogado así nomás en Puntarenas. Qué va. Y no voy a decirle nada más por miedo a que me maten a mí también o que le hagan algo a Lola". Arias se refería a su esposa Dolores, la hermana de José Agustín Villalobos.

Castillo y Padilla escarbaron la ciudad de San José detrás del rastro de Maciste Granados sin encontrarlo. En el local de la Juventud Obrera un conocido de Padilla, Osías Castro, les confirmó que Villalobos pensaba asesinar a Tinoco con Maciste o con alguien más, cuyo nombre no le dijo. En junio o julio de 1919, después de la quema de *La Información*, se encontró con Villalobos y Maciste en la acera del Teatro América, en la avenida Central. Una vez que Maciste se retiró, ambos se dirigieron al centro de la Juventud Obrera y Villalobos le contó todo. Castro le pidió que no se fiara de nadie, ni de Maciste ni de él mismo, porque le faltaba valor para acompañarlo en una aventura semejante y cualquier persona podría traicionarlo.

Las palabras finales de Castro también sorprendieron a los dos detectives: "Yo le aconsejé que no hiciera nada. Si triunfaba y quedaba vivo, peor para él, pues iba a convencerse de lo ingrata que es la gente en Costa Rica. No sólo iban a matarlo a él sino que su familia también sufriría las consecuencias".

Adolfo Sáenz le señaló con el dedo el cielo raso de la ebanistería a Pepe Feith y le indicó el lugar en el que Villalobos guardó la cutacha y el quepis el 13 de junio. "Pero ni busque porque ya no hay nada en el techo", le dijo a Feith. El 6 de noviembre, después de que José Agustín se ahogara en La Punta, en el extremo de Puntarenas, asaltaron el taller, removieron el techo y se lo llevaron todo. No hizo falta poner la denuncia.

No robaron nada, absolutamente nada, y Sáenz entendió muy bien que el hurto de las cosas de José Agustín estaba relacionado con su muerte y con el asesinato de Joaquín Tinoco. Y era mejor no hacer demasiadas preguntas cuando la calle aún hervía de tinoquistas rabiosos con ganas de apretar el gatillo en total impunidad.

Faltaba una cosa por hacer. Padilla regresó a la taquilla de Lotz en calle Blancos. Descendió al río Torres por el trillo entre la cantina y la mansión Lotz, la casa del Alemán, como le dicen en Guadalupe, que conocía muy bien desde que lo asignaron a vigilar las reuniones que realizaban las familias alemanas durante la guerra europea, la última de las guerras, la guerra que acabaría con todas las guerras.

Descendió por el sinuoso pasaje entre matorrales que lo condujo al playón arenoso, al embarcadero al que llegó Villalobos después de cruzar en lancha la atarjea y el lecho del río Torres.

El sótano de la casa del Alemán se inunda con las crecidas pero esa noche de luna llena no le costó cruzar el río y abrir uno de los dos portalones de madera de aquella casa, que son como esclusas que dejan pasar lo que traiga el río cuando están abiertas.

Villalobos, tal vez solo, con Maciste o con algún otro de los hombres que lo acompañaron en aquella aventura, corrió por el mismo trillo por el cual ahora él está descendiendo. Subió hasta salir a la carretera de Guadalupe y meterse en la cajuela abierta del carro que lo llevó hasta su casa frente a la Estación del Atlántico. A él solo o a algún otro de los 14 que lo acompañaron en aquella aventura nocturna, se dijo Padilla, y que después de dejar a Villalobos, a él solo, a Maciste o a cualquiera de los que lo acompañaron en aquella aventura nocturna volvió a la hacienda del potrero de Mata Redonda, en La Sabana.

La muda

"Un hombre que le pega a una mujer, Chacón, es capaz de la peor de las iniquidades", le dijo Pinaud.

Sin embargo, a pesar de la repulsión que le producían los hermanos Esquivel Sáenz, en particular Julio Esquivel Sáenz, se resistió a creer que hubiera sido capaz de matar a su mejor amigo en un ataque de celos. Como todos los miembros de la élite tinoquista, sabía muy bien que apaleaba a su esposa Adelia, y como todos lo disimulaba bajo la densa capa de inmunidad masculina.

De inmoralidad masculina.

De impunidad masculina.

Dos tiros en la garganta y en la cabeza. Delante de los hijos.

Pinaud había examinado varias veces el expediente del asesinato de Adelia Valverde a manos de su esposo Julio Esquivel intentando encontrar un desperfecto que no encajara en el monstruoso mecanismo de humillación al que fue sometida la esposa durante 13 años.

Y lo había encontrado.

¿Era posible que Julio Esquivel hubiera asesinado a Joaquín Tinoco?

Bofetadas. Caídas. Empujones. Sacudidas. Azotes. Patadas. Mordiscos. Pellizcos. Heridas. Desgarros en la piel. Bofetadas. Caídas. Empujones. Sacudidas. Azotes. Patadas. Mordiscos. Pellizcos. Heridas. Desgarros en la piel. Para sólo hablar de las agresiones de mayor cuantía, Pinaud. Para no hablar de los insultos (mujerzuela mujer mala neurasténica) (puta puta puta) de los insultos (te voy a matar te voy a meter en el carro y vamos a lanzarnos en un precipicio para matarnos los dos) de los insultos.

Adelia Valverde le gritó a Julio Esquivel que no podía quitarle a los hijos, como él quería, porque uno de ellos no era suyo. ¿De quién era entonces? De Joaquín Tinoco. No era cierto. No era cierto. No era cierto. Pero se lo dijo porque lo odiaba profundamente y sabía que aquella frase iba a herirlo como un puñal en el corazón.

Odiaba a Julio Esquivel. Odiaba a Jaime Esquivel. Odiaba a Tinoco. Odiaba a los Tinoco. Odiaba a los Esquivel. Odiaba lo que los Tinoco les hacían a los Esquivel convirtiéndolos en asesinos y criminales (dice Pinaud que dice el expediente).

Pinaud se entrevistó con el escultor Juan Rafael Chacón en su casa, a un lado de la carretera a San Pedro, frente a la residencia que habitaban los Esquivel. Chacón lo recibió rodeado de imágenes religiosas y de dos pequeños desnudos. "Yo fui testigo de todo. Es cierto. Esa pobre mujer vivió un infierno con Esquivel", le dijo, "los Robert, don Emilio y doña Lía, le pueden contar. A mí me da vergüenza contarlo.

Cuando oí los dos tiros salí corriendo. Esquivel tenía el revólver en la mano y me dijo: "¿Qué es lo que he hecho?", con risa nerviosa y con el ademán de dispararse en la cabeza y siguió caminando y la risa nerviosa y el ademán de dispararse en la cabeza y el varoncito de siete años le dijo: "¿Mamita vive?". No, hijo, ya está en el cielo y la risa nerviosa y el ademán de dispararse en la cabeza y a mí me preguntó: ¿Qué hago? ¿qué hago? ¿qué hago?". Nada tu esposa ya está muerta.

Eso es todo lo que puedo contarle.

Pinaud apuntó la declaración.

Se entretuvo unos minutos viendo las imágenes. Una de ellas, una talla directa en madera, el rostro de una mujer que grita sin poder gritar con las manos tapándose la boca. Se llama la desesperada. "Es ella", le dijo. Doña Adelia. "La esculpí porque tengo que quitármela de encima pero yo sólo esculpo imágenes religiosas.

"Pero ésta es una imagen religiosa, ¿no le parece?"

Carta al presidente Acosta*

Santiago de las Vegas, Cuba, 18 de mayo de 1922

Hon. Sr. Presidente de la República de Costa Rica

Señor:

Con noticia de que Ud. es un padre amoroso y de sentimientos nobles para con los hijos de nuestro país: yo como hijo que soy de ésa y en desgracia que me encuentro; páso a suplicarle tenga piedad de mí y de mi triste esposa, una triste mujer, que llora la falta de su marido, mirando cuatro hijos talvéz con hambre por la falta de su padre que no puede estar a

* Se conserva la grafía del original. El presidente Julio Acosta le contestó: "Usted no debe volver aquí, salvo que acepte lo que pueda sobrevenirle, sin que yo ni nadie puedan evitarlo; y en el mejor caso, vencidos esos peligros para hacer su defensa ante los tribunales de justicia, si es que Ud. cree que tiene algo que alegar en su favor, lo que, francamente, me parece muy difícil". Desde noviembre de 1919 los bienes de Araya habían sido embargados y enfrentaba la acusación por el asesinato de Ricardo Rivera, en la masacre de Buenos Aires de Puntarenas, interpuesta por su viuda, Elisa Arias.

su lado, para adquirirles lo más imprescendible que es el alimento, y todo sin mediar otra causa nadamás que por intrigas políticas.

Pues yo no beo ningún delito que por el cual me tenga separado de mi país. No beo por que allan acusaciones contra mí, pues en todo lo que procedía, fué cumpliendo órdenes (y muchas veces ostigado) de mis jefes, y nunca cumnplía como me órdenaban, pues Ud. no puede conocer hasta donde llega el mal de fonde de los señores Tinoco. Nunca pude transigir con los procedimientos en su gobierno, pero no por heso siempre fui su amigo particular y confidencial, no quería henojarlos, y emparte por un poco de temor, por que me parecía que, como me decián iciera con otras personas (que yo nunca quise proceder) así podrian aconsejar a otro para con migo.

Yo soy sabedor de muchas cósas, que solamente podría hablarlas personalmente con Ud. para que Ud. estuviera enterado y supiera en quien puede depositar su confianza. En el govierno suyo, tiene Ud. jefes que an figurado en más de cuatro gobiernos y a todos an traicionado; yo me consideraría muy satisfecho si pudiera darle una explicación cómo fueron los acontecimientos de Buenos Aires. ¿Por qué sería Señor Presidente, que al Sr. Plumas, le dieron $5.000 por hesa comisión, y al Agente de Policía de Corralillos, Simón Barrios $1.000 y a hotros varios de los que en ésa andaban, y yo no cojí un centavo? ¿Y por qué sería también que el Sr. Plumas, tampronto pasó éso de Buenos Aires, se ausentó del país, y cuando Udes. tomaron posesión, le pareció que corría peligro todavía en Boca del Toro donde se allaba, se marchó, viniendo para ésta, dendomde montó un gran Taller de Zapatería, en el cual disfruta del placer de su trabajo y encambeo yo que para la mayoría del público de ésa soy el culpable, y en la actualidad, no tengo ni un centavo, viviendo trabajando como lo puede comprobar con el Director de la Estación Experimental Agronómica de Santiago de las Vegas, a donde espero de su bondad me conteste.

Señor Presidente, le ruego tenga compasión de mí, de mi pobre mujer y cuatro niños que ante Ud. aclamamos piedad. Yo le brindo y comprometo mi sincera amistad, mis leales servicios hasta mivida sise iciere necesario, por Ud. lo daría todo con gusto en cambeo que Ud. me conceda mi reivindicación al lado de mi hogar y de mi pátria.

Su affmo. y S.S.

Patrocinio Araya

Lápidas

I

27 de enero de 192… (fecha ilegible)
Café de la Paix, boulevard des Capucines

Alfonso Reyes

Después del Club Paris-Amérique Latine, cenamos en la sala privada del Café de la Paix el viejo Peralta, García Calderón, el Abate Mendoza, Toño Salazar y León Pacheco con el Ex Presidente González Flores, de Costa Rica. Un camarero se acercó a nuestra mesa con una tarjeta de presentación para Peralta, quien se excusó y se acercó a toda prisa al bar. Desde la mesa pude ver que hablaba con un hombre envuelto en un manto negro y el rostro protegido por la sombra ladeada de un sombrero cordobés, como acostumbran a hacer los andaluces en las novelas francesas o en las zarzuelas. Peralta regresó a nosotros y con aire grave, casi sin voz y respiración entrecortada se dirigió a González Flores:

—Pelico está aquí y quiere pedirle un favor.

El momento fue embarazoso. Con más o menos detalles ninguno de nosotros ignoraba las penosas circunstancias en las que el señor Federico Tinoco, a quien en su país llaman Pelico, despojó del poder a González Flores, hace ya muchos años. El aludido respondió sin un ápice de duda:

—No tengo nada que hablar con este señor.

—Aquí está su tarjeta. Me pide que le diga que su único interés es expresarle sus más sinceros respetos. Si usted lo tiene a bien, le ruega que le permita explicarle los sucesos de 1917 —confió Peralta pausadamente, sin premura, con una amabilidad exquisita y soltura de movimientos, seguro de que su gestión llegaría a buen puerto.

González Flores no hizo amago de aceptar el cartón, el cual quedó retenido por los dedos del diplomático. Cuántas veces habrá vivido situaciones similares el viejo Peralta, me dije, decano de los embajadores latinoamericanos en París, durante sus casi 60 años de servicio.

—Ahórrese el mal trago, don Manuel. Le aseguro que todo está muy bien explicado. Yo no tengo nada que escucharle ni que decirle a este individuo —replicó con firmeza González Flores, negando con la cabeza. Acompañó sus escasas palabras con el gesto severo de llevarse las manos al cuello de celuloide y apretarse la corbata como si se palpara la manzana de Adán.

Peralta se incorporó de nuevo, volvió un minuto más tarde, un tanto envarado, y proseguimos la cena tal y como la habíamos comenzado. No ignorábamos tampoco, porque los veíamos juntos a menudo, paseando por La Motte-Picquet o en el Café Napolitain, que el anciano embajador consideraba a Tinoco su amigo personal y que seguramente le producía inquietud y angustia la situación estrecha que padecía en París, apartado del poder, lejos del lujo en que nació y de la pompa que quiso imprimirle a su vida toda, si no hubiera sido por los hechos adversos que a la larga lo arrojaron también a él del sillón presidencial.

Tinoco aguardó unos minutos a que la suerte le fuera más propicia en el vestíbulo de columnas doradas y palmeras dispuestas en maceteros chinos, del otro lado del biombo que nos protegía de la mirada de los comensales indiscretos. Dio vueltas alrededor de una mesa circular regida por una bailarina, que ocupaba el centro de la antesala, sin atreverse a irrumpir en nuestra conversación, y finalmente se sentó en una de las sillas del bar como una más de las esfinges que decoran el amplio mostrador de madera y mármol y que se reflejaron en el espejo que cubre la pared del fondo entre las formas alargadas de la cristalería. Escruté la imagen pero su rostro, cabizbajo, se me negó reiteradas veces. Un rato más tarde lo vi levantarse y perderse en el bulevar de grises y simétricas fachadas parisinas.

Me prometí pedirle a Pacheco detalles, porque sé que los conocía de primera mano. González Flores habló desde entonces muy poco, apenas lo mínimo, y se contentó con sumar o callar algunos comentarios propios a los temas circunstanciales que surgieron en la sobremesa. En ningún momento me pareció un hombre cegado por el rencor o que desconociera la profundidad de la ambición humana por conquistar o adueñarse de lo que el destino pone a su disposición, incapaz de comprender que en un momento de debilidad Tinoco o cualquier otro estuviera más que dispuesto a clavarle el puñal, abrirle el pecho y arrancarle el corazón.

Diario (1911-1930).

II

19 de marzo de 1927
Cercle de l'Union Interalliée, rue du Faubourg Saint-Honoré

Guillermo Jiménez Sáenz

Hay épocas en la vida de cada persona que son cruciales. Para mí fue el año 1927. El 16 de abril, mi abuela Itilla, Doña Adela, inicia un viaje a Nueva York y a Europa. En la Ciudad Luz la espera una importante y numerosa colonia tica: El Marqués de Peralta, el expresidente y amigo Julio Acosta, Elenita y Zulay, el derrocado Pelico Tinoco, su señora (Mimita), sus familiares, los Murtinho, y las gentes que lo acompañaron en su exilio, las Pizas, Ofelia Corrales.

El 19 de mayo, en el Círculo Inter-Aliado, Itilla organiza un homenaje al ilustre Ministro, don Manuel María de Peralta, Marqués de Peralta, recién nombrado Benemérito de la Patria por segunda vez. Todo un fiestón. En ese banquete reúne y amiga a Don Julio Acosta y a Pelico, acontecimiento que reconcilia a la colonia costarricense. Ella misma escoge el menú de delicias parisinas y lo manda a imprimir en una cartulina especial con los platos de un lado y por el otro la letra de la canción *Ça, c'est Paris*, que La Mistinguett convierte en éxito ese año. Mi abuela se volvía loca cantando *Paris, c'est une blonde qui plaît à tout le monde*, aunque nunca supo francés.

Los invitados se inscriben en la entrada, se desprenden de los sombreros y abrigos de piel en el guardarropa, y un lacayo los conduce por una escalera de mármol rojo a la galería de espejos del primer piso por entre corredores atiborrados de adornos rococó. El banquete, de 200 cubiertos, resultó versallesco e Itilla regaló *Ça, c'est Paris* a quien lo quisiera, en un bonito disco de 78 RPM de la Casa Pathé. En esa época, las mujeres podían ingresar en la planta baja y en el primer piso sólo después de las 3 de la tarde, no al segundo, exclusivo para militares de los países de la Triple Entente y Estados Unidos, que participaron en la guerra del 14.

La cena tardó en arrancar. Primero llegó Don Julio, quien un año después de dejar la presidencia se fue a Europa con su esposa Elena con la intención de matricular a Zulay en un colegio de monjas, en París, y fue nombrado representante ante el Comité Internacional de la Cruz Roja en Ginebra. Después hizo su aparición Pelico y Mimita y ahí fue cuando la cosa se puso buena. Itilla creyó que aquello iba a ser un desastre porque la fiesta se partió en dos y al principio los dos bandos no querían ni verse. Pero mi abuela era muy buena reconciliando gentes. Don Julio dio el primer paso. Cruzó la mirada con Mimita, ambos eran teósofos y amigos de toda una vida, después con Pelico, le tendió la mano y Tinoco le correspondió. Don Julio se comportó como un hombre generoso, magnánimo en la victoria, y Pelico se mostró sereno y digno en la derrota. El exdictador caído en desgracia no le reclamó nada al vencedor del Sapoá, no dejó que sus rencores afloraran a la superficie. Se saludaron como si no hubiera pasado nada, como si ambos estuvieran por encima de la vanidad humana.

Para Itilla fue un momento glorioso. En ese apretón de manos se selló la unión de la dividida familia costarricense. No todos entendieron a Don Julio y lo criticaron mucho, en especial sus compañeros de armas del Sapoá. Cuando Pelico murió en la pobreza, en 1931, y en el destierro, Don Julio explicó que como teósofo creía en la reencarnación y que los Tinocos eran espíritus medievales que no eran de esta tierra ni de esta época, de carácter fogoso y violento como señores en un castillo, y que Pelico le inspiraba respeto porque en sus últimos años se esforzaba por conquistar la paz interior y elevarse por encima de los hechos materiales para penetrar en el mundo trascendente de las causas.

Doña Adela. Biografía de Doña Adela Gargollo v. de Jiménez.

III

25 de septiembre de 1931
Le Troisfoisrien, boulevard Saint Michel

SIDNEY FIELD POVEDANO

En 1925 Krishnamurti, el Instructor del Mundo, visitó nuestra casa en Hollywood. Antes de partir habló acerca de Tinoco, quien se había convertido en una leyenda en Monte Carlo, donde gastó parte de su mal habida fortuna en las mesas de juego de sus casinos. Nos dijo que él había encontrado al ex-dictador recientemente en París y que éste y su esposa lo invitaron a comer. Después de la cena Tinoco sacó una pequeña caja de la bolsa de su saco. La abrió, enseñándole una asombrosa colección de diamantes de diferentes formas y tamaños, y le ofreció tomar uno. Krishnamurti cortésmente rehusó el generoso obsequio, diciendo que eran muy hermosos pero que él no se interesaba en diamantes.

Hace unos meses, antes de dejar el castillo de Eerde, recibí una carta de mis padres pidiéndome telefonear a Tinoco cuando estuviera en París. La señora Tinoco le escribió a mi padre diciéndole que habían sabido que yo estaba en el Campamento de Ommen, en Eerde, y querían verme y saber las últimas noticias de Krishnamurti. Tinoco había perdido toda su fortuna, estaba enfermo y vivía en una especie de desván. Con alguna dificultad encontré su pequeño refugio en un segundo piso en el Barrio Latino, pero no estaban en casa. Un vecino me dijo que Tinoco había sido llevado al hospital gravemente enfermo y que la señora Tinoco estaba viviendo con amigos. También me informó que el hombre fuerte de Costa Rica se encontraba en la pobreza, enfermo y desvalido, y se había estado ganando la vida esperando a los barcos de lujo en Cherburgo, envuelto en su capa negra y roja, tocado con su sombrero andaluz en posición gallarda, invitando a los turistas americanos ricos, siempre alertas a lo llamativo, para ser guiados en una gira turística por un precio convenido.

Unos días después de mi visita, el legendario Federico Tinoco falleció; el hombre que había soñado en edificar una sociedad basada en las enseñanzas de Krishnamurti; el hombre que había sido entusiastamente bienvenido al poder por sus ciudadanos, sólo para ser temido y odiado por ellos al final…

Krishnamurti. El cantor y la canción (Memorias de una amistad).

Los murmullos inaudibles

Muchos años después Ofelia Corrales siguió visitando la casa de los hijos de Joaquín Tinoco. Si usted quiere no me crea que yo sé lo que le digo. El uniforme del general, guardado en la urna metálica en el pasadizo que corre alrededor del patio central, en la casa de Tres Ríos, reaparecía cada mañana bajo llave en el ropero del cuarto al fondo de la casa. Los muebles de la sala amanecían amontonados, aplastados contra las hojas de la puerta de entrada como si cobraran vida y quisieran impedir que el general Tinoco saliera rumbo a su muerte.

Cada noche, el polvo del piso de madera y la ceniza de antiguas erupciones volcánicas se levanta y se deposita en el silencio debajo de las puertas. Las cerraduras, picaportes, candados y cadenas de la casa se cierran por voluntad propia. Los insectos se estrellan atolondrados contra los vidrios y al día siguiente se hallan disecados como diminutos monstruos antediluvianos. Los goznes de la verja se desajustan con un crujido inhumano y se niegan a abrirse. Las puertas se atascan, las ventanas se trancan, el mobiliario vuela y las alfombras se incrustan en las hendijas y los resquicios. Es cuando Ofelia Corrales quiere advertirle al general Tinoco que no salga.

Aún después de muerta lucha contra el inexorable destino y contra la culpa. No me crea si no quiere. Me quedé encerrada muchas veces sin poder salir, enclaustrada en la desesperación maniática de Ofelia por salvarlo. Cuando se va por fin logro abrir las puertas que hasta ese momento permanecían inmóviles.

Ella sufrió la culpa de un instante que no transcurre nunca porque el tiempo no existe para los espíritus, como si sólo hubieran vivido un largo minuto, un solo instante, aquel 10 de agosto de 1919 a las siete de la noche, y el ciclo recomenzara cada vez que el general Tinoco sale de la casa y se cumple el oráculo, la muerte bajo la luna llena. Yo puedo sentirla vagar por las habitaciones arañando los objetos, traspasando las paredes, sufriendo por no haberlo rescatado, por no haber impedido que el reloj diera incesantemente la misma hora.

Podía sentirla advirtiéndonos cada noche y cada amanecer mientras lucha desesperadamente por cambiar los hechos inevitables y las puertas crujen en un largo aullido inaudible que se mete en el alma de los objetos.

No es cierto que la culpa cesa. Yo lo he vivido. La culpa no cesa nunca. Nos la llevamos a la tumba. Joaquín Tinoco dejó de ser inmortal aquella noche y nada ni nadie, ni siquiera Ofelia Corrales, pudo haberlo salvado.

Whodunit

¿Usted quiere un nombre? Yo le puedo dar uno. Maciste, el amigo de Villalobos que lo acompañó en el asesinato. Si quiere un nombre, es ese. Si quiere saber mi opinión, Villalobos no lo mató. Villalobos se encontraba en ese momento en la acera del frente, en la esquina de La Marinita, cuando el general Tinoco llegó a la altura de la Cafetería Española. Él no pudo haber cruzado a tiempo la calle 3 para ponerse detrás del general y dispararle. "Volarle la tapa de los sesos", como dicen ustedes. Fue otro asesino, un tal Maciste, que se encontraba en el interior, quien disparó. Durante la primera semana de agosto, Villalobos, el tal Maciste, Granados de apellido, me parece que Miguel Ángel de nombre, y dos o tres agentes de Chamorro nos ayudaron a rastrear cada uno de sus pasos. En las tardes, Tinoco se volvía predecible, confiado, siempre seguro de sí mismo, omnipotente, todopoderoso, y se desplazaba entre las avenidas 9 y 7, la cantina de Limón, en la calle 5, donde frecuentaba una de sus querencias, y el barrio del Carmen, para reunirse con Jiménez y Clare y regodearse en sus pingües negociados. Pero le voy a decir una cosa. Nosotras no íbamos a matarlo. ¿Ya para qué? Aunque se lo merecía. Que Dios me perdone pero es la pura verdad. Si lo hicimos fue porque el 10 de agosto le telegrafió a Chale Lara diciéndole que después de dejar a los suyos y a Pelico con las arcas repletas de plata, a buen resguardo en el vapor *Zacapa*, se regresaba a San José a tomar el poder absoluto. Los americanos nos pasaron el santo y nos dio miedo. Trató de engañarlos enviándoles un pasaporte que no tenía su fotografía para hacerles creer que se iba. Pero Joaquín Tinoco nunca tuvo intención de irse del país. Fue un crimen político, con todas las de la ley, porque el asesinato de cualquier político siempre es un crimen político. Pero, si quiere mi opinión, todo crimen político es un crimen pasional porque no hay nada que encienda tanto las pasiones humanas como la política, ese canibalismo de salón, como dijo una vez el cínico de don Ricardo, el que tira la piedra y esconde la mano. Pero lo importante no es que el crimen lo hayamos planeado el Poeta, Jorge, Castro, Villalobos o todas nosotras sino la ingenuidad con la que actuamos. Creíamos que íbamos a acabar con el régimen y lo único que logramos fue perpetuarlo por 20 años más. La "serena mansedumbre" del teósofo retórico. Y te voy a decir una cosa, tampoco fue Maciste quien jaló el gatillo sino un muchacho que trajimos de Panamá, creo que cubano, porque yo nunca lo conocí, y traté de sacármelo del alma. Fue un contrato, como le dicen los americanos. No quise ensuciarme las manos y tal vez ese fue mi error. Porque hay que ensuciarse las manos. No hay más remedio. Si luchamos contra el asesinato, pienso yo, no fue para convertirnos en asesinos. Pero bien que se lo merecía. Eso y mucho más, que Dios me perdone. ¿Qué quiere que le diga? ¿Que me causó pesar verlo entre las cuatro candelas? No le voy a mentir. No. Sentí más odio y rabia cuando supe que habíamos logrado lo que planeamos durante meses y no conseguimos nada. Pero todo ese odio y rencor se convirtió en desengaño cuando muy pronto me di cuenta que nos habían traicionado y que el tinoquismo estaba más vivo que nunca. El tinoquismo sin Tinoco, como dijo Jorge. A Patrocinio Araya, el carnicero de Fernández Güell, le pegaron una garroteada en Panamá, y santo remedio. Eso fue todo. ¿Me va a creer? ¿Y las decenas de muertos? ¿Qué pasó con Villegas, Esquivel, Santos, Baquedano…? Nada. Y peor aún. ¿Qué pasó con los que llenaban los bolsillos de los esbirros? Los esbirros de los esbirros. Son los héroes en bronce. Ni uno solo de los crímenes y latrocinios recibió castigo. Ni humano ni divino. ¿Por eso fue por lo que luchamos? ¿Por conquistar el olvido? ¿O por recuperar la memoria que nunca tuvimos? ¿Sabe qué me dijo Elisa, la viuda de Ricardo Rivera, uno de los muchachos que masacraron con Fernández Güell en Buenos Aires? Ricardo puso sus propiedades a nombre de los amigos para que no se las arrebatara el gobierno. No se las quitaron los Tinoco, se las quitaron los amigos. Uno de ellos no quiso devolverle las fincas y el otro le cobró 400 pesos por la casa. Guardo para siempre el recuerdo de las palabras de Elisa Rivera para que no se las lleve el viento. Ya no puedo más, me dijo, ayer me destrozaron el corazón los asesinos, hoy conozco a los amigos y siento deseos de morirme. Igual nos sucedió a nosotros. Los revolucionarios no ganamos la guerra. Tinoco nos derrotó en el campo de batalla. Eso hay que admitirlo. Pero tampoco ganamos la historia. La historia no admite repeticiones ni posibilidades de redención. ¿No es la historia sino la incierta confrontación entre las esperanzas y desencantos que ella misma genera? Usted me dirá que no hay nada tan hermoso que morir por lo que uno cree, que entregar la vida por un propósito que desde el principio sabemos superior a nuestras fuerzas y desvaríos humanos. Aun así, ¿qué quiere que le diga?, cuando alguien me pregunta quién mató a Tinoco me dan ganas de decirle que nadie, que sigue vivo.

San José, 2015-2019

Agradecimientos

El año de la ira es una obra de ficción basada en una minuciosa investigación documental sobre el asesinato del general José Joaquín Tinoco Granados, el 10 de agosto de 1919, en el contexto de la llamada "dictadura de los 30 meses".

Sería arduo y puede que injusto mencionar todas las fuentes históricas, periodísticas, literarias y gráficas consultadas. Dejo constancia de mi deuda de gratitud hacia las investigaciones que considero fundamentales y que guiaron mi aproximación al periodo y a sus personajes: *Los Tinoco (1917-1919)* (1980), *Rogelio Fernández Güell. Escritor, poeta y caballero andante* (1980) y *Julio Acosta. El hombre de la Providencia* (1991), los tres de Eduardo Oconitrillo; *Tinoco y los Estados Unidos* (1981) de Hugo Murillo y *Las presidencias del Castillo Azul* (2010) de Jesús Fernández. También debo señalar la novela *Satrapía* (1919) de Ramón Junoy, *Proceso histórico. El 27 de enero de 1917 o El bochorno nacional* (1920) de Tranquilino Chacón, *Un héroe nacional* (1920) de Víctor Manuel Castro Rivera y los folletos *Exposición presentada a la Facultad de Medicina de Costa Rica. Acerca del dictamen que ha declarado irresponsable por insania al autor de la muerte de doña Adelia Valverde Carranza* (1921) del doctor Pánfilo Valverde y *Crónica verídica de la revolución contra los Tinoco. Los 39 o 42 valientes. Relato de lo sucedido hace 50 años* (1959) del padre Jorge Antonio Palma Paniagua.

La cita de Homero, que acompaña el capítulo sobre el asesinato de Marcelino García Flamenco, está tomada de *La Ilíada*, versión castellana de Luis Segalá Estalella.

Las siguientes personas me proporcionaron fuentes, ideas y reiterado estímulo en distintas fases del proceso de investigación y escritura: María Lourdes Cortés, Arnaldo Moya, quien me relató la historia de su bisabuelo Nicolás Gutiérrez, jefe político de Goicoechea en el momento de los hechos y asesinado por los esbirros de Tinoco, Santiago Porras, Esteban Rodríguez, Gilda Rosa Arguedas, Ofelia Deschamps Ortega, Gerardo Bolaños, Adrián Cortés Castro, David López Cruz, Sussy Vargas y Roberto Cortés. Otras personas, que me ofrecieron información invaluable, me solicitaron el discreto encanto del anonimato. Igualmente agradezco a la directora de la Biblioteca Nacional (BN), Laura Rodríguez, y al personal de la sección Colecciones Especiales de la BN y del Sistema Nacional de Bibliotecas (Sinabi).

Tuve la oportunidad de enriquecer y madurar mi visión sobre la dictadura de los Tinoco con mis colegas Carolina Mora, Marcela Echandi, Macarena Barahona y Hernán González, en dos semestres del seminario “Pensamiento Político Costarricense y Latinoamericano” de la Escuela de Estudios Generales de la Universidad de Costa Rica (UCR), en 2016 y 2019. Sería muy difícil disponer de mejores colegas y compañeros de viaje intelectual para discutir sobre los Tinoco y los complejos movimientos sociales que llevaron a su ascenso y a su caída.

Está por demás decir que los errores, inexactitudes y limitaciones conceptuales, ideológicas, históricas y narrativas son exclusivamente mías.

Le agradezco a mi editora María del Carmen Deola, de Penguin Random House, su complicidad y que creyera en este relato cuando aún no había sido contado, y que es esencial para entender el entramado de memoria y olvido que es nuestra historia.

Este libro, como los anteriores, le debe todo a María Lourdes Cortés. Esta "entrega de símbolos" —¿quién podría decirlo si no Borges?— también es para ella.

Índice

III
El relato de Pinaud

El aún presidente Federico Tinoco delante del féretro de su hermano asesinado, Joaquín Tinoco, el 11 de agosto de 1919, en el salón de sesiones del Palacio Nacional. *Fotografía de Manuel Gómez Miralles.*

El túmulo mortuorio de Joaquín Tinoco en la nave mayor de la iglesia catedral, durante el funeral de Estado con honores militares que decretó el gobierno. *Fotografía de Manuel Gómez Miralles.*

El coronel Alfredo Mora porta el bicornio y la espada de Joaquín Tinoco, junto al Estado Mayor del ejército, al inicio de las exequias. *Fotografía de Manuel Gómez Miralles.*

Ante la expectación popular, miembros de la familia Tinoco portan el féretro a la salida de la iglesia catedral para colocarlo de vuelta en la cureña jalada por dos troncos de caballos. *Fotografía de Manuel Gómez Miralles.*

Más de 2 000 “patillos” o soldados del ejército escoltaron el féretro del Palacio Nacional a la iglesia catedral como parte del desfile militar de los funerales de Estado. *Fotografía de Manuel Gómez Miralles.*

Llegada del cortejo fúnebre encabezado por el Estado Mayor a la cripta de la familia, en el Cementerio General, donde se le hicieron los últimos honores militares a Joaquín Tinoco. *Fotografía de Manuel Gómez Miralles.*

Nicolás Gutiérrez, jefe político de Guadalupe, fue torturado y mutilado por los esbirros de Tinoco y su cadáver apareció en su finca de Mata de Plátano, en junio de 1919. *Foto Colección Arnaldo Moya Gutiérrez.*

El año de la ira de Carlos Cortés
se terminó de imprimir en noviembre de 2019
en los talleres de
Litográfica Ingramex, S.A. de C.V.
Centeno 162-1, Col. Granjas Esmeralda, C.P. 09810
Ciudad de México.